莎士比亚告诉你爱情是什么

赵光平 ◎ 著

中国戏剧出版社
CHINA THEATRE PRESS

图书在版编目（CIP）数据

莎士比亚告诉你爱情是什么 / 赵光平著. -- 北京：
中国戏剧出版社，2017.1
ISBN 978-7-104-04432-1

Ⅰ. ①莎… Ⅱ. ①赵… Ⅲ. ①莎士比亚(Shakespeare, William 1564-1616)－戏剧文学－文学研究 Ⅳ. ①I561.073

中国版本图书馆CIP数据核字(2016)第234242号

莎士比亚告诉你爱情是什么

责任编辑： 王　燕
责任印制： 冯志强

出版发行：中国戏剧出版社
出 版 人：樊国宾
社　　址：北京市西城区天宁寺前街2号国家音乐产业基地L座
邮　　编：100055
网　　址：www.theatrebook.cn
电　　话：010-63381560（发行部）010-63385980（总编室）
传　　真：010-63383910（发行部）

读者服务：010-63387810
邮购地址：北京市西城区天宁寺前街2号国家音乐产业基地L座

印　刷	北京鑫瑞兴印刷有限公司
开　本	880mm×1230mm　1/32
印　张	10.25
字　数	200千字
版　次	2017年1月　北京第1版第1次印刷
书　号	ISBN 978-7-104-04432-1
定　价	28.00元

版权专有，违者必究；如有质量问题，请与出版社联系调换。

目 录

001 / 第一章　奉献自己爱对方
017 / 第二章　丧失自我的悲剧
037 / 第三章　真爱需时间检验
053 / 第四章　痴念恋人的名字
069 / 第五章　肉欲之爱难长久
087 / 第六章　帝王的无奈爱情
103 / 第七章　政治联姻牺牲品

113 / 第八章　婚姻的基石是信任
133 / 第九章　移情别恋不可靠
151 / 第十章　都是嫉妒惹的祸
167 / 第十一章　拨开云雾见青天
189 / 第十二章　为自己的爱人求婚
207 / 第十三章　爱情面前无尊卑

221 / 第十四章　爱情如此靠不住
241 / 第十五章　直教人生死相许
257 / 第十六章　冤家对头如何爱
273 / 第十七章　放低自己爱对方
287 / 第十八章　神仙都来成全爱

303 / 后　记

前言

一

1616年莎士比亚离开了这个世界,距离今年,2016年,已整整四百年。四百年过去了,莎士比亚就像一颗"前无古人、后无来者的全人类所加冕的戏剧诗人之王的灿烂王冠上的一颗辉煌的宝石"。他的光芒不仅没有减弱,反而照耀了整个世界四百年,他的影响力远远超越了时空界限。

随着十九世纪大英帝国的扩张,英国人把莎士比亚带向了全世界。由于莎士比亚的存在,英国在成为日不落帝国的同时,也成为文化上的强国。可以说英国的殖民扩张是莎士比亚走向世界的桥梁,正如他的戏剧《裘力斯·凯撒》中的台词所说:"他像一位巨人,跨越了这狭隘的世界。"从此莎士比亚的光辉照耀到世界的各个角落,远远跨越了空间的阻隔。

日不落帝国的辉煌已成为过去,而真正没有没落的是莎士比亚。政治、经济、军事的强盛,是一时一地的,而莎士比亚的影响力是超越时间的。正像他同时代的剧作家本·琼生所说:"他不属于一个时代,而属于所有的世纪。"只要人类存在，莎士比亚就永远活着。英国最具恒久影响力的是莎士比亚，而不是维多利亚时代的辉煌。

莎士比亚也最让英国人引以为傲，英国前首相丘吉尔曾说："我宁愿失去一个印度，也不愿失去一个莎士比亚。"莎士比亚是英国文化的灵魂，他不仅给英国人民带来了无上的荣光，更给世界人民带来惊喜。

惊喜，是我最初接触莎士比亚作品时的感觉。早在中学时代，学习《威尼斯商人》片段，课本节选的是其中法庭那一场戏。我那时就佩服鲍西娅过人的智慧，她一上场，采取的是退守的策略，三次退让，希望夏洛克放弃执行契约，给钱补偿。但均被夏洛克拒绝，他坚决执行要从安东尼奥身上割下一磅肉的契约。此时，戏剧跌到谷底，眼看安东尼奥就要被宰割，但峰回路转，鲍西娅说割肉可以，但不能流一滴血，而且重量一点不能多一点不能少。真是柳暗花明又一村呀。接着鲍西娅三次进攻，夏洛克节节败退。鲍西娅打赢了一场必输无疑的官司。

正是因为这次的惊喜感受，我从此爱上了莎士比亚戏剧。后来在读了多部莎士比亚戏剧作品后，发现他真是一个敢于给自己出难题的人。他在作品中给自己出了无数的难题，高明之处就是他总是能破解得很好，意料之外、情理之中。比如《终成眷属》里，男主人公不爱女主人公，离她而去，但提出两个条件，除非女主人公得到他从来不离手的指环，腹中怀上他的孩子，方可成为夫妻。这是不可能完成的任务，我怀着一种紧张的期待，看莎士比亚怎么解开这个难题。当然他总是能给我们一个意想不到，又合情合理的答案。最让我折服的还是《麦克白》中女巫的第二次预言。女巫告诉麦克白,除非勃南的森林移到邓西嫩高地来向你进攻,天下没有一个女人生下的人能够打败你。我当时和麦克白的想法是一样的,他是天下无敌手了,森林不可能移动,所有人都是女人生下的。但莎士比亚就是能让森林移动,让不是女人生下的人出现。这是我最初欣赏莎士比亚的原因,叹服于他惊人的想象力,享受那种他给自己出了难题后带给读者的紧张感,更享受他破解了难题后的畅快感。

我就是这样仰望着莎士比亚,不敢轻易碰触。因为我知道关于莎士比亚的研究汗牛充栋,前辈大师级的研究者有各种学说,岂是我辈浅陋之人所能探究的?

二

幸运的是我教了外国文学,研读了莎士比亚戏剧。我又发现了一个巨大的惊喜。这就是除了感受莎士比亚戏剧诗化语言的魅力(朱生豪译本),离奇的想象力,深厚的思想内涵,情节的生动性和丰富性,等等之外,我还看到了莎士比亚戏剧爱情主题的现实性。

四百年前,莎士比亚戏剧用人性的光辉照亮了文艺复兴,在那样一个曙光乍现的时代,挣脱禁欲主义束缚的爱情戏剧格外富有生命力。那个时代的年轻人为了获得爱情的幸福,必须要摆脱父母的钳制。所以罗密欧与朱丽叶为爱双双殉情而死(《罗密欧与朱丽叶》),赫米娅和拉山德被迫私奔(《仲夏夜之梦》),安·培琪巧用智慧才能嫁给自己所爱之人(《温莎的风流娘儿们》）。所以文艺复兴时期，莎士比亚戏剧是有现实针对性的，反映出那个时代的年轻人对个性解放、爱情自由的渴望。

而现在就是一个个性解放、爱情自由的时代，莎士比亚时代的渴望变成了今天的现实，前人的理想变成了现在司空见惯的事情，现在不会有人再为了爱情自由而私奔、而殉情。因为家长给予了很大的自由度，社会环境宽松得很，爱情是年轻人自己可以做主的事情了，好像莎士比亚戏剧歌颂爱情的主题已经没有现实意义了。

然而社会的发展进步，物质的极大丰富，并没有使人性发生根本改变，人性恶和人性善还是共存的，人性中虽然有美好善良的一面，但还有自私虚荣的成分。人类爱情中存在的问题是亘古不变的，古人爱情中存在的问题，今人也同样存在。今人爱情中存在的问题几乎都能在莎士比亚戏剧中找到范本。比如索取与奉献的问题，激情与长情的问题，肉欲与灵魂的问题，信任与背叛的问题，等等。莎士比亚的戏剧不仅反映了时代的问题，更揭示了人性的根本问题，因此可以说莎士比亚戏剧的爱情主题，超越了时代，在今天仍然有着极强的现实意义。我们仍然能够从莎士比亚戏剧中吸收养分，明白爱情的真谛。

我在莎士比亚戏剧中发现了爱情主题的现实意义后，不禁产生一种对年轻人的责任感。我的学生都是二十岁左右的大学生，正是爱情观婚姻观形成的时期。老师无论怎么告诉他们要树立正确的恋爱观，总是空洞无物，苍白无力。如果让莎士比亚告诉他们爱情是什么，让他们自己从莎士比亚戏剧中领悟到爱情的本质，那才真正是寓教于乐，教书育人了。

有了这个认识以后，再读莎士比亚时，我不只是欣赏他的过人才华了。再讲莎士比亚时，我不只是让学生了解莎士比亚是谁，写过什么作品，塑造过哪些人物形象，编过哪些有趣的故事。在这些之外，我还要让他们知道，对于爱情，莎士比亚戏剧又告诉了我们什么。

于是在我的教学中，我发现了莎士比亚的光辉照耀到了他们的脸上，莎士比亚的思想触及到了他们的心灵，莎士比亚的爱情戏剧照亮了年轻人探寻爱情的道路。因此，为了年轻人，我也就有了勇气，来探究一下莎士比亚戏剧中的爱情了。

一探究我才发现，莎士比亚戏剧的博大精深，对人性的方方面面都有触及，对社会生活的边边角角都有涉猎。无论是人的自然属性还是社会属性，都能在莎士比亚戏剧中找到归属。无论是现代社会中爱情存在的什么问题，都能在莎士比亚戏剧中找到答案。

三

索取与奉献的问题，一直都是爱情中的一个大难题。

尤其在当今这样一个物欲横流的时代，一些人宁愿坐在宝马车里哭，也不愿坐在自行车上笑，认为物质需求满足了，生活就幸福了。因此在爱情中过分追求物质享受。殊不知想在爱情中索取的人，是注定不会得到真爱的。《威尼斯商人》中三个求婚的男人对金、银、铅三个匣子的选择，得到了不同的结局。选择金匣子的得到的是骷髅，选择银匣子的得到的是傻瓜。因为他们都受了匣子上写的那句话的诱惑，一个是得到众人希求的东西，一个是得到应该得到的东西。本质是一样的，都是想得到。莎士比亚通过这个情节告诉我们，一个想在爱情中索取的人必将得不到爱情。而铅匣子上的那句话，"必须准备把他所有的一切作为牺牲"，为了爱情必须做好牺牲自己所有一切的准备，这其实道出了爱情的真谛，那就是奉献。巴萨尼奥明白爱情的本质，具有奉献精神，选择了铅匣子，获得了鲍西娅的爱情。鲍西娅和巴萨尼奥也践行了爱情的奉献精神。

莎士比亚在《威尼斯商人》中阐明，爱情需要奉献精神。但是他又通过《奥瑟罗》告诉我们，爱情中的奉献是一种互动的行为，奉献与索取是一个动态的平衡，单方面奉献的爱情也不会长久。爱情至上，在爱情中迷失自我，就会走向悲剧的结局。

探究《奥瑟罗》这个爱情悲剧的成因，当然不能忽视伊阿古的造谣陷害，这是直接原因。但"在所有事件中，公平地看，当事人都对自己的痛苦负有责任，伊阿古不过是激发了原本就存在的某些因素"。其根本原因还在于爱情关系中的男女主人公。苔丝狄蒙娜的爱情具有盲目性。她把奥瑟罗想象成一个完美的英雄，因此她的爱情是建立在虚幻的想象之上的。她对爱人盲目的崇拜和信任，达到了完全忘我的境地，在爱情中丧失了自我。使爱情双方的力量失去了一种动态的平衡，变成了一方主导，另一方绝对服从的关系。变成了一个人的权力意志，爱情中就会出现独裁者，如奥瑟罗。唯他个人意志论,一旦他有不满,就可以为所欲为,没有什么力量可以和他对抗。所以通过《奥瑟罗》我们又知道奉献有度,不可丧失自我。

四

激情与长情的问题,也是爱情中必须要面对的。

爱情是激情,婚姻则是长情。"闪婚"是新世纪以来流行的词。某些人一旦遇到心仪之人,就以为找到了真爱,迅速进入婚姻状态。这期间注入了很多浪漫的想象,过分美化所爱之人,其实不是爱上爱人,而是爱上爱情。恋爱中享受自己虚化的爱情,结婚后生活平淡无奇,就会大失所望,于是闪婚接下来就是闪离。原来恩爱有加的爱人,变成了陌生人,甚至仇人。其实莎士比亚早就告诉了我们,一时冲动的爱情不可靠,真爱是需要时间检验的。

爱情喜剧《爱的徒劳》中,那瓦国王一心向学,带领大臣们立下誓言,要三年不近女色,不看女人尽读书。然而就在此时,法国公主带着三个女伴前来访问。美貌非凡的姑娘们不期而至,就像仙女降临人间,一下就唤醒了沉睡在国王及其大臣们心中的爱情。禁欲的誓言顷刻间崩塌,变成了爱情的海誓山盟,变成了争先恐后地向自己相中的姑娘表白爱情。

但是莎士比亚并没有简单地给我们一个有情人终成眷属的圆满结局,法国公主可比这些男人们清醒多了,她要用一年时间来考验男人的爱情是否是长情。莎士比亚通过此剧告诉我们，真爱必须经历激情冲动，但一时感情冲动不一定是真爱，真爱需要经过时间的检验，婚姻是一生的承诺，草率不得。《爱的徒劳》揭示出爱情必须经历考验和磨砺才能走向成熟的道理，宣扬一种严肃的恋爱观。

《皆大欢喜》则写的是经受住考验的爱情。罗瑟琳本是老公爵之女，但她父亲的爵位被她叔父篡夺了，她父亲被放逐了。罗瑟琳与奥兰多一见钟情后，她叔父也把她赶出了宫廷。她女扮男装来到森林，以为和奥兰多从此天各一方，再也没有机会见面。而奥兰多在家里被他自私残暴的哥哥追杀，也逃到了森林里。奥兰多为了表达对罗瑟琳的思念，在森林的树杈上挂满了赞美罗瑟琳的诗。罗瑟琳见到后，才知道奥兰多也在这里。但她并没有以本来面目出现在奥兰多面前，而是借着她的男装打扮来考验奥兰多的爱情。让奥兰多把他想像成是罗瑟琳来向他求婚，出了种种问题刁难他，奥兰多都表现得非常忠贞，经受住了罗瑟琳的考验。他的爱情不是一时冲动，而是一种长情，最后有情人终成眷属。

五

灵魂与肉体的问题，更是爱情中纠缠不清的难题。

爱情又叫情爱，是两个人灵与肉的结合。爱情中肉体的结合不是问题，但什么样的爱情才是心灵的结合，有时难以辨认。莎士比亚戏剧给我们提供了一个反证，使我们看到了肉欲驱使下的结合，那就是《特洛伊罗斯与克瑞西达》。

这是以特洛伊战争为背景的一个爱情故事，特洛伊王子特洛伊罗斯听媒人说了无数次克瑞西达如何美貌超群，于是他无心战斗，一心想得到克瑞西达，托媒人送礼物表白爱情。克瑞西达的父亲是一个祭祀，投靠了希腊军队，而克瑞西达跟她舅舅住在一起。有一个叛徒父亲的克瑞西达的处境因此可想而知。她舅舅为了给外甥女找个保护人，多次去向特洛伊罗斯夸耀克瑞西达的美貌。男人为了满足肉欲，女人为了给自己找个保护人，于是达成了一笔交易，两个人在一起了。但是初夜之后的第二天，特洛亚官方要把克瑞西达送到希腊营寨去当人质，而这时克瑞西达是最需要保护的，但她的保护人并没有出面保护她，而是把她送到了希腊军营。克瑞西达为了给自己再找一个保护人，很快又成了希腊一个军官的情人，特洛伊罗斯发现后，很气愤。但他根本没有资格指责克瑞西达，因为他们的所谓爱情根本就是一场肉体交易，两个人都没有带着灵魂。没有结成巩固的联盟，因此一旦有什么风吹草动就会破裂，肉欲之爱难长久。

爱情中如果过分沉湎于情欲，也会儿女情长，英雄气短，困住自己的手脚，无所作为，给人生带来负面的价值，甚至会带来灭顶之灾。莎士比亚通过《安东尼与克莉奥佩特拉》告诉我们，沉迷爱情、失去节制的情欲之爱也会带来恶果。

过分痴迷的爱情会让人头脑发昏，安东尼在交战的关键时刻，看到克莉奥佩特拉逃跑了，也跟着跑了，犯下了最致命错误，导致了战争的失败。虽然安东尼用勇敢的自杀成全了自己最后的高贵，克莉奥佩特拉也殉情而死，证明了他们彼此的真爱。但真正的爱情也要有度，过犹不及，过度痴迷于情爱的欢娱，沉醉于两个人的极乐世界，忘却了其他的社会责任,也就丧失了理性,最后只能走向毁灭的深渊。

六

信任与背叛的问题,也是爱情中不容忽视的大问题。

婚姻是两个陌生的男女组合成一个家庭,其中的黏合剂是爱情,而爱情具有排他性。因此在爱情婚姻中很容易产生猜疑,怀疑对方不忠。现代信息社会中,有了多种多样的信息交流方式,想认识陌生人很容易。现代男女都走出家庭,走向社会,来往于千千万万陌生人中间,外界的诱惑实在太多,因此很容易发生出轨出墙的事情。婚姻私人侦探不愁没有生意可做,有多少男女花钱雇人去盯着配偶的行止。陷入怀疑配偶的人自己也陷入了痛苦折磨中,就像莎士比亚的《温莎的风流娘儿们》中的福德。

此剧写的是发生在温莎的风流故事,破落骑士福斯塔夫为了钱财去勾引福德妻子和培琪妻子,因为这两个女人都掌握着家庭的财政大权。这两个女人巧用智慧,三次捉弄福斯塔夫,最终赢得丈夫的信任。

虽然这是莎士比亚创作于四百多年前的带有夸张色彩的喜剧,但今天像福德一样花钱雇人去试探自己配偶的人绝不鲜见。那些雇主们所受的煎熬应该跟剧中的福德一样吧?套用存在主义哲学家萨特的一句话,他人就是地狱。婚姻生活中一旦出现信任危机,家庭就成了地狱。如何使婚姻生活由地狱变成天堂?除了信任你的配偶,别无他法。信任是婚姻的基石,这是莎士比亚告诉我们的道理。

但是信任也要有度，在爱情中毕竟还是存在不忠诚的人物的，比如《维洛那二绅士》中的普洛丢斯。普洛丢斯和凡伦丁两个青年人对待爱情和友情的态度不同。普洛丢斯一心痴恋朱利娅，海誓山盟，彼此交换了爱情信物，不愿意离开维洛那到外地去谋仕途。而凡伦丁则到米兰去工作了。但普洛丢斯父亲后来也强迫儿子去工作，他被迫离开朱利娅也到米兰去了。到那里发现他的好朋友爱上公爵的女儿西尔维娅，并且两个人决定私奔，因为公爵让西尔维娅嫁给别人。普洛丢斯见到西尔维娅后，立刻也爱上了她，把原来的恋人朱利娅完全抛开了。为了一已之恋，他背叛了爱情和友谊，把好朋友准备要私奔的事情报告了公爵，公爵赶走了凡伦丁。最后普洛丢斯再见到朋友和初恋的时候，深深忏悔自己的罪行，取得了恋人和朋友的谅解。虽然是大团圆的喜剧结局，但莎士比亚在此剧中谴责了普洛丢斯的背叛，认为移情别恋不可靠。

七

嫉妒与试探的问题，也是爱情中不可回避的。

自从人类从最初混乱的群婚制进化到一夫一妻制后，稳固的一对一的男女关系才可以称为爱情，随之而来的就是爱情的排他性和独占欲。因此嫉妒从来就跟爱情相伴相生。尤其在现代社会，女性走出家庭，走向社会。再加上现代信息工具的发达，工作效率不再是拼力气，更要靠智慧。女性在职场上得以施展才华，收入有时比男人还多。很多丈夫们心里就不舒服了,感觉自己吃软饭了,在家里失去了男子汉的权威了。自己办不到的事,老婆凭什么就能办到呢?一定是使用了什么见不得人的手段了吧?

就像《冬天的故事》里的西西里王里昂提斯,自己想留发小波希米亚王再住些天,留不住就让王后帮忙挽留。结果王后真的留住了他后,里昂提斯反而醋意大发,妒火中烧。为什么我留不住,她就能留住?瞧他们俩说说笑笑、亲亲热热的样子,他们俩之间一定有私情,进而怀疑王后肚子里怀的孩子也不是自己的。于是就要毒死朋友,审判王后,把王后生下的小公主扔掉。通过此剧,莎士比亚告诉我们,无中生有的嫉妒会酿成悲剧。而嫉妒往往反映了人的不自信心理。

而有的人就超自信,一点都不嫉妒,甚至自信到可以让人去试探自己的妻子,认定自己的妻子决不会出轨。比如《辛白林》里的波塞摩斯。他本是名将之后,和公主一起长大,但是他的身份还没有高贵到可以娶公主的程度。但两个人非常相爱,于是就偷偷地结了婚。不列颠王辛白林因此被惹恼了,把他流放到意大利。他听不得别人夸奖他们国家的女人好,认为世界上他的妻子最美丽最坚贞,甚至跟意大利人打赌,给人家提供见他妻子的机会,让人家去试探他的妻子。而那人使用阴谋偷走了他给妻子的信物——一个手镯。于是他就相信妻子失贞了。他自己回不了不列颠,就让仆人去杀死失了贞的妻子。

现实生活中试探配偶的事情屡见不鲜。本来没有什么大事,试探的结果使原来恩爱的夫妻产生裂隙。因为试探过程中可能会出现很多事情,是你掌控不了的。因为一试探,夫妻关系中就有了第三个人的介入，这个人的行为可能就超越了你原来规定的路径，节外生枝，导致你不想看到的结果。《辛白林》给我们提供了一个试探的反例，莎士比亚通过这个故事告诉我们，爱情经不起试探。

八

暗恋与单恋的问题，也是爱情中时常出现的。

最好的爱情是两个人发生电光火石的碰撞，同时擦出爱情的火花。但在任何时代都会存在一个问题，就是双方的爱情并不是同步产生，只是一方爱上了，另一方并不爱。那么爱上了这一方应该怎么做？雨果曾在《巴黎圣母院》里写出了单恋的两种极致，一种是得不到就毁了他（她），以副主教克洛德为代表。现实中也有一些这样的人，一旦得不到自己想要的爱，就因爱生恨，撕破脸皮，造谣中伤，极尽毁灭之能事，缺乏起码的道德感。另一种是只要爱人能幸福，我愿意为他（她）做任何事，以卡西莫多为代表。

莎士比亚的《第十二夜》中的女主人公薇奥拉属于卡西莫多式的爱情，这种爱情也是一种健康的正能量的态度。薇奥拉不幸遭遇了海难，被船长救起，但与双胞胎哥哥失散了。在船长的举荐下，她女扮男装到公爵身边做了侍童。薇奥拉见到公爵后就爱上了他，但她必须隐藏自己的感情，全意全意为公爵服务。她的真诚取得了公爵的信任，公爵把自己心里热恋奥丽维娅的秘密告诉她，并且派她代替自己去求婚。于是薇奥拉全心全意地投入到为公爵求婚的使命中。

她为公爵所做的桩桩件件，从来没有任何抱怨，公爵都看在眼里，记在心里，对她更加信任。所以当公爵知道她是女儿身后，毫不犹豫就表达了对她的爱。她用自己的真诚付出获得了真爱。

《终成眷属》是一个单恋的故事，海丽娜是一个平民医生的女儿，父亲去世后，被寄养在伯爵夫人家里，伯爵夫人待她如亲生女儿。但她却爱上了伯爵夫人的儿子勃特拉姆，这种单恋煎熬得她非常痛苦。后来她用父亲留下的秘方治好了国王的痼疾，国王给了她一个特权，可以在国王的臣子中间挑选一个做自己的丈夫。她当然就挑选了勃特拉姆，但勃特拉姆不愿意娶她，虽然勉强结了婚，但为了逃避她，勃特拉姆竟然去意大利前线作战去了，并且留下书信，说他们要想成为夫妻，海丽娜必须完成两个条件，一个是得到他的从不离手的指环，另一个是腹中怀上他的孩子。海丽娜不屈不挠，也来到了意大利前线，并且巧用智慧，得到了他的指环，也怀上了他的孩子。真情感动了勃特拉姆，二人真正地结为夫妻。对于海丽娜来说，爱情得之于她的巧用智慧。

九

现实生活中，总会有一些年轻人把爱情看得过重，一旦失恋就寻死觅活，好像生活除了爱情再无意义。其实爱情只是生活中的一部分，绝不是生活的全部，如果把生命全部寄托在爱情上，一旦爱情不在，生命也就不在，就像《哈姆雷特》里奥菲利娅的悲剧。《哈姆雷特》让大家都记住了一个复仇故事。但其实其中也写到了爱情。一开始，王子认为父母的爱情是完美的，他们两个须臾不可分离，好像真的是一体。但他万万没想到，父亲刚死，母亲就改嫁叔父。他不禁感叹，女人，你的名字就是弱者。母亲的爱情靠不住。而他自己呢？当知道了父亲被叔父所害，自己要肩负起为父报仇的责任时，同样放弃了和奥菲利娅的爱情，导致奥菲利娅一步步走向悲剧的结局。所以人不能太倚重爱情，应该把生命活得多姿多彩。

古典爱情模式以《罗密欧与朱丽叶》为代表，是一见钟情式。罗密欧与朱丽叶在舞会上一见倾心，后来知道了自己所爱之人是仇家的后代。但什么也不能阻止两个相爱的人在一起，于是两个人秘密地结了婚。但由于朱丽叶的表哥挑衅，罗密欧杀死了他而被放逐。而朱丽叶又被逼婚嫁给别人，朱丽叶假死躲避这个婚姻。但罗密欧不知道是假死，自己自杀殉情而死，朱丽叶苏醒过来看到罗密欧已死，也自杀而死。他们的爱情是一种生死相依的爱情极致，也是男女主人公一见钟情，遇到阻力，两个人团结起来一致对外的古典爱情模式的典范。

但早在四百年前，莎士比亚也写出了现代爱情模式，是欢喜冤家型。《无事生非》的男女主人公是两个一见面就吵的冤家，但如何使这样两个冤家成为爱人呢？莎士比亚告诉我们，就是发现对方爱自己。其实是莎士比亚发掘了人的心理秘密，即人的投射心理。就是当你发现别人对你好的时候，你自然就会对对方好。之所以这两人是冤家对头，其实他们是一类人，有很多的共性特征。当偷听到别人说对方如何爱自己后，也就马上爱上了对方。

《暴风雨》写了王子和公主的爱情，但两个人爱上对方以后，都愿意降低自己的身份，甘心为对方做奴仆。当我们不确定自己是不是真爱上对方的时候，你问问自己的内心，当你愿意放下身段，甘心为对方着想的时候，你就是爱上了。

《仲夏夜之梦》是个神仙参与的爱情故事。海丽娜的男朋友狄米特律斯移情别恋了，爱上了另一个姑娘赫米娅，人家赫米娅有男朋友拉山德，但赫米娅父亲想让女儿嫁给狄米特律斯。赫米娅和拉山德被迫私奔到郊外的树林里，狄米特律斯也追到了树林里，海丽娜也追着狄米特律斯来到了郊外的树林里。海丽娜苦求狄米特律斯回心转意，与她和好，但却遭到了狄米特律斯的厌烦。树林里的仙王看到这一切后，决定帮助海丽娜。于是命令他手下的精灵去采一种有魔力的花汁滴到狄米特律斯的眼皮上，成全了两对年轻人的爱情。如果是真爱，神仙都会来帮忙。

十

莎士比亚戏剧的爱情故事丰富多彩，足可以对照现实中纷乱的爱情。我们也可以大致总结一下莎士比亚的爱情观。那就是爱情需要专一，不可以见异思迁。爱情不是一时冲动，需要经过时间考验。真爱和出身门第无关，你只要真心付出，就能得到真爱。当你愿意为对方放下身段，一切为对方着想的时候，你的爱情就开始了。如果你爱对方，人家并不爱你的时候，你只要真心付出，对方也会回应你的爱情。在爱情关系中，要有奉献精神，如果你一味想索取，注定得不到真爱。但爱情中的奉献也要有度，不能完全丧失自我。爱情中不能过分嫉妒，更不要去试探配偶。婚姻关系中要信任配偶，否则你将痛苦不堪。爱情中不能过分沉迷于肉欲，真爱是灵与肉的完美融合。

东西方剧坛两颗巨星莎士比亚和汤显祖同年去世，这两位伟大的剧作家都为人类留下了珍贵的精神遗存，后人受用不尽。汤显祖让我们见识了我国古代追求真爱的女子杜丽娘，可以因爱而死，也可以因爱而生，让我们知道了我国古代女子为爱可以如此大胆执着，从而鼓舞现代人追求爱情的勇气。莎士比亚让我们见识了爱情如此多姿多彩。

莎士比亚戏剧超越了时空，滋养着人类的精神。尤其是其中的爱情主题，给我们提供了很多有益的借鉴。一方面我们从中得到了艺术享受，另一方面我们更从中获得了思想启迪。四百多年来，莎士比亚就像一位导师，他的爱情戏剧就像指路明灯，让人类在寻爱的道路上少走弯路，找到真爱，获得幸福的生活。因此不仅是现在，而且在遥远的未来，莎士比亚戏剧的爱情主题永远有现实意义。

第一章

奉献自己爱对方

——莎士比亚告诉你爱情是什么之《威尼斯商人》

如何才能得到真爱?

莎士比亚回答:**奉献自己。**

一

凡是读过中学的人都学过莎士比亚的喜剧《威尼斯商人》片段，课本节选的是法庭那一场戏，大家记住了犹太高利贷者夏洛克要从商人安东尼奥身上割下一磅肉的故事，同时也钦佩鲍西娅用智慧打赢了一场开头看必输无疑的官司。其实在这部戏中还有一条重要的爱情线索。正是巴萨尼奥要去向富家小姐鲍西娅求婚，没有钱置办衣装打扮自己，才向他的好朋友安东尼奥借钱。安东尼奥是个经营海外贸易的大商人，又是个仗义疏财的豪爽朋友。虽然他很有钱，但当时都是以货物的形式在海上漂着呢，手里没有现钱，于是安东尼奥为了好朋友去向夏洛克借钱。

夏洛克是一个在基督教社会里受歧视的犹太人，经常受到安东尼奥及其朋友的污辱。尤其是安东尼奥经常借钱给别人还不收利息，这就使得人们纷纷去向安东尼奥借钱而妨碍了夏洛克的生意。无论是人格上受到的污辱，还是生意上受到的损失，都使夏洛克对安东尼奥怀恨在心，伺机报复。这次安东尼奥主动送上门来，跟他来借钱，报仇的机会终于来了，于是签下了关于一磅肉的契约。就是安东尼奥从夏洛克手里拿走三千块钱，如果到期不能还钱，就要从安东尼奥身上，明确写明是靠近胸口的位置割下一磅肉来。安东尼奥之所以敢签这样一个割肉的契约，是因为这三千块钱对他来说是九牛一毛，凭他一个大商人，还能还不上这点钱吗？就当一个玩笑签下了这个契约。追根溯源,这一切的发生都是因为爱情。

二

本剧写了三对青年男女的爱情,巴萨尼奥和鲍西娅,安东尼奥的朋友罗兰佐和夏洛克的女儿杰西卡,巴萨尼奥的朋友葛莱西安诺和鲍西娅的侍女尼莉莎。其中重点讲述的是巴萨尼奥和鲍西娅的爱情历程。

鲍西娅小姐可以说要什么有什么,她健康向上,年轻貌美,智慧过人,富有钱财。上帝如此眷顾她,简直是完美,但还不能说无缺。因为莎士比亚不会让她事事如意,这有两个原因,一个原因是人生在世不如意事十之八九。另一个原因就戏剧本身来说,戏剧人物如果没有欲求,戏剧也就没有了推动力,情节也就没法向前发展了。因此莎士比亚必须让她为一件重要的事情焦虑。什么事会让一个生活无忧的年轻姑娘内心烦恼呢?当然就是爱情了,对,让她的婚姻不能自主。

她父亲给她留下巨额财产的同时,也留下了对女儿婚姻的掌控权。"一个活着的女儿的意志,却要被一个死了的父亲的遗嘱所钳制。"这正是她烦恼的根源。遗嘱里要鲍西娅通过三个匣子选定自己未来的夫君。这么一个可人的姑娘,天下哪个男人不想娶?五湖四海的王公贵胄从四面八方远道而来,这众多的求婚者,不管什么歪瓜裂枣,高矮胖瘦,年老年少,肤色黑白。只要人家诚意足够,鲍西娅都不能拒绝。

怎么才算诚意足够呢？鲍西娅老爹自有办法测试。莎士比亚在剧中也说了"大凡有道君子临终之时，必有神悟"。鲍西娅老爹不会为女儿带来如此多的麻烦的，让女儿被众多的求婚者纠缠。因为他为求婚者设立了第一道门槛，做了第一轮筛选，以此来考察求婚者的诚意。那就是求婚者在选匣前必须发誓，如果此次求婚不成，必将终身不娶。三个匣子中只有一个放着鲍西娅的画像，如果选中那个匣子，求婚成功，选不中，求婚失败。三选一呀，也就是说有三分之二的可能，这辈子得打光棍了。条件如此苛刻，风险太大了。尽管鲍西娅如此完美，财富如此诱惑，但求婚不成的结果就是再也不能讨老婆了，这辈子就得孤单一个人过了，太可怕了，因此很多的求婚者还是不敢冒这个险，海选第一关就被淘汰了。诚意不够的大部分求婚者打了退堂鼓，没选就撤退了。鲍西娅也乐得轻松。但是还有三位执着的求婚者，摩洛哥亲王，阿拉贡亲王和巴萨尼奥，发过誓要选匣子。

鲍西娅老爹的这个设计真是巧妙，众多的求婚者远道而来，目标是鲍西娅的美貌和财富。如果不给他们设下这一道关卡，他们不用担一点风险，随随便便就能去选匣子，选中是幸运，选不中也无所谓，对以后的人生没有任何影响。那鲍西娅的身份也就不再尊贵，跟街头的萝卜白菜一个样了。你来求婚不仅得赌上你这一辈子的幸福，还决定你是子孙万代，还是断子绝孙，这一招够狠。这样鲍西娅的稀缺性立马显现出来了，一下子提升到千年人参的地位了，人家鲍西娅本身就像千年人参一样珍贵呀。求婚者发了誓，对待婚事也就会郑重其事，求婚过程也严肃认真起来。更重要的是老爹考察的还是求婚者的靠谱度。老爹最怕的就是自己留下的大笔财富和女儿落到不可靠的人手中，那样老爹在那边也过得不安心啊。此次求婚不成，必将终身不娶，发这个誓言的时候，会锤击发誓者的心灵的。肯发誓选匣的人，懂得誓言的分量，也才会珍惜鲍西娅和今后的婚姻。发过此誓，最起码会懂得要想得到，必须得承担风险的道理。

三

第一位是皮肤黝黑的摩洛哥亲王，这是位太阳的近邻，非洲的亲王。意大利白人姑娘鲍西娅是多么不情愿啊，但人家发誓了，就有选匣子的权利了，你就得让人家选。在此，鲍西娅老爹高明之处再次显现出来，其实也是莎士比亚的爱情观的体现。第一关考察的是诚意，第二关考察的是人品。

这三个匣子的材质分别为金、银、铅，而且每个匣子上都写着一句话。金匣子上写着："谁选择了我，将要得到众人所希求的东西。"银匣子上写着："谁选择了我，将要得到他所应得的东西。"铅匣子上写着："谁选择了我，必须准备把他所有的一切作为牺牲。"

面对金银铅三个匣子，摩洛哥亲王反复斟酌，看到铅匣子上面那句话："谁选择了我，必须准备把他所有的一切作为牺牲。"他认为"人们为了希望得到重大的利益，才会不惜牺牲一切；一颗贵重的心，决不会屈躬俯就鄙贱的外表；我不愿为了铅的缘故而作任何的牺牲"。他认为铅是鄙贱的，不能让他得到重大的利益，不值得他做牺牲，于是他排除了铅。

他觉得银匣子上那句话不错,"将要得到他所应得的东西",他觉着"讲到家世、财产、人品、教养,我在哪一点上配不上她?可是超乎这一切之上,凭着我这一片深情,也就应该配得上她了"。鲍西娅就是他应该得到的东西,就选这一个银匣子吧。

但再一看,闪闪发光的金匣子更耀眼,他感觉到金匣子上的话更诱惑。"将要得到众人所希求的东西。"众多的求婚者从四面八方而来,都是为了一个共同的目标——鲍西娅,鲍西娅不就是众人所希求的东西吗?于是他毅然打开了金匣子,打开一看是个骷髅。并且上面写着一句话,告诫他"发闪光的不全是黄金"。摩洛哥亲王求婚失败,悻悻而归。

接着来的是阿拉贡亲王。他觉着铅太难看,不值得为它牺牲。金匣子上写着众人所希求的东西,以精英自我标榜的亲王认为众人所指"是无知的群众,他们只知道凭着外表取人,信赖着一双愚妄的眼睛,不知道窥察到内心"。自己比他们高明多了,"我不愿选择众人所希求的东西,因为我不愿随波逐流,与庸俗的群众为伍"。所以排除了金匣子。

而银匣子上写着将要得到他应得的东西。"一个人要是自己没有几分长处,怎么可以妄图非分?尊荣显贵,原来不是无德之人所可以忝窃的。"自己之所以敢来求婚,敢发誓选匣子,就是因为自己出众的才干。应该享有尊荣显贵,财富与美貌共存的鲍西娅就是他应得的东西呀。于是信心满满地打开了银匣子,出现的是一张傻瓜的画像。附诗写道:"我知道世上尽有些呆鸟,空有着一个镀银的外表;随你娶一个怎样的妻房,摆脱不了这傻瓜的皮囊。"原来自视甚高的阿拉贡亲王不过是个傻瓜。

四

虽然鲍西娅和巴萨尼奥早就相识,情愫暗生,在她和侍女的交谈中也表露了她的心意,希望巴萨尼奥前来求婚。当巴萨尼奥真的来了,她欣喜若狂,但是又忐忑不安,甚至劝巴萨尼奥先在这里住上一两个月再做选择。"因为要是您选得不对,咱们就不能再在一块儿,所以请您暂时缓一下吧。我心里仿佛有一种什么感觉——可是那不是爱情——告诉我我不愿失去您。"一个姑娘红着脸说出了自己的感情,但为了面子还得强调一下那不是爱情,但这爱情已经表露无遗了。

就是因为她爱巴萨尼奥,所以才怕他选不中,如果选不中,她就有了三层的负罪感。第一层,他们就不能再在一块儿,连朋友也不能做了,她将失去此生的挚爱。第二层,巴萨尼奥终身不能娶妻,就得打一辈子光棍,都是她造成的,她将愧疚一生。第三层,她也会追悔一生,后悔当初没有违背誓言,告诉他该选哪个匣子。但是她当着父亲的面立下的誓言又不能违背,不能透露一点秘密给巴萨尼奥。她怕巴萨尼奥选不中的不幸事件发生,因此她的"目的是要尽量拖延时间,不放您马上就去选择"。

一个不希望对方马上选,一个是急着想要得到结果。

巴萨尼奥从威尼斯来到贝尔蒙特,甚至不惜让好朋友安东尼奥为了他此次求婚去向仇人夏洛克借钱,他就是要得到一个肯定的爱情的答复呀,因此,哪怕等上一天都是巨大的煎熬啊。于是巴萨尼奥恳请鲍西娅："让我选吧，我现在这样提心吊胆，才像给人拷问一样受罪呢。"鲍西娅理解巴萨尼奥的急切，只得忍痛让他选匣子了。

当巴萨尼奥面对三个匣子选择的时候，鲍西娅遵从父命，她不能给巴萨尼奥任何暗示，她的那份煎熬丝毫不少于巴萨尼奥。她把巴萨尼奥想象成上战场的赫拉克勒斯，同时也掌控着自己的生命。"我的生命悬在你手里，但愿你安然生还；我这观战的人心中比你上场作战的人还要惊恐万倍！"她无能为力，只能期待着巴萨尼奥做出明智的选择。

肩负着自己和鲍西娅爱情使命的巴萨尼奥，凭借着对爱情的理解，对社会的洞悉，他没有从三个匣子上写着的话进行分析，而是明白世上的事物往往表里不一。他说："外观往往和事物的本身完全不符，世人却容易为表面的装饰所欺骗。"因此，他说："你炫目的黄金，米达斯王的坚硬的食物，我不要你；你惨白的银子，在人们手里来来去去的下贱的奴才，我也不要你；可是你，寒碜的铅，你的形状只能使人退走，一点没有吸引人的力量，然而你的质朴却比巧妙的言辞更能打动我的心。"毅然选择了铅匣子。

结果一打开里面是鲍西娅的画像，并且附诗一首："你选择不凭着外表，果然给你直中鹄心！胜利既已入你怀抱。"巴萨尼奥选择质朴的铅匣子，求婚反而成功了。

五

果然巴萨尼奥不负使命，爱情以最完美的形式呈现出来，快乐充盈着鲍西娅的心，巨大的幸福感让她乐不可支。"一切纷杂的思绪；多心的疑虑、鲁莽的绝望、战栗的恐惧、酸性的猜忌，那么快地烟消云散了！爱情啊！把你的狂喜节制一下，不要让你的欢乐溢出界限，让你的情绪越过分寸；你使我感觉到太多的幸福，请你把它减轻几分吧，我怕我快要给快乐窒息而死了！"如愿了，他如愿了，她也如愿了。所有的恐惧都消失了，鲍西娅快要被快乐窒息而死了。这个折磨了鲍西娅多少年的阴影，终于消散了。老爹留下来的这三个匣子就像一块大石头压在鲍西娅的心头，想起来就害怕，怕被自己不喜欢的人选中，自己也得嫁给他，那样自己一辈子就惨了。如今所有的不愉快都烟消云散了，拨开云雾见日月的感觉哟。她仿佛是经历了凤凰涅槃，获得了新生。她今后的人生是充满爱情的人生，是和巴萨尼奥共同的人生。

而巴萨尼奥更是不敢相信巨大的幸福已经降临到他的身上了。"绝世的美人，我现在神晕目眩，仿佛闯进了一场离奇的梦境，除非你亲口证明这一切是真，我再也不相信我自己的眼睛。"鲍西娅马上给了他一个肯定的答复，是的，你成功了，我们成功了。你将要成为我的丈夫，我将要成为你的妻子。"为了您的缘故，我希望我能够六十倍胜过我的本身，再加上一千倍的美丽，一万倍的富有；我但愿我有无比的贤德、美貌、财产和亲友，好让我在您的心目中占据一个很高的位置。"为了所爱之人，希望自己更完美，把更完美的自己奉献给爱人。

爱情会激发人的无限潜能，恋爱的双方都会努力使自己更完美。爱情是多么美好的事呀。如果世界上的人都拥有爱情了,世界是不是会更美好了呢?于是就没有了战争、暴恐、动乱,整个世界就和平安宁,成了一个相亲相爱的大家庭。

六

三个男人通过金、银、铅三个匣子的选择,得到了不同的结局。选择金匣子的得到的是骷髅,选择银匣子的得到的是傻瓜。因为他们都受了匣子上写的那句话的诱惑,金匣子上写的是得到众人希求的东西,银匣子上写的是得到应该得到的东西。二者的本质是一样的,都是想得到。通过这个巧妙的设计,莎士比亚告诉我们,一个想在爱情中索取的人必将得不到爱情。而铅匣子上的那句话:"必须准备把他所有的一切作为牺牲。"为了爱情必须做好牺牲自己所有一切的准备,这其实道出了爱情的真谛,那就是奉献。

关于爱情的奉献精神,莎士比亚并没有让巴萨尼奥说出,而是通过鲍西娅的言行阐释出来。"我自己以及我所有的一切,现在都变成您的所有了;刚才我还拥有着这一座华丽的大厦,我的仆人都听从着我的指挥,我是支配我自己的女王,可是就在现在,这屋子、这些仆人和这一个我,都是属于您的了,我的夫君。"两个人一旦缔结了婚约,两个人就成了一体,再也分不出哪是你的,哪是我的,鲍西娅奉献出了全部的财产。

智慧的鲍西娅不仅是这么说的,而且也是这么做的。求婚刚刚成功,还没来得及享受这份喜悦的时候,就有人带来了安东尼奥的信。

当巴萨尼奥读着安东尼奥的信时，脸色大变。鲍西娅表示，"巴萨尼奥，我是您自身的一半，这封信所带给您的任何不幸的消息，也必须让我分一半去"。鲍西娅刚刚成为巴萨尼奥的准妻子，就已经和准丈夫共患难了。于是巴萨尼奥就原原本本地把情况告诉了她。好朋友为了他找了夏洛克借钱，结果朋友的船舶在大海上沉没了，好朋友安东尼奥破产了，没能按期还上夏洛克的钱，夏洛克把他告上了威尼斯的法庭，要从他身上割下一磅肉来。这一切的因由都是为了他。此刻巴萨尼奥焦急万分。

鲍西娅知道这一切后，没有慌乱，没有抱怨，没有因为自己要嫁的男人一无所有而后悔，而是有条不稳地做了安排。第一步，他们要到教堂去结婚。结婚后她的财产就是巴萨尼奥的了，巴萨尼奥就可以动用她的财产帮助好朋友安东尼奥了。第二步，她让巴萨尼奥带着二十倍于借款的钱速去威尼斯搭救安东尼奥。第三步，她给做法官的表哥写了一封信，得知威尼斯公爵请的审理夏洛克与安东尼奥案件的法官正好是她的表哥。第四步，她使用了调包计，自己女扮男装冒充法官表哥赶到威尼斯法庭。

这四步，一步步都是承接关系，可见她思维的缜密，遇事不慌，冷静思考，显示出她的大智慧。更表现了她对爱情的奉献精神，她完全把丈夫的事当成自己的事在处理，为丈夫分忧，她不是说在嘴上，而是落实在行动上。

七

  法庭一场戏最能展现鲍西娅的智慧。她经过三退三进，一步步把夏洛克引入了陷阱。开局看，夏洛克是胜券在握，安东尼奥就是待宰的羔羊。但结局是，夏洛克不但败诉，而且财产也损失了一半，被充公了。这还是因为安东尼奥宽宏大量，没要他的财产。

  安东尼奥和巴萨尼奥对法官感激不尽，送给她钱财表示感谢，都被她拒绝了。"一个人做了心安理得的事，就是得到了最大的酬报；我这次帮两位的忙，总算没有失败，已经十分满足，用不着再谈什么酬谢了。"她这是在帮她丈夫的忙，她丈夫的事也就是她自己的事呀。巴萨尼奥无论如何总要表示一下，希望法官从自己身上随意拿一个什么东西做个纪念。

  鲍西娅就和他开了个玩笑，要他手上的戒指。这下可让巴萨尼奥为难了。因为那是鲍西娅送给他的，嘱咐他永远不把它出卖、送人或是遗失。对此巴萨尼奥不仅铭记在心里，而且还落实到了行动上。尽管他对帮他们打赢了官司的法官感激涕零，但还是没有把戒指送给他。

  在这个小小的玩笑中，一方面可以看出鲍西娅幽默俏皮的性格，里面其实含有跟巴萨尼奥撒娇的性质，男装的鲍西娅做这件无理的事情就显得更可爱了。更重要的是要考验一下巴萨尼奥是否忠贞，坚守诺言。男装的鲍西娅没有要到戒指，心里应该是满意的，因为巴萨尼奥经受住了考验。

  最后虽然巴萨尼奥还是把戒指送给了法官，但是在安东尼奥的劝说下，巴萨尼奥还是非常仗义、重友情的。

当然最后就是凭着这一枚戒指，巴萨尼奥才知道了法庭上辩才滔滔的法官就是自己的妻子鲍西娅。

八

莎士比亚在《威尼斯商人》中，写出了商人之间的金钱纠葛，也写出了当时的两种商人，一种是以夏洛克为代表的高利贷商人，一种是以安东尼奥为代表的经营海外贸易的商人。可以看出莎士比亚对两种商人的态度不同。他否定前者，肯定后者。因为后者带来了世界商品的流通，代表了一种开拓型的贸易模式，是社会的发展方向。同时也浓墨重彩地赞美了鲍西娅和巴萨尼奥的美好爱情。

巴萨尼奥凭着对鲍西娅爱情的诚意，敢于发誓，此次求婚不成，必将终身不娶。可见他是把鲍西娅当成了此生爱情的唯一目标。凭着对爱情的透彻理解，选择了质朴无华的铅匣子，求婚成功。在巴萨尼奥身上，我们看到的是爱情的真诚。

而莎士比亚把自己对爱情的理解寄托在了鲍西娅身上。尽管她的婚姻不能自主，得按着老爹的遗嘱办，好像完全是被动的。但在整个的爱情历程中，她又是积极的，主动去争取自己的幸福。首先她让巴萨尼奥推迟选匣子的时间，就是怕他选不中，自己和所爱之人再也没有相处的机会了。接着是巴萨尼奥选中了，他们俩可以相爱结婚了。她马上奉献上自己的全部财产。紧接着就是安东尼奥被告上法庭，她毫不犹豫让巴萨尼奥带上二十倍于借款的钱去搭救安东尼奥,然后自己女扮男装去帮安东尼奥打赢了一场必输的官司。

铅匣子上的那句话,"谁选择了我,必须准备把他所有的一切作为牺牲"。鲍西娅做到了。准备牺牲自己的一切就是要奉献,奉献了自己也得到了爱的回报。

为她所爱的人牺牲自己的金钱,奉献了自己的智慧。爱情能不眷顾这样的人吗?巴萨尼奥本来就对鲍西娅痴痴迷恋,现在又折服于鲍西娅的智慧,叹服于鲍西娅的慷慨,爱慕中又添加了感激之情和自豪之感,他们的爱情能不稳固吗?他们的爱情故事告诉我们,具有奉献精神的人才会得到真爱。

童话里的爱情故事都是结束于从此公主和王子过上了幸福的生活,但我们知道童话都是骗人的,是幻想出来的美好故事。但我相信从此鲍西娅和巴萨尼奥过上了幸福的生活,因为他们的爱情是稳固的,智慧的鲍西娅是会经营好自己的婚姻的。

第二章

丧失自我的悲剧

——莎士比亚告诉你爱情是什么之《奥瑟罗》

世界上最有力的是什么?

莎士比亚回答:爱情。

世界上最脆弱的是什么?

莎士比亚回答:爱情。

一

> 至近至远东西,
>
> 至深至浅清溪。
>
> 至高至明日月,
>
> 至亲至疏夫妻。

这是唐朝女诗人李冶写的六言诗《八至》。前三句说的都是自然界最极致的事,最后一句则说尽了人间男女之情。李冶是一个出家的女道人,没有真跟哪个男人结成过夫妻,但却参透了男女情事,才会写出这样冰彻透骨的诗句来。"至亲至疏夫妻",这句诗拿来理解莎士比亚的悲剧《奥瑟罗》中的爱情是再恰当不过的。

莎士比亚四大悲剧中有三部都写到王权争斗,权力欲的过分膨胀导致的恶果。只有《奥瑟罗》是主要写爱情的,也深刻地把人间男女情事写得透彻见底。

二

《奥瑟罗》说的是两个最不可能相爱的人,就像两颗行星永远没有交汇的轨迹那样,却像火星撞地球一般碰撞出了电光火石般的爱情,结成了世界上最不般配的夫妻。

奥瑟罗是一个黑色的摩尔人,即北非的阿拉伯人,为威尼斯建功立业,在战场上成就了功名,威名远播。经历过"海上陆上惊人的奇遇,间不容发的脱险,在傲慢的敌人手中被俘为奴,和遇赎脱身的经过"。冒险于"广大的岩窟、荒凉的沙漠、突兀的崖嶂、巍峨的峰岭"。这样一个历尽各种磨难,每天提着脑袋过日子,在前线冲锋陷阵,杀出一片天地来的摩尔人,面目是黝黑的,皮肤是粗糙的,性格是刚烈的,意志是顽强的,外表是强悍的,年龄上也应该是人到中年。

苔丝狄蒙娜是一个威尼斯贵族少女,一个深居浅出的大家闺秀,未经世事,就像一个刚刚从天下"掉下来的林妹妹,似一朵轻云刚出岫"。她的父亲是元老院德高望重的大人物,连威尼斯公爵都得敬他几分。威尼斯公爵就相当于国王,是国中最高权力掌握者。苔丝狄蒙娜可谓出身名门,而她自己的品貌更是出类拔萃,是同种同族中的白人青年理想的佳偶。

这样的两个人就像是地球的南极和北极,似乎永远不会有交集。对于这一点,苔丝狄蒙娜的父亲,那个元老级的大人物肯定也是这么认为的。否则他不会请奥瑟罗到家中做客,听他讲述自己的战斗经历,而且还让女儿苔丝狄蒙娜跟着一起听了。讲也就讲了,听也就听了。自己的女儿,一个女孩子家家的,对这些打打杀杀的事情肯定也不感兴趣,有一耳朵没一耳朵地听听也无妨。而且一定会是左耳朵听了,右耳朵冒了,不会听进心里去的。这位元老万万也没想到,自己的女儿不但听了,还听到心里去了,还被打动了,还对这位历险者崇拜了,动了真心了,爱上了。

正如奥瑟罗所说:"当我讲到我在少年时代所遭逢的不幸的打击的时候,她往往忍不住掉下泪来。我的故事讲完以后,她用无数的叹息酬劳我;她发誓说,那是非常奇异而悲惨的;

她希望她没有听到这段故事,可是又希望上天为她造下这样一个男子。她向我道谢,对我说,要是我有一个朋友爱上了她,我只要教他怎样讲述我的故事,就可以得到她的爱情。"听过这些英雄事迹,姑娘首先暗示,她的爱情要送给讲这些故事的人,她爱上了故事的主人公。正是因为有了姑娘的主动暗示,奥瑟罗才有勇气大胆求婚,两个人相爱了。但他们两个人都明白,元老不会同意这桩看起来极不般配的婚姻,于是他们选择了私奔。越是看起来不般配的爱情,越具有强大的吸引力,这爱情来势汹涌,如决堤之江河,势不可当,谁也拦不住。

三

当父亲知道发生了这种意料之外的事情时,怎么也不会相信。女儿是父亲的掌上明珠,自信的元老一直觉着女儿在自己的掌握之中,怎么会做出这样的违逆父亲意愿的事呢?她这么做不但违逆了父亲,也违背了她自己的意愿啊,肯定不是她自愿的。完美的女儿是国内多少贵族子弟追求的对象。"她这样一个年轻貌美、娇生惯养的姑娘,多少我们国里有财有势的俊秀子弟她都看不上眼",怎么可能爱上奥瑟罗呢?父亲想不明白,一定是奥瑟罗对女儿施了什么魔法妖术,让她丧失了理性,才做出这么愚蠢的决定。

于是愤怒的父亲把奥瑟罗告到公爵处,理直气壮地要求公爵制裁诱拐了他女儿的奥瑟罗。奥瑟罗被指责拐骗,不但不慌,反而气定神闲,底气十足,说出了他们爱情的原因:"她为了我所经历的种种患难而爱我,我为了她对我所抱的同情而爱她。"奥瑟罗的这句话显示出这个男人的自信。因为自己丰富的战斗经历,苔丝狄蒙娜就爱上了他,英雄对少女总是有极大的吸引力的。而自己是因为她爱我而爱她的。这就是被苔丝狄蒙娜父亲指责的所谓奥瑟罗的妖术。在这场爱情中,奥瑟罗多么信心满满。我不但没有拐骗你的女儿,甚至都没有追求你的女儿,是她首先爱上我的,我是因为她爱上我才爱上她的。元老你还有什么话说?

父亲被奥瑟罗的话噎得张口结舌,但还是不甘心,要亲耳听听女儿怎么说,没想到女儿的话更让父亲下不来台,"对您说起来,我深荷您的生养教育的大恩,您给我的生命和教养使我明白我应该怎样敬重您;您是我的家长和严君,我直到现在都是您的女儿。可是这儿是我的丈夫,正像我的母亲对您恪尽一个妻子的义务、把您看得比她的父亲更重一样,我也应该有权利向这位摩尔人,我的夫主,尽我应尽的名分"。苔丝狄蒙娜不仅承认了奥瑟罗是他的夫主,还告诉父亲,奥瑟罗在我的心中,比您更重。当年我的母亲不也是把您看得比她父亲更重吗?这有什么错吗?是呀,没什么错。刚才还是张口结舌的元老,现在只剩下目瞪口呆了,亲生女儿如此说,老头再也无话可说。什么叫当众被人打脸,元老充分体验到了。什么叫颜面扫地,老头已经给世人做了示范。德高望重的元老这一辈子攒的人气,这一次就挥霍完了,彻底归零,甚至变成了负数。一个连自己的女儿都如此对待的人,还希望别人怎么高看你一眼呢?老头这口气被堵在心口里,再也没有吐出来。苔丝狄蒙娜和奥瑟罗私奔这事是父亲人生的转折点，从此元老的日子江河日下。

父亲眼中"一个素来胆小的女孩子，她的生性是那么幽娴贞静，甚至于心里略为动了一点感情，就会满脸羞愧；像她这样的性质，像她这样的年龄，竟会不顾国族的畛域，把名誉和一切作为牺牲，去跟一个她瞧着都感到害怕的人发生恋爱"！这样完美的人儿怎么会做出这样不近情理的事？父亲是无论如何也不能理解的。这就是爱情的魔力呀。这力量大到什么程度呢？爱情的力量可以摧枯拉朽，爱情的力量可以惊天地，泣鬼神。爱情的力量可以跨越种族的界限，使一个白人淑女爱上一个黑色的摩尔人。爱情的力量可以冲破年龄的障碍，使一个妙龄少女嫁给一个中年男人。爱情的力量也可以使女儿为了维护爱人的尊严，而置父亲的尊严于不顾。爱情的力量可以使女儿忘记父亲的恩情，和这个极不般配的男人私奔。私奔呀，怎么说都是一个不好听的字眼，都是被爱情冲昏头脑的人才会做出的事情。这一切不可能发生的事情就都发生在幽娴贞静的苔丝狄蒙娜身上了。没有其他的解释，这就是爱情，因崇拜英雄而产生的爱情。

爱情是一种互动的行为，是两个人的事。苔丝狄蒙娜为了爱情，欺瞒了父亲，选择了私奔。奥瑟罗为了爱情，也牺牲了自己的自由呀。"倘不是我真心爱恋温柔的苔丝狄蒙娜，即使给我大海中所有的珍宝，我也不愿意放弃我的无拘无束的自由生活，来俯就家室的羁缚的。"是呀，四海为家，叱咤风云的奥瑟罗，漂泊了半生，停留下来了，成家了，也是因为爱呀。在此，莎士比亚写出了爱情的极致。

世界上最有力的是什么？莎士比亚回答：爱情。

四

瞒着父亲和奥瑟罗私奔的苔丝狄蒙娜没有得到父亲的祝福,却受到了父亲的诅咒:"留心看着她,摩尔人,不要视而不见;她已经愚弄了她的父亲,她也会把你欺骗。"这位父亲一定是被气迷了心窍,要不,怎么会对女儿下了这么恶毒的诅咒呢?怎么着,女儿也是你的亲骨肉呀。可见此时父亲对女儿只有恨,这父女俩彻底恩断义绝了。但奥瑟罗却不以为然,"我用生命保证她的忠诚"。信任是爱情的保护神,这时保护神好好地在自己的岗位上尽着自己的职责呢。爱情坚不可摧,父亲的离间不起任何作用。

接下来两个人要尽情地享受他们甜蜜的爱情了。奥瑟罗出征抗敌,苔丝狄蒙娜也来到了塞浦路斯军营。"看见你比我先到这里,真使我又惊又喜。啊,我的心爱的人……要是我现在死去,那才是最幸福的;因为我怕我的灵魂已经尝到了无上的欢乐,此生此世,再也不会有同样令人欣喜的事情了。"爱情的滋润让刚硬的军人柔情无限,苔丝狄蒙娜更是如沐春风,祈祷"但愿上天眷顾,让我们的爱情和欢乐与日俱增"!奥瑟罗亲吻苔丝狄蒙娜,认为接吻"便是两颗心儿间最大的冲突了"。两个人似乎回归到了人类本初,两头四手四脚的时代。柏拉图的《会饮篇》里记述,苏格拉底和阿里斯托芬的谈话,男女本来是一体,两头四眼可以看到360度,四手四脚,力大无穷,可以抵御各方面的攻击。神害怕人类的力量太强大,于是从中间劈了一刀,一个人被分成了两半。每个人的另一半都消失在茫茫人海里了，有些人终其一生都没有找到，能够找到的都是幸运的人。奥瑟罗和苔丝狄蒙娜很幸运，找到了自己的另一半了，合为了一体，是爱情把他们黏合在了一起。

五

但我们也常说，不怕没好事，就怕没好人。奥瑟罗和苔丝狄蒙娜不是生活在真空中，也不是住在只有他们俩的海岛上，而是生活在军营中。军营虽然不像后宫那么多是非，但有一个奸佞小人就足以混淆视听，造成恶果。并且是如此有才的一个小人，自编自导自演了一出戏。这个人就是伊阿古，奥瑟罗手下的一名旗官，他自认为自己的本领应该是一名副将，但奥瑟罗提拔了另一个年轻人凯西奥为副将，因此伊阿古不服。能得罪君子，不能得罪小人，这话有理。得罪小人的后果是严重的。伊阿古这个小人要报复奥瑟罗，正好还有一个帮手，就是喜欢苔丝狄蒙娜的罗得利哥。他愚蠢地想通过伊阿古给苔丝狄蒙娜送些礼物表达爱慕之情，于是随时听伊阿古差遣，并且提供资金支持。于是这两人沆瀣一气，狼狈为奸，结成了死党。

有德有才的人高贵，也会有大成就。有德无才的人平庸，是老好人。无德无才的人无赖，但兴不起大风浪。无德有才的人可怕，干尽天下坏事。伊阿古就是有才无德之人，他的报复是毫无底线的不择手段。而且他还会巧妙谋划，设计的圈套要一箭三雕，既报复了奥瑟罗，又整治了凯西奥，还得到了罗得利哥的钱财。但是做坏事也要讲究时机的。原来军营里都是男人，很难找到造谣中伤的由头。这次苔丝狄蒙娜来到了军营，也就给伊阿古带来了机会。他发现苔丝狄蒙娜和凯西奥很熟悉，并且凯西奥"这家伙又漂亮，又年轻，凡是可以使无知妇女醉心的条件，他无一不备"，于是造谣的计划就此定下。无中生有地捏造一个让男人最受不了的污辱，那就是对奥瑟罗扇风点火，说凯西奥和苔丝狄蒙娜有奸情。"用诡计捣乱他的平和安宁，使他因气愤而发疯。"

伊阿古阴谋策划好就行动起来，趁着奥瑟罗抗敌胜利，军营里喝酒庆贺的当口，他知道凯西奥不胜酒力，故意灌醉他，让他的同党找凯西奥寻衅滋事，扰乱军营，造成恶劣影响。伊阿古真的如愿了，凯西奥酒后无法自控，在罗得利哥的挑衅下，拔出剑来，误伤了重要人物。军营大乱，奥瑟罗愤怒了："我的血气蒙蔽了清明的理性，叫我只知道凭着冲动的感情行事。我只要动一动，或是举一举这一只胳臂，就可以叫你们中间最有本领的人在我的一怒之下丧失了生命。让我知道这一场可耻的骚扰是怎么开始的，谁是最初肇起事端来的人；要是证实了哪一个人是启衅的罪魁，即使他是我的孪生兄弟，我也不能放过他。"主帅愤怒了，后果可想而知，凯西奥被革职了。

凯西奥酒醒以后懊悔至极，自己本"是一个清清楚楚的人，不一会儿就变成个傻子，然后立刻就变成一头畜生！啊，奇怪！每一杯过量的酒都是魔鬼酿成的毒汁"。这时凯西奥的肠子都悔青了，自己的大好前程就这样断送了，仿佛迷路在黑暗的森林里，再也逃不出去，绝望至极。这时，伊阿古又出来做好人了，给他出了一个绝妙的主意，像指路明灯一样照亮了凯西奥的前程。他凯西奥要想官复原职，必须找一个人去跟主帅说情，这个人当然得是能对主帅产生巨大影响力的人物，这个人能是谁呢？当然是主帅夫人苔丝狄蒙娜了。

伊阿古很了解苔丝狄蒙娜的善良，"她的性情是那么慷慨仁慈，那么体贴人心，人家请她出十分力，她要是没有出到十二分，就觉得好像对不起人似的"。伊阿古这个高明的主意，简直就像递给正在大海里挣扎的凯西奥一根救命稻草，他一定要抓住。他对伊阿古感激不尽，于是他就按着伊阿古的指引去做了，一步步陷进圈套而不自知。

这事为伊阿古提供了口实，接下来他去向奥瑟罗吹风，开始让奥瑟罗对妻子的忠诚产生怀疑。"当初多少跟她同国族、同肤色、同阶级的人向她求婚，照我们看来，要是成功了，那真是天作之合，可是她都置之不理，这明明是违反常情的举动……虽然我恐怕她因为一时的孟浪跟随了您，也许后来会觉得您在各方面不能符合她自己国族中的标准而懊悔她的选择的错误。"这段话直击奥瑟罗的要害，戳住了奥瑟罗的痛处。你奥瑟罗各方面都不符合苔丝狄蒙娜的择偶标准，她是一时的孟浪才跟了你。

伊阿古作为一个手下，敢于跟主帅这么说话，他不怕主帅气恼而制裁他吗？他不怕，是因为他找到了奥瑟罗身上的痛点。奥瑟罗心里最隐秘的自卑被伊阿古发现了，抓住了，大做文章了。因为奥瑟罗心里就有藏着这隐隐的不安。自己又黑又老，缺乏绅士风度，奥瑟罗也觉着自己配不上苔丝狄蒙娜。也就是说苔丝狄蒙娜一旦遇到符合她择偶标准的人而背叛自己是极有可能的了。就这样伊阿古把嫉妒的种子种在了奥瑟罗的心里，每天浇水、施肥，盼着它生根发芽，一天天长大，直到冲破奥瑟罗的心，化作熊熊烈焰，烧毁奥瑟罗，达到伊阿古罪恶的目的。

六

为什么奥瑟罗和苔丝狄蒙娜如此相爱，伊阿古还能埋进挑拨离间的罪恶种子呢？因为在他们二人结为一体时，还是留有缝隙的，那就是"或者是容貌的漂亮，或者是年龄的相称，或者是举止的风雅，这些都是这摩尔人所欠缺的"。对此奥瑟罗也有清醒的认识，"也许因为我生得黑丑，缺少绅士们温柔风雅的谈吐；也许因为我年纪老了点儿——虽然还不算顶老——所以她才会背叛我"。

经过伊阿古的挑拨编造，苔丝狄蒙娜的背叛似乎从无中生有，变成了既成事实。为了巩固奥瑟罗的怀疑，伊阿古又编一段梦话证明凯西奥和苔丝狄蒙娜的私情。说自己和凯西奥同住一屋，听到凯西奥睡梦中呼唤苔丝狄蒙娜的名字。奥瑟罗信了，他的毒越中越深了，人证有了，就差物证了。恰好奥瑟罗送给苔丝狄蒙娜的定情物，一方阿拉伯风格的手帕丢掉了，被她的贴身女仆，也就是伊阿古的老婆阿米莉娅捡到。她明明知道这是奥瑟罗家祖传的宝物，是夫人最看重的东西，她的丈夫多次让她去偷这个，她没敢动手，但这次是夫人自己掉的，她捡了来，给了她丈夫。于是伊阿古的阴谋就又进了一步，"我要把这手帕丢在凯西奥的寓所里，让他找到它。像空气一样轻的小事，对于一个嫉妒的人，也会变成天书一样坚强的确证"。他说到做到了，奥瑟罗相信了自己送给苔丝狄蒙娜的定情物，她送给了另一个男人。

一个女人把自己最看重的东西送给了一个男人，这说明什么？这两人一定是有私情嘛。奥瑟罗就这么相信了。嫉妒啃噬着他的心灵，愤怒使他不能自持，竟然当着外人的面击打苔丝狄蒙娜。魔鬼已经住进了奥瑟罗的身体里，控制了奥瑟罗，使他完全变成了另一个人，苔丝狄蒙娜不认识他了。他回到卧室，审问苔丝狄蒙娜，尽管苔丝狄蒙娜一再否认，他已经听不进去任何不同的声音了。他已经认定自己戴了绿帽子，别人怎么辩解也是无济于事。盛怒之下的奥瑟罗伸手扼住了苔丝狄蒙娜的脖子，掐死了她。她的暴行被侍女阿米莉娅看到了，告诉了奥瑟罗事实真相，一切都是她丈夫伊阿古一手策划的。奥瑟罗懊悔至极。"我是一个在恋爱上不智而过于深情的人；一个不容易发生嫉妒的人，可是一旦被人煽动以后，就会糊涂到极点。"认清伊阿古蛇蝎面目后，奥瑟罗懊悔至极，要杀死这桩罪恶的始作俑者伊阿古，但没有得手。自己误会妻子，杀死妻子，还有何面目活在世上？拔出剑来，自刎而死，以死向妻子谢罪。苔丝狄蒙娜爱他，是因为他是英雄，得知自己冤枉了妻子，也追随妻子而去，也证明奥瑟罗还是个英雄。

七

人为什么会被欺骗，一定是内心有个弱点被人抓住利用。

果戈理的《钦差大臣》里市长和众官员被小混混赫列斯塔科夫欺骗，就是因为他们都做过违法乱纪的坏事，心里有鬼怕被钦差大臣抓住，所以才会把小混混当成钦差大臣巴结而不能识破。席勒的《阴谋与爱情》中斐迪南被他父亲的阴谋所害，误认为露易丝跟另一个男人有染，而给露易丝喝下了毒药。他曾经约露易丝一起私奔，露易丝考虑自己走后，父母会被牵连，因而没有答应。一个贵公子不能理解一个市民女子的忧虑，所以斐迪南才会相信露易丝对自己不忠。阴谋的设计者抓住了斐迪南与露易丝的阶级差异而产生的裂隙。奥瑟罗之所以被伊阿古欺骗，则是因为伊阿古抓住了奥瑟罗内心的不自信。

大英雄奥瑟罗在战场上叱咤风云，战功赫赫，真可谓泰山崩于前而色不变。什么样的大风大浪没见过？什么样的打击没经历过？正是他丰富的经历吸引了苔丝狄蒙娜爱上他的。要讲他的战斗经历，几天几夜也讲不完。

但偏偏人生不是只有战斗，人生还有爱情。爱情包括太多的因素：家世、背景、学识、经历、相貌、修养、年龄、性格，等等。所谓人无完人，奥瑟罗其他的都没有问题，让他不自信就是相貌和年龄。他可以使敌人闻风丧胆，但无论多么强悍的人，也有软弱的一面。面对一个貌美如花的白人少女，更衬托出自己的黑和老。但偏偏这个姑娘爱上了他，他也爱上了这个姑娘。当两个人独处时，妻子眼中他是大英雄，英雄气概足以遮盖住外貌上的缺陷。在妻子看来，他是完美的，他也是自信的。但当另一个英俊潇洒的白种男人出现时，他的黑、老就突显出来，他也就丧失了自信，陷入自卑之中。

在战场上自信满满的奥瑟罗，在情场上却被自卑打败了。因为自卑，他怕失去自己最心爱的苔丝狄蒙娜。就外貌和年龄上说，他和凯西奥相比，是没有竞争优势的。他担心这个年轻人抢走自己的妻子。他说自己是"一个不容易发生嫉妒的人"，但纵观全剧，我们不难发现，嫉妒是他最主要的性格特征。嫉妒蒙蔽了他的心，使他偏听偏信，失去了正常的判断能力，被人蛊惑，酿下大祸。这么一个大英雄，嫉妒又从何而来，来自内心的不自信，不自信源于自己的黑色的皮肤。

殊不知，他自认为的短板，肤色和年龄在苔丝狄蒙娜那里根本就不是问题，最初苔丝狄蒙娜爱上他时，他就是那样的肤色和年龄，又不是后来才变成那样子的，可见苔丝狄蒙娜根本就没在意过这个。她爱上他是因为他的英雄气概，是因为崇拜而爱慕。

八

白人姑娘苔丝狄蒙娜是多么无辜呀。死心塌地爱着别人，奉献了自己的全部，她得到了爱情，但有爱情的婚姻就会幸福吗？她不但没有收获好的婚姻，连生命都丧失了。

尽管众多的研究者都在谴责伊阿古这个恶魔是造成奥瑟罗和苔丝狄蒙娜悲惨结局的罪魁祸首，是的，这是确定无疑的事实。但我们也不妨抛开伊阿古这个外因，单单从奥瑟罗和苔丝狄蒙娜这两个人的关系上探究一下他们两个人之间存在的问题，探讨一下无辜的受害者自身存在的问题。于是我们就会发现，苔丝狄蒙娜在爱情中也犯下了一系列致命的错误。

  首先，英雄崇拜是苔丝狄蒙娜的爱情基础，一个养在深闺中的贵族少女，一定看过一些英雄传奇故事，对故事中的人和事充满了向往。当现实中的英雄奥瑟罗出现的时候，便投入了全部的热情和崇拜。而忽略了英雄的年龄和肤色，更没注意到奥瑟罗的谈吐是否风雅，举止是否得体。总之你是英雄我就爱。爱英雄没有错，因为崇拜而产生的爱情应该是稳固的，不会出问题的。但是，她这一方不出问题，不代表对方也不出问题呀。当她还像呵呵地享受爱情的时候，她的爱人向她伸出了罪恶之手，要了她的命。

  其次，为了爱情，丢了亲情。从父亲在公爵处告状时对她的描述中，我们能感受到父亲浓浓的父爱深情。苔丝狄蒙娜对父亲也是，"我深荷您的生养教育的大恩"。但她有了丈夫奥瑟罗之后就变了，"正像我的母亲对您恪尽一个妻子的义务、把您看得比她的父亲更重一样，我也应该有权利向这位摩尔人，我的夫主，尽我应尽的名分"。她这话一说，父亲再也无话可说，只能认栽了，接受女儿嫁给奥瑟罗这个残酷的现实。但奥瑟罗要去前线打仗，在把她安置在哪里的问题上，父女俩又产生了冲突。父亲说不愿意让她回家住，她也说不愿意回到父亲家中，而要追随丈夫到前线去。此时的苔丝狄蒙娜完全不在意父亲的感受，心中只有爱情，忘却了亲情，没有理解父亲说不让她回家住，说的只是气话而已。此次父女分别，便成永诀，此后她再也没见过父亲。父亲也因为女儿的私奔，抑郁而终。全身心地投入到爱情之中的苔丝狄蒙娜，把爱情看得太重了，丢了亲情。

最后，她把丈夫当成了神。她没有把奥瑟罗当成一个男人看待，她甚至认为奥瑟罗不会有一般人具有的缺点，比如嫉妒。她说："我想在他生长的地方，那灼热的阳光已经把这种气质完全从他身上吸去了。"在她看来，英雄奥瑟罗根本不会有嫉妒这种普通男人才会有的弱点。因此她根本想不到，自己为凯西奥向奥瑟罗求情这件事有什么不妥，更想不到此时伊阿古已经把嫉妒的种子埋在了奥瑟罗的心里了，所以她以后也不懂得要事事小心提防，以避免使奥瑟罗心生疑窦。她就这样过分美化奥瑟罗，把他当成了一个完美的神，甚至把自己的生命都交给了他，所以当奥瑟罗要她命时，她没有反抗。

正是她认为完美的丈夫不会具备的缺点——嫉妒，正一天天地在奥瑟罗的心中滋长膨胀而要了她的命。全心全意地爱着奥瑟罗的苔丝狄蒙娜根本不认识丈夫是怎样一个人。这是奥瑟罗的光环晃花了苔丝狄蒙娜的眼睛，使她看不清丈夫的真面目，过分神化奥瑟罗的结果。

归根结底，苔丝狄蒙娜所犯的这一系列错误归纳起来就是一句话，在爱情中，苔丝狄蒙娜丧失了自我。因为崇拜英雄而忘了自己，连自己都忘了，何况父亲？于是就丢了亲情。因为崇拜而把丈夫神化，根本看不清丈夫的真面目。一切唯丈夫是从，丈夫是她的全部，甚至当奥瑟罗最后掐死她时，她都没有任何反抗。临终前的最后一句话是："谁也没有干；是我自己。再会吧；替我向我的仁慈的夫君致意。"丈夫都把她掐死了，还要向她仁慈的夫君致意。这就是在爱情中完全丧失自我的苔丝狄蒙娜的下场。可怜可叹，这就是爱情至上，迷失了自我的结果呀。

如此相爱的两个人却因为恶人的造谣中伤，酿成了双双死亡的悲剧，莎士比亚在此又写出了爱情的另一个极致。

世界上最脆弱的是什么？莎士比亚回答：爱情。

爱情就是如此有力又如此脆弱，有力到可以战胜一切，脆弱到不堪一击。

九

奥瑟罗与苔丝狄蒙娜的故事让我们对爱情既向往又害怕，向往它的巨大力量，害怕它的不堪一击。我们这种矛盾心理应该具有普遍性，这也是莎士比亚为后世留下的一道难题。那就是我们应该怎样对待爱情？怎样对待爱人？

因为嫉妒和丧失自我是爱情中的大问题。

可以说没有人在爱情中不嫉妒，如果真的一点都不嫉妒，就是三个原因，第一种是因为不够爱，不在乎。第二种是因为超自信，认为没有人能够取代自己在爱人心中的地位。第三种是虽然嫉妒了，但没被发现而已。第一种很可怕，对方怎么样，都无所谓了，说明爱情也完结了。第二种很可疑，绝对完美的人，上帝还没有造出来哪，一时不爆发，不代表永远不爆发，最终会来个总爆发。第三种很可怜，一方嫉妒了，另一方全然不知，像苔丝狄蒙娜，奥瑟罗嫉妒得心都要膨胀破了，她还一点没察觉，结局悲惨呀。所以嫉妒心人人有，但怎么把握嫉妒是最难的。

同样，奉献与付出的问题也是爱情中的一个难题。我们在前面分析的《威尼斯商人》中发现爱情中必须要有奉献精神，鲍西娅和巴萨尼奥就是懂得奉献的两个人，所以他们找到了真爱。但在《奥瑟罗》中，我们又发现，如果只是一个人单方面的奉献，丧失了自我，爱情没有好结局。

在爱情中怎么才能不丧失自我？付出多少爱才合适？付出少了，那就是不够爱，对方认为你自私，因而也得不到真爱。付出多了，全身心去爱，失去自我，在爱情中就丧失了自主权，也是悲剧，像苔丝狄蒙娜。

嫉妒适度，投入适度，好说不好做。怎样才算适度？最难拿捏。

莎士比亚为人类留下的这道难题，不知要到哪个世纪出现了高人才能解开？也许到了人类基因可以随意组合的时候，把不利于爱情的因素全部剔除掉，那时爱情就完美了，但现在看来还只能是个幻想。

第三章

真爱需时间检验

——莎士比亚告诉你爱情是什么之《爱的徒劳》

一时冲动的爱情可靠吗?

莎士比亚回答:真爱需要经过时间的检验。

一

"书山有路勤为径,学海无涯苦作舟",这副治学名联出自我国唐代文学家韩愈。它说的是要想获得知识,必须勤学苦读。此联激励过中国一代代读书人,很多人甚至把它当作座右铭,时时刻刻告诫自己读书不要怕苦。人同此心,情同此理,远在西方的那瓦国王虽然没有读到过这两句话,但他也明白这个道理。

那瓦国王是《爱的徒劳》中的男主人公,这是莎士比亚创作的第一部喜剧。这部喜剧中反映了当时社会的大问题,爱情和禁欲之间的矛盾。因为中世纪的教会宣扬禁欲主义,歌颂神性,而人文主义出现后,重新唤醒了人性,开始追求爱情幸福。在《爱的徒劳》中莎士比亚形象地描绘了从禁欲到追求爱情的变化过程。

二

《爱的徒劳》中的那瓦国王想要名垂青史,一心向学。多少人都想名垂青史,但一般人只是自己默默读书,以待某一天,伯乐出现,一鸣惊人。在惊人之前所做的努力都是悄悄地进行的。但国王的一切行为都是有史官记录在案的,想跟老百姓似的悄悄地做点事儿也不容易。干脆国王就大张旗鼓地做,于是决定把宫廷改成学院,成为读书的专门场所。

国王读书也跟百姓读书不一样，不能一个人形单影只地读，得有人陪着。于是国王找了三个陪读，俾隆、杜曼和朗格维。国王下令，四个人要舍弃人间一切欢愉，潜心苦读，并且立誓三年"不看女人尽读书"。同时国王也懂得内因和外因的协同作用，认识到只是自己下了苦读的决心还不够，还要营造苦读的外部环境，不能有外界的任何打扰。因此国王下了禁令，宫廷方圆一公里以内，任何女子不能进入。如果四个人中有谁跟任何女子交谈，就要受到最严厉的处罚，而且要公开羞辱他。可见在国王和三个陪读者的心中，唯一扰乱青灯苦读的因素就是女人呀。女人和做学问之间原来是如此对立呀。

国王的逻辑推理应该是这个样子的：名垂青史就得有学问，有学问就得苦读书，苦读书就得禁欲，禁欲就是远离女人。

三

四个男人信誓旦旦，决心禁欲苦读了。但怕什么就来什么，一件扰乱国王内心平静的事情发生了。法国公主来访，跟那瓦国王接洽一块两国有争议的土地的归属问题，而这块地正是公主的嫁奁。这只是一件国家之间的正常事务往来，但千不该万不该的是来者是公主，是女人，是国王避之唯恐不及的异性，是阻碍国王名垂青史的最重要因素。这不是给国王出了大难题吗？见还是不见？见了违背誓言，不见影响国家正常事务。

那瓦国宫廷方圆一公里以内禁止女人进入的禁令已经昭告天下了,公主当然已知晓。对随员说:"那瓦王已经立下誓言,要在这三年之内发愤读书,不让一个女人走近他的静肃的宫廷;所以我们在没有进入他的禁门以前,似乎应该先去探问他的意旨。"公主多么地善解人意,不会贸然闯入人家的禁地。

果然公主随行的大臣见过国王后,回来禀报公主,"他宁愿把您安顿在郊野里,就像你们是来围攻他的宫廷的一支军队一般,而不愿违反他的誓言,让您走进他的无人侍候的屋子"。此时没见过公主的国王是信守誓言的。

但国王更是懂得礼数的,人家公主远道而来,出于礼貌,国王也得去见见,为了国家事务,违背一次誓言也没什么。于是国王带着三个伴读,去拜见了公主及其三个女伴。在国王和公主接触的时候,三个伴读和三个女伴也都有了交集。这次会面的后果可非同一般,四个男人的心里都埋下了爱情的种子。

四

首先是国王的心思发生了变化,"虽然你不能走进我的宫门,美貌的公主……可是你已经栖息在我的心灵的深处了"。这一见可不得了,公主虽然没有进入国王的宫廷,但进入了国王的心里了,国王爱上公主了,并且这爱情是掩饰不了的。因为"他的一切行为都集中于他的眼睛,透露出不可遏抑的热情"。言行的热烈说明国王已经得了相思病。

同时俾隆也认识到,"确确实实,我是在恋爱了……最不该的是叛弃了誓约"。他爱上了公主的随行罗瑟琳,尽管他明白恋爱违背了誓言,但他并不打算终止自己的恋爱,而是要让爱情自由地发展下去,可见爱情的力量是大于誓言的。"我要恋爱、写诗、叹息、祷告、追求和呻吟;谁都有他心爱的姑娘,我的爱人也该有痴心的情郎。"他的恋爱理直气壮,势不可当。于是他为罗瑟琳写了情诗,并且找人把他的情诗给罗瑟琳送去了。正在挣扎自责的时候,他看见国王来了,于是赶紧爬到树上,躲了起来。

躲在树上的俾隆偷听到了国王的秘密。他听到国王热情洋溢地朗诵了一首写给公主的情诗,原来国王跟自己一样也恋爱了。突然,朗格维来了,国王也赶快躲避了起来,朗格维读了一首写给公主的另一位随员玛利娅的情诗,此时躲藏着的俾隆和国王又多了一个同病相怜的难友,他们背誓的负罪感减轻了。之后杜曼来了,朗格维又躲了起来。杜曼表达了自己内心的爱情和誓言之间的矛盾,但还是爱情战胜了誓言。杜曼用诗表达了自己对公主第三位随员凯瑟琳的爱慕之情。内心不安的杜曼希望,"但愿王上、俾隆和朗格维也都变成恋人!作恶的有了榜样,可以抹去我叛誓的罪名;大家都是一样有罪,谁也不能把谁怨怼"。四个男人的誓言都被爱情打败了,法不责众,大家一起受罚吧。

躲避的人都觉着自己的狐狸尾巴藏得很好,所以戴着一副卫道士的面具跳出来取笑别人了。首先是朗格维取笑杜曼得了相思病,接着国王指责朗格维,"来,先生,你的脸红起来吧。你的情形和他正是一样;可是你明于责人,暗于责己,你的罪比他更加一等"。国王说得理直气壮，好像自己与恋爱这事毫无干系。躲在树上的俾隆看不下去，跳了下来。"现在我要挺身而出，揭破伪君子的面目了。啊！我的好陛下，请您原谅我；好人儿！您自己沉浸在恋爱之中，您有什么权利责备这两个可怜虫？您的眼睛不会变成马车；您的泪珠里不会反映出一位公主的笑容；您不会毁誓，那是一件可憎的罪恶；咄！只有无聊的诗人才会写那些十四行的歌曲。可是您不害羞吗？你们三人一个个当场出丑，都不觉得害羞吗？"

哈哈，四个人中好像就他俾隆最清白，摆出一副伸张正义的嘴脸，端着得理不让人的架势。"我算是受了你们的骗。我是个老实人，我以为违背一个自己所发的誓是一件罪恶；谁料竟会受一班虚有其表、反复无常的人的欺骗。"于是俾隆把那三个背誓者好一通批判，好像自己多无辜多高尚多遵守誓言。那三个人被他一通指责，无地自容。

就在俾隆得意忘形之时，给他送信的人因为不识字，他的情书并没有送给罗瑟琳，而是送给了别人，得到这信的人怕其中有什么阴谋就把信给国王送来了，国王让俾隆读信，俾隆接过后快速地撕碎了信。结果杜曼拾起碎纸片，发现是俾隆写的情书。

俾隆的狐狸尾巴终于也露出来了，他不得不承认了，"你们三个呆子加上了我，刚巧凑成一桌；他、他、您陛下，跟我，都是恋爱场中的扒手，我们都有该死的罪名"。结果四个人谁也别笑话谁了，大家都一样了。乌鸦落到黑猪身上，谁也别嫌谁黑了。四个人都违背了誓言，都恋爱了。

恋爱者就得给恋爱找一个最充分理由，来说明爱情的势不可当。

因为聪明的俾隆发现了一个真理，"什么地方找得到学问的真正价值？从女人的眼睛里我得到这一个教训：它们是艺术的经典，知识的宝库，是它们燃起了智慧的神火"。我们中国有"书中自有颜如玉"之说，那么俾隆的理论则是"颜如玉中自有书"，女人才是智慧的源泉呀。他为恋爱找到了多么充足的理论依据啊，充分证明了恋爱的合法性。他们并没有因为违背誓言而对自己的人性产生怀疑，甚至自卑，反而得意扬扬起来。

于是他们声势浩大地赞美起爱情的美妙来。"恋人眼中的光芒可以使猛鹰炫目；恋人的耳朵听得出最微细的声音，任何鬼祟的奸谋都逃不过他的知觉；恋人的感觉比带壳蜗牛的触角还要微妙灵敏；恋人的舌头使善于辨味的巴克科斯显得迟钝。"总之恋爱使人通体都活跃，生命力勃发，也就是我们现在明白的科学依据，恋爱会产生让人愉悦的多巴胺，具有让人兴奋的作用，所以恋爱可以激发起人的无限能量。

莎士比亚在这里歌颂了爱情的力量，爱情的美好，爱情简直就是人间最美妙的事情。无论之前立下了什么誓言，爱情来了，如滔滔江水，会冲垮禁欲誓言的堤坝。禁欲主义摧毁不了人的本性，渴望爱情是人的本能。在爱情没有出现的时候，人是可以做到禁欲的，但喜欢的异性一旦出现，爱情的光辉照耀到人的心中，爱情就占到了主导地位。

五

既然爱了就要表白爱情，大胆追求。四个男人又像当初决心苦读时一样，又迅速站到了同一个战壕里，他们的行动总是那么步调一致。于是同时都给自己心仪的姑娘既写了情诗，还送了礼物。

并且四个男人决定去拜访姑娘们了，但不能以他们的本来面目出现，怕自己的爱情不被对方接受而出丑，因此，"他们都要扮成俄罗斯人的样子。他们的目的是谈情求爱和跳舞；凭着他们赠送的礼物，认明各人恋爱的对象，倾吐自己倾慕的衷诚"。结果他们的小计谋被公主这一方知道了。

公主知道他们的想法后，并没有曲意迎合，而是要设计捉弄一下他们。既然你们不以本来面目出现，就是心意不诚。姑娘们也以其人之道还治其人之身，并且还变本加厉。他们不是想凭着赠送的礼物来认出各自的恋爱对象吗？姑娘们偏要打乱这一切，让他们出丑，戏弄他们。于是四个姑娘都戴上脸罩，公主把国王送给自己的礼物佩戴在罗瑟琳身上，自己戴上俾隆送给罗瑟琳的礼物。玛丽娅和凯瑟琳也交换了收到的礼物。公主跟姑娘们说明了这样做的用意："我的目的就是要使他们不能达到目的。他们的用意不过是向我们开开玩笑，所以我们也要开开他们的玩笑。他们现在向认错了的爱人吐露心曲，下回我们用本来面目和他们相见的时候，便可以把他们尽情奚落。"

四个男人并不知道公主的计谋，他们化装成俄罗斯人的样子前来赴约。没想到四个女人也都戴上了脸罩，男人们只能凭着自己送出的礼物认出自己心爱的姑娘，并向对方信誓旦旦地表白自己的爱情，结果他们发出的爱情信号并没有被接受，而是被姑娘们用刻薄的语言的一通奚落。果然四个男人"被她们取笑得狼狈不堪"！

这一个回合败下阵来，国王和三个伴读失了面子，好在还戴着俄罗斯人的面罩遮盖，他们并没有打退堂鼓，而是"立刻就会用他们的本来面目再到这儿来，因为他们决不能忍受这样刻毒的侮辱"。

六

马上国王和三个随员再次来访，公主和姑娘们恢复了本来的样子，男人们也明白刚才自己受到了戏弄，俾隆表示，"这些淑女们因为听到这样的消息，才把各人收到的礼物交换佩戴，我们只知道认明标记，却不曾想到已经张冠李戴。我们本来已经负上一重欺神背誓的罪名，现在又加上第二次的背誓；第一次是有意，这一次是无心"。

看看这四个男人短短几天就两次背弃了誓言，第一次是因为不期而至的爱情毁了苦读的誓言。第二次是因为只认礼物不认人，向不是自己所爱的姑娘发下了海誓山盟的誓言，明白之后，那只能是再一次背弃。

已经毁了两次誓言的男人还要接着第三次发誓。于是俾隆又替他们四人表白了爱情："让我替王上解释他的意思……女郎们，我们的爱情既然是你们的，爱情所造成的错误也都是你们的；我们一度不忠于自己，从此以后，永远把我们的一片忠心，紧系在那能使我们变心也能使我们尽忠的人的身上——美貌的女郎们，我们要对你们永远忠实；凭着这一段耿耿的至诚，洗净我们叛誓的罪愆。"

俾隆的誓言可谓真诚热烈，但国王还怕不能打动公主及其女伴们，他自己赶忙放下架子，"凭着我的荣誉起誓"。这一次国王的起誓被公主拦了下来。"且慢！且慢！不要随便发誓；一次背誓以后，什么誓都靠不住了。"你们男人真的喜欢发誓呀，一次一次地发誓，背誓，有意思吗？公主想拦住发誓的男人，但哪里拦得住呀？

俾隆赶忙又表示，"我们要对你们永远忠实；凭着这一段耿耿的至诚，洗净我们叛誓的罪愆"。四个男人发起誓来，争先恐后，都是掏心掏肺，披肝沥胆。男人们的态度不算不诚恳，男人们的誓言也不算不动人。

七

但公主并没有被这么火热的爱情烧昏了头脑，而是冷静地回答，"我想这是一个太短促的时间，缔结这一注天长地久的买卖，不"。公主的拒绝掷地有声，女人理性起来比男人坚决多了。一时冲动的爱情，能指向天长地久的婚姻吗？因此公主拒绝了国王，"不，陛下，您毁过太多的誓，您的罪孽太深重啦……我不愿相信您所发的誓"。

国王可以背弃自己禁欲苦读的誓言，他的爱情誓言还可信吗？公主对国王的爱情誓言表示了极大的怀疑。这不是一棍子打死人嘛，毁过一次誓言，就再也不相信他的誓言。还不给人改过自新的机会了？年轻人犯了错，上帝都会原谅的，公主也太决绝了吧？聪明的公主并不是这么死脑筋的。但她也明白一时冲动的爱情不可靠，必须经过时间的检验，才能缔结天长地久的婚姻。

再说面对国王炽烈的爱情，公主并不是没有动心呀，如果这个男人经过了她的考验，还是可以托付终身的。因此她是会给国王创造机会的。国王不是表示为了表达对公主的爱情，做任何事都可以吗？公主不要求他做什么上刀山下火海的难事，只要求他做一件力所能及的事情。

于是公主要求国王，"您必须赶快找一处荒凉僻野的隐居的所在，远离一切人世的享乐；在那边安心住下，直到天上的列星终结了它们一岁的行程。要是这种严肃而孤寂的生活，改变不了您在一时热情冲动之中所作的提议；要是霜雪和饥饿、粗劣的居室和菲薄的衣服，摧残不了您的爱情的绚艳的花朵；它经过了这一番磨炼，并没有憔悴而枯萎；那么在一年终了的时候，您就可以凭着已经履行这一条件，来向我提出要求，我现在和您握手为盟，那时候我一定愿意成为您的"。

公主的态度非常明确，国王如果经过一年离群索居，粗食布衣的磨炼，如果他的爱情仍然没有改变，那么就可以证明他的爱情是真诚的、长久的，那时候公主自然会乐意成为他的新娘。

在公主提出的这个条件中，有几方面的考验。第一是时间的考验，一年，国王的热情会不会随着时间的流逝而衰减。第二是孤独的考验，离群索居，他能否受得住那份寂寞。第三是生活条件的考验,"粗劣的居室和菲薄的衣服",过惯了锦衣玉食的日子的国王能否吃得了这份苦。这三方面的考验,其实是对国王身心的考验。霜雪和饥饿,考验的是身体的承受能力。离群索居,考验的是静心的能力。归根结底是对国王毅力的考验。因为背弃誓言反映出他善变的性格,这说明国王是个意志力不够坚定的人。如果国王不能经受住这一年的考验,这说明国王意志力薄弱,这样的男人不要也罢。

因此公主表示,"要是这一个条件你不能接受,让我们从此分手;分明不是姻缘,要请您另寻佳偶"。

如果国王不能接受公主的这一要求,那么就可以证明国王的爱情只是一时冲动,根本不是以婚姻为目的爱情,只是激情,而不是长情。公主不陪你玩这个爱情游戏。

面对国王热烈的爱情,公主果断地提出这个要求,公主多么理性。女人不能成为男人一时冲动的牺牲品,公主是对自己负责任。

公主的三个随员也向他们的追求者提出了同样的要求,并且许下一年的期限。

俾隆感叹,"我们的求婚结束得不像一本旧式的戏剧;有情人未成眷属,好好的喜剧缺少一幕团圆的场面"。国王倒是信心满满,"只要挨过一年就好了"。国王和三位陪读都答应了姑娘们提出的条件。他们的爱情如何发展?一年后才能见分晓。

八

　　四个男人从开始的发誓禁欲苦读,到被突然而至的爱情冲昏了头脑,爆发了不可遏制的爱情。莎士比亚大胆地赞美了爱情的美好,歌颂了爱情的力量,享受爱情是每个人的权利。"我们都是有血有肉的凡人;大海潮升潮落,青天终古长新,陈腐的戒条不能约束少年的热情。"他们的发现正是文艺复兴时期人文主义者的发现,从黑暗的中世纪走出来,散发着人性的光辉。"绝食,读书,不近女色,全然是对于绚烂的青春的重大的谋叛!"莎士比亚在此向世人唱出了个性解放,爱情自由的最强音。

　　和莎士比亚歌颂爱情有异曲同工之妙的是薄伽丘的《十日谈》,其中有一个关于"绿鹅"的故事,一个孩子从小跟父亲在深山里长大,受的是禁欲主义的教育。到十八岁第一次进城,看到一群姑娘,马上就被吸引了,问父亲她们是什么。父亲怕他被异性吸引,不能禁欲,便告诉儿子,那是一群绿鹅。但儿子还是请求父亲,让我带一只回去吧,她们比我看到的天使的画像还要美丽。父亲终于明白,自然的力量比他的宗教训诫要强大得多了,男女异性相吸是什么力量也阻挡不了的。

　　莎士比亚写出了爱情的强大,可以冲破禁欲主义的束缚。另一方面,莎士比亚的伟大之处就在于他并没有让他的女主人公们被爱情的力量冲昏头脑,无节制地任情节按着国王和三个伴读的意志发展下去,让爱情泛滥成灾。没有像薄伽丘的《十日谈》那样，从反对禁欲主义走向它的反面，欣赏纵欲。莎士比亚是在感性之上有理性把控，适时地截住感性泛滥的洪流，回归理性。因此他让公主理性地看待国王的求婚。既没有满口答应，也没有一口拒绝。公主的聪明正是莎士比亚的高明之处。

"有情人未成眷属，好好的喜剧缺少一幕团圆的场面"的结局，正是莎士比亚的巧妙设计。他的多部喜剧，都是有情人终成眷属，而这部似乎没有写完，留下大结局的一幕。这一幕就像是中国绘画里的留白，给我们留下了深刻的思考的空间。

走得太快的爱情需要停一停脚步，留出考验的时间。爱情来得快，会不会去得也快呢？爱情是激情，婚姻则是长情。据科学研究发现，人在恋爱时产生的使人感觉幸福的多巴胺，只能分泌18个月，之后便不再分泌。爱情的激情阶段就过去了，之后恋爱变得平淡。恋爱初期，看到的都是对方的好；平淡期，就会发现对方的种种缺点。如果熬过这个平淡期，激情转成了亲情，彼此形成了依赖，谁也离不开谁了，爱情就会长远地走下去了，激情就转化成长情了。否则，就会导致分手。

婚姻毕竟是一辈子的大事，匆忙不得。分开一年时间，如果还像当初一样热爱，那么就可以确认是真爱无疑了。因此，一时冲动的爱情可靠吗？莎士比亚回答：真爱需要经过时间的检验。

第四章

痴念恋人的名字

——莎士比亚告诉你爱情是什么之《皆大欢喜》

什么样的爱情最真挚?

莎士比亚回答:心心念念恋人的名字。

一

多年前,网络上流传了一个段子:"我把你的名字写在云彩里,被风带走了;我把你的名字写在沙滩上,被浪带走了;我把你的名字贴满了大街小巷,我被警察带走了。"虽然带着几分调侃,但也有着恋人之间的真情,心里思念着爱人,不自觉地写出他(她)的名字。

《红楼梦》第三十回,贾宝玉看见一个有林黛玉婀娜之态的女孩,正在地上写字呢,对淋雨竟浑然不觉。只见那女孩子还在那里画呢,画来画去,还是个"蔷"字。再看,还是个"蔷"字。里面的原是早已痴了,画完一个又画一个,已经画了有几千个"蔷"。这女子就是戏班子的龄官,她和贾蔷相爱,但地位的差异,又很难如愿,他们的爱情也让贾宝玉懂得了爱情的专一性。这几千个"蔷",足见龄官对贾蔷的痴情。

忘我地爱上一个人时,就会情不自禁地写下爱人的名字。莎士比亚的《皆大欢喜》中的奥兰多就是这么痴情的男人。

二

奥兰多本是爵士的儿子,但不幸父亲去世早,他的哥哥奥列佛以家长自居,嫉恨弟弟,剥夺了他应有的贵族教育和生活,让他和佃农一样过活。甚至他哥哥还想借拳师查尔斯之手在摔跤比赛中杀死他的兄弟，那样他就可以独吞父亲留下来的家产了。

同是天涯沦落人的还有罗瑟琳。她本是公爵之女，结果她父亲的爵位被她叔叔篡夺，她父亲被放逐了。她之所以还能住在王宫里，是因为她叔叔的女儿西莉娅从小和她一起长大，需要她的陪伴。

奥兰多在摔跤比赛前遇见了罗瑟琳，罗瑟琳对他很有好感，她见过查尔斯的蛮力，极力劝阻奥兰多参加摔跤比赛，以免发生危险。但英雄气概使奥兰多谢绝了罗瑟琳姐妹的好意，毅然迎战查尔斯并取得了胜利。奥兰多的勇敢，奥兰多的胜利，一下子就赢得了罗瑟琳的芳心。她自颈上取下项链赠予奥兰多，并说："为了我的缘故，请戴上这个吧；我是个失爱于命运的人，心有余而力不足，不过略表微忱而已。"并对他说："您摔跤摔得很好；被您征服了的，不单是您的敌人。"

在摔跤前，罗瑟琳怕奥兰多遇到危险，劝他不要参加比赛，担心他。摔跤比赛胜利后，主动把自己的项链戴在奥兰多的脖子上，爱戴他。一个姑娘的心迹也表明了热烈的爱情。

巨大的幸福感让奥兰多透不过气来。"虽然她想跟我交谈，我却想不出话来对她说。可怜的奥兰多啊，你给征服了！取胜了你的，不是查尔斯，却是比他更柔弱的人儿。"

比赛前，奥兰多感受到来自罗瑟琳的关心和爱护，胜利后，他接受了罗瑟琳的项链也就是接受了她的爱情。这爱情来得太突然，以至于激动得说不出话来。自己的心被姑娘融化了，从此天仙一样的罗瑟琳就住进了他心里，嘴里也一直念叨着罗瑟琳的名字。奥兰多和罗瑟琳相爱了。

三

两个年轻人的爱情来了,厄运却并没有走远。

首先是罗瑟琳不能在宫廷里住了,新公爵也就是她的叔父,要赶走她。因为她的美德被人们传颂,人们赞美她的时候,自然会想起她那被流放的父亲,会想起是新公爵篡了老公爵的位了。她在宫廷里,就是新公爵篡位的证据,时时刻刻提醒着世人,新公爵的丑行,因此她必须被放逐。

新公爵的女儿,她的堂妹西莉娅不满父亲的残暴,和父亲争执。父亲反而说,让她走是为了你好,因为她在这里,遮盖了你的光彩,她走后,人们才会看到你的贤德,所以她必须被放逐。多少身为父母的人,自己做坏事时,总会打着为儿女好的旗号。把儿女当成了自己犯罪的挡箭牌,同时也让儿女背负起沉重的负罪感。可是他们作恶之前,征求过儿女的意见吗?如果征求,儿女一定会强烈反对的。像席勒的《阴谋与爱情》中宰相害了前任才登上了相位,却对儿子说,我这么做是为了你。而儿子却说,我宁愿没有你这个身为宰相的父亲,也不愿有一个作恶的父亲。同样此剧中的西莉娅也不要一个这么邪恶的父亲。既然不能阻止父亲作恶,就远离这个邪恶的父亲,还能落个心安。

罗瑟琳决定到亚登森林去寻找老公爵,她的父亲。西莉娅也决定离开她残暴的父亲,要跟姐姐一起走。两个漂亮姑娘出门,总是有很多不方便,也不安全。于是罗瑟琳决定装扮成男人的样子,隐去了女形,扮成了一个牧羊人。西莉娅也化妆成牧羊女的样子,姐妹俩变成了兄妹俩,带着一个仆人远走高飞了。

新公爵发现女儿不见了,恼羞成怒,而手下人又报告,说姐妹俩可能和奥兰多在一起。于是新公爵下令捉拿奥兰多。此时哥哥因为奥兰多摔跤比赛赢了,出了名,更有实力跟他争夺家产了,更想置他于死地,于是在家里设下了埋伏,要杀死奥兰多。幸好老仆人知道了这件事,提前告诉了奥兰多,他没有落进陷阱。于是奥兰多也逃到了亚登森林。

四

假牧人罗瑟琳姐妹遇到了一个真正的牧人,并且也是恋爱之人,不过是单恋。他向旁人诉说他的爱情,"假如你记不得你为了爱情而做出来的一件最琐细的傻事,你就不算真的恋爱过。假如你不曾像我现在这样坐着絮絮讲你的姑娘的好处,使听的人不耐烦,你就不算真的恋爱过。假如你不曾突然离开你的同伴,像我的热情现在驱使着我一样,你也不算真的恋爱过"。

莎士比亚在此写出了恋人的痴狂和忘我。一个恋爱之人,一定会为爱情做傻事的,并且最愿意干的事,就是跟别人絮絮叨叨地说自己的恋人,以致让别人听得不耐烦了而不自知。为什么会这样呢?因为在恋爱的人心中,恋人占据了整个的心,不是自己非要说出来,而是太满溢出来的。

看到这个恋爱之人,罗瑟琳想起自己的恋情,很有触动,"这个牧人的痴心,很有几分像我自己的情形"。自己匆匆忙忙流落到这里，没来得及跟奥兰多告别，不知心上人现在哪里。自己那刚刚发芽的恋爱，会不会茁壮成长、开花结果呢？会不会从此天各一方，互无音信，就再难相见呢？一切都是未知数呀。姑娘不禁有几分忧虑。

她不知道，其实现在奥兰多和她一样，同是天涯沦落人啊。奥兰多也来到了亚登森林。

奥兰多和老仆人到森林后，被老公爵收留并获赏识。奥兰多在森林里安顿下来后，时时刻刻思念着罗瑟琳。就像那个恋爱的牧人一样，心中的爱情太满，自然要流溢出来。但奥兰多是个诗人，不会像牧人似的，拉着人没完没了地诉说，而是把写给罗瑟琳的情诗挂满了树林，"这些树林将是我的书册，我要在一片片树皮上镂刻下相思，好让每一个来到此间的林中游客，处处见得到颂赞她美德的言辞"。

奥兰多把对罗瑟琳的思念倾注到字里行间，把一切关于爱人的赞美推向了极致，罗瑟琳身上汇集了所有美人的优点。通过对罗瑟琳的极度赞美，奥兰多在构建着自己的爱情图式，定义着自己心目中的理想的爱人形象。

于是行走在树林里的罗瑟琳见到了他的情诗：

> 从东印度到西印度找遍奇珍，
> 没有一颗珠玉比得上罗瑟琳。
> 她的名声随着好风播满诸城，
> 整个世界都在仰慕着罗瑟琳。
> 画工描摹下一幅幅倩影真真，
> 都要黯然无色一见了罗瑟琳。
> 任何的脸貌都不用铭记在心，

单单牢记住了美丽的罗瑟琳。

西莉娅在树林里也读到了奥兰多的诗：

> 罗瑟琳三个字小名美妙，
>
> 向普世的读者遍告周知。
>
> 莫看她苗条的一身娇小，
>
> 宇宙间的精华尽萃于兹；
>
> 造物当时曾向自然诏示，
>
> 吩咐把所有的绝世姿才，
>
> 向纤纤一躯中合炉熔制，
>
> 累天工费去不少的安排：
>
> 负心的海伦醉人的脸蛋，
>
> 克莉奥佩特拉威仪丰容。
>
> 阿塔兰忒的柳腰儿款摆，
>
> 鲁克丽西娅的节操贞松：
>
> 劳动起玉殿上诸天仙众，
>
> 造成这十全十美罗瑟琳；
>
> 荟萃了各式的妍媚万种，
>
> 选出一副俊脸目秀精神。
>
> 上天给她这般恩赐优渥，
>
> 我命该终身做她的臣仆。

姐妹俩都读到了挂在树上的赞美罗瑟琳的诗，觉着有些奇怪，这会是谁写的呢？妹妹首先发现了写诗的人原来是她姐姐日思夜想的奥兰多，见过奥兰多后，赶忙把这好消息告诉了姐姐。

罗瑟琳突然知道原来奥兰多也来到了这里，一连串的问号抛给了西莉娅,"哎哟!我这一身大衫短裤该怎么办呢?你看见他的时候他在做些什么?他说些什么?他瞧上去怎样?他穿着些什么?他为什么到这儿来?他问起我吗?他住在哪儿?他怎样跟你分别的?你什么时候再去看他?"这就是一个恋爱的姑娘的第一反应,首先想到自己的样子,大衫短裤牧羊人的样子,怎么去见他?一个姑娘出现在恋人面前,一定希望是自己最美丽的样子。但现在的男装打扮,让恋人看到,太丑了。但还是迫切地想见到他。再接下来就是关于他的现状的关心了。当然最关心的还是什么时候能见到他?太想见他了哟。西莉娅一一回答,这才稍微缓解了一下罗瑟琳的思念之情。

五

终于罗瑟琳和奥兰多在树林里相遇了。尽管挂满树林的情诗让罗瑟琳感动不已,一见面就恨不得告诉奥兰多,她来了,他的爱情可以直接向她诉说了,两个人可以继续甜甜蜜蜜地谈恋爱,但理智又告诉她,爱情需要考验。奥兰多的情诗虽然写得真切感人,他表达的爱情很炽烈,但他做的会怎么样呢?这还是需要进一步考验的。幸好罗瑟琳的男装打扮给她打起了保护伞,正好借此机会来试探奥兰多的爱情。

男装的罗瑟琳有一种对方在明处,自己在暗处的优越感。因此借着自己的男妆打扮故意刁难奥兰多,"这座树林里常常有一个人来往,在我们的嫩树皮上刻满了罗瑟琳的名字,把树木糟蹋得不成样子;山楂树上挂起了诗篇,荆棘枝上吊悬着哀歌，说来说去都是把罗瑟琳的名字捧作神明。要是我碰见了那个卖弄风情的家伙，我一定要好好给他一番教训，因为他似乎害着相思病"。

奥兰多既然敢于把恋人的名字刻在树上，把给恋人的情诗挂满树林，就是要昭告天下，他恋爱了，他的恋人是罗瑟琳，他的罗瑟琳是世界上最完美的姑娘，当然就不会在这个陌生的牧羊人面前隐藏自己的爱情，"我就是那个给爱情折磨的他。请你告诉我你有什么医治的方法"。

尽管罗瑟琳看到过那些写给自己的情诗，但当面听奥兰多承认自己被爱情折磨，一定会有些受用，又有些心疼了吧？但要考验就不能心太软。一听他受爱情折磨，就暴露出自己的真面目，干脆直接告诉他实情，那不就前功尽弃了嘛。所以忍住心疼，考验还得继续下去。

罗瑟琳故意为难他，说恋爱的人应该是一副失魂落魄的样子，"你把自己打扮得这么齐整，瞧你倒有点顾影自怜，全不像在爱着什么人"。恋爱的人心思都在恋人身上，没有心情打扮自己，而他穿得这么齐整，所以否定他的恋情。

奥兰多一听被否定，马上急切地说："我希望我能使你相信我是在恋爱。"罗瑟琳还是怀疑地问："可是你真的像你诗上所说的那样热恋着吗？"奥兰多信誓旦旦："什么也不能表达我的爱情的深切。"

罗瑟琳的的确确地感受到了奥兰多爱情的深切，但都是他自己说出来的。要考验一个人，一方面要听其言，一方面还要观其行。光是考验了他怎么说还不够，还要考验他怎么做。于是她让奥兰多把他假想成是罗瑟琳，每天来向他求婚。

罗瑟琳这个主意真不错,自己躲藏在男装后面,享受着爱人的求婚热情。另外,又可以观察奥兰多是否真诚。享受了爱情,考验了爱人。绝妙的想法。

奥兰多答应了。他之所以答应这个要求,是因为"我很愿意把你当作罗瑟琳,因为这样我就可以讲着她了"。罗瑟琳想起刚到森林时遇到的那个痴情的真正的牧羊人所说的,"假如你不曾像我现在这样坐着絮絮讲你的姑娘的好处,使听的人不耐烦,你就不算真的恋爱过"。按牧羊人的说法,奥兰多算真正恋爱过了。每天都能跟人讲自己的爱人,对恋爱中的人是幸福的享受,所以他宁愿每天来跟一个陌生的牧羊人来求婚,来表达自己的爱情,也可以舒解一下心头的思念之情。

六

第二天,奥兰多真的来求婚了。罗瑟琳听完以后却说:"我代表她说我不愿接受你。"奥兰多说:"那么我代表我自己说我要死去。"求婚没被接受,奥兰多说要去死。罗瑟琳表示不相信,"可是从来不曾有过一个人亲自殉情而死"。奥兰多说:"我不愿我的真正的罗瑟琳也做这样的想法;因为我可以发誓说她只要皱一皱眉头就会把我杀死。"奥兰多表示,你这么说,我还不那么介意,如果是我的真正的罗瑟琳也这么说,那我就没命了。我如果没有了罗瑟琳,生有何恋?死有何惜?罗瑟琳就是我的命呀。奥兰多对罗瑟琳的在意溢于言表,罗瑟琳被深深地打动了。

既然玩的是求婚的游戏,求婚成功就应该举行婚礼了。

于是罗瑟琳让她妹妹模拟主持了一场婚礼,两个人在假牧师的主持下结成了夫妻。罗瑟琳问奥兰多对他的新娘的爱情会有多久,奥兰多表示对罗瑟琳的爱是,"永远再加上一天"。

但是婚礼之后,两个人并没有入洞房,因为奥兰多要去陪老公爵吃饭,这是早就约定好的,需要离开两个钟点。尽管不舍,罗瑟琳还是让他走了。

在这场看来是游戏的爱情表白中,虽然奥兰多不知道这个牧羊人就是他的罗瑟琳,但罗瑟琳可是真正面对的是奥兰多呀,她实际是跟自己的爱人在谈恋爱。她太需要这样的模拟爱情表白来释放自己心头汹涌奔腾的爱情了。"我的爱是无从测计深度的,因为它有一个渊深莫测的底,像葡萄牙海湾一样。"一方面可以借着男装大胆试探奥兰多,一方面又可以酣畅淋漓地表白爱情。罗瑟琳的这个设计真正巧妙。

而这个假想的求婚中,奥兰多同样是受益者。他一方面和假想中的罗瑟琳(实际上是真正的罗瑟琳)谈恋爱,"我很愿意把你当作罗瑟琳,因为这样我就可以讲着她了"。一方面跟人讲自己的恋人可以表达自己爱情的真挚,可以缓解一下爱人不在身边的相思之苦。

七

罗瑟琳在煎熬中度过了两个小时,但到了两点钟奥兰多并没有出现,而他的哥哥奥列佛却出现了。他不是奉新公爵之命来捉拿奥兰多吗?他在树林中睡觉的时候,在一条毒蛇和一头狮子就要把他当成美味享用的千钧一发之际,善良的奥兰多不计前仇，于危险之中救了他，结果自己却受了重伤，"血不停地流着，那时他便晕了过去，嘴里还念着罗瑟琳的名字"。所以不能按时前来赴约了。

被救后的奥列佛弃恶从善，兄弟和好，赶快前来为弟弟传递消息，生怕罗瑟琳产生误会。罗瑟琳尽管身着男装，但男装包裹的是一个深爱奥兰多的女人心，听到恋人受伤，一下子晕了过去。她醒后马上就去探望奥兰多。

奥列佛受到弟弟的感化，弃恶从善后，人也变得可爱了。因此西莉娅和他，"刚见了面，便大家瞧起来了；一瞧便相爱了；一相爱便叹气了；一叹气便彼此问为的是什么；一知道了为的是什么，便要想补救的办法：这样一步一步地踏到了结婚的阶段，不久他们便要成其好事了，否则他们等不到结婚便要放肆起来了。他们简直爱得慌了，一定要在一块儿；用棒儿也打不散他们"。奥兰多的哥哥和罗瑟琳的妹妹，一见钟情后马上就要结婚了。

奥兰多看见哥哥结婚，一方面为哥哥高兴，一方面为自己伤心。因为"我不能老是靠着幻想而生存了"。可是自己深爱的罗瑟琳到底身在何方呢？至此罗瑟琳完全明白了奥兰多的真情，她又何尝不想尽快嫁给奥兰多呢？于是她顺水推舟，借着哥哥和妹妹的婚礼完成自己的好事。便说自己会法术，明天他的罗瑟琳定会出现，让他做好当新郎的准备就好了。尽管奥兰多还有几分不信，但他又多么愿意相信会成真呀。

第二天，穿着婚纱的罗瑟琳果然出现在众人面前，老公爵认出了自己的女儿，奥兰多认出了自己的新娘，和另外三对有情人一起举行了婚礼，皆大欢喜。

八

《皆大欢喜》在田园诗般的森林里展开，整个故事也充满了童话色彩。

首先森林是人类灵魂的净化场。奥兰多的哥哥奥列佛本来是来捉拿奥兰多的，可是突遇毒蛇和狮子，在危及生命的时候，是弟弟以德抱怨，不顾危险，在狮口中救下了他。奥兰多自己却身负重伤，血流不止，这终于感化了奥列佛，使其从此弃恶从善，不但把吞并的弟弟的财产归还他，还把自己所有的财产都赠给了弟弟，自己和心爱的姑娘在森林做了牧人。

因为国内的有识之士都来投奔森林中的老公爵，新公爵亲自统率大军，前来捉拿他的兄长，预备把他杀死。结果他到了这座树林的边界，遇见了一位高龄的修道士，交谈之下，悔悟前非，便即停止进兵；同时看破红尘，把他的权位归还给他被放逐的兄长，一同流亡在外的诸人的土地，也都各还原主。新公爵到了这片净土，都幡然悔悟，认识到自己的罪恶，结果自我放逐，把公国又归还给了老公爵。

其次森林是美好爱情的催化剂。罗瑟琳和奥兰多在宫廷中一见钟情，两个人爱情刚刚萌芽就分开了。接着被迫分别逃到了森林里，却意外地在森林里重逢。尽管奥兰多不能认出男装的牧羊人就是罗瑟琳，但却可以通过跟她模拟求婚，照样还是能表白爱情的。而罗瑟琳则借着男装大胆地表白了爱情，这田园诗般的环境迅速催熟了罗瑟琳和奥兰多的爱情。

西莉娅和奥列佛虽然原来并未谋面，但在森林里遇到后便一见钟情，爱情迅速升温，马上就步入了婚姻的殿堂。还有另外两对也都是在森林恋爱成功，最后四对有情人一起举行了婚礼。

兄弟间财产的争夺，权力的篡夺，这些人性中丑恶的事情都虚化于美好的浪漫爱情中。虽然有几分虚幻，但也反映了莎士比亚关于爱情的美好愿望，我们读来，心中也会充溢着一种柔软的感动，毕竟美好的爱情故事可以让我们逃避现实的纷扰，构筑自己的爱情世界。这就是莎士比亚爱情喜剧的现实意义。

现代文明社会里，乱写乱画，肯定是不被允许的。在森林里，在树上刻下爱人的名字，同样违反了森林保护法。但在古代社会里，情不自禁地在树上刻下爱人的名字，却是真情的自然流露。莎士比亚在这里也向后人揭示了一个真理。什么样的爱情最真挚？莎士比亚回答：心心念念恋人的名字。

第五章

肉欲之爱难长久

——莎士比亚告诉你爱情是什么之《特洛伊罗斯与克瑞西达》

什么样的爱情靠不住？

莎士比亚回答：肉欲之爱难长久。

第五章 肉欲之爱难长久

一

特洛伊战争是由一个女人海伦引起来的,打了十年。这个女人按照我们中国人历来的观点,那一定是红颜祸水了。几千年来,海伦就成了被指责的对象。其实海伦是被动的,是冤枉的。追根溯源,战争的起因是一个金苹果。后来在特洛伊战争中希腊联军中最勇敢的英雄阿喀琉斯父母的婚姻是人与神的结合,他父亲是人间国王,他母亲是海上女神。他们结婚的时候,女神请了奥林匹斯山上所有的神前来赴宴,单单忘了请不和女神厄里斯,厄里斯不请自来,来到席间扔下了一个不和的金苹果,上面写着献给最美丽的女神。女神们都认为自己最美丽,应该得到这个金苹果,最有实力竞争的是神后赫拉,智慧之神雅典娜,爱神阿弗洛狄忒。宙斯让她们去找帕里斯评判。三位女神纷纷许下诺言,希望帕里斯把金苹果判给自己,神后赫拉许诺他成为世界上最伟大的君主,雅典娜许诺他成为世界上最勇敢的英雄,爱神阿弗洛狄忒许诺他得到世界上最美丽的女人。这位帕里斯王子不爱江山爱美人,把金苹果判给了爱神,得罪了另两位女神,她们发誓,一定要毁了帕里斯父亲的城池,也就是特洛伊城。

后来爱神也兑现了自己的诺言。在帕里斯去希腊找回他早年被抢走的姑姑时,见到了世界上最美丽的女人,斯巴达王后海伦。两个人被爱神的箭射中,帕里斯忘了自己的使命,把海伦带回了特洛亚。希腊人前来雪耻,于是爆发了这场战争。

因此追根溯源，战争的起因是因为女神的虚荣心。首先是不和女神厄里斯，人家忘了请她了，是因为忙乱，百密一疏嘛。但她觉得面子上过不去，要报复，挑拨是非，刷她的存在感，扔下了这个引起矛盾的金苹果。接着，三位最有实力的女神，非得争这个金苹果，以此来证明自己最美丽，结果导致了人类的一场战争。虚荣啊，希腊的诸神们。可以说是虚荣心引起了这场战争的爆发。神都如此虚荣，人类又怎能幸免？莎士比亚的戏剧《特洛伊罗斯与克瑞西达》就是这场战争背景下的爱情故事，并且是一个关于虚荣心的爱情故事。

大家都知道司汤达写了《红与黑》，里面写到了于连的两次爱情，两个女人都对于连一往情深，令人唏嘘不已，觉着司汤达的爱情写得好。殊不知司汤达就是研究爱情的专家，他曾写过专著《论爱情》。促使他写这部书的起因是他自己的爱情经历并不顺利，所以他要研究一下爱情到底是个什么东西。于是他用科学研究的方法探究爱情，就像给物种分类一样，他也给爱情分了四种类型：激情之爱、虚荣之爱、肉体之爱、趣味之爱。他自己最欣赏的是激情之爱，他的《红与黑》《巴马修道院》《法尼娜·法尼尼》等都是激情之爱。

按着司汤达的分类，莎士比亚的很多戏剧都是激情之爱，比如《罗密欧与朱丽叶》《奥瑟罗》《第十二夜》等，但戏剧《特洛伊罗斯与克瑞西达》里面的爱情却是虚荣之爱。

二

《特洛伊罗斯与克瑞西达》虽然像《罗密欧与朱丽叶》一样以两个恋人的名字命名,但这部戏并不是只写爱情,更多篇幅写的是特洛伊战争中的英雄们,俄底修斯、阿伽门农、阿喀琉斯、赫克托,当然还有海伦和帕里斯等人物。特洛伊罗斯与克瑞西达两个人的爱情故事只能算是一条副线。

他们的爱情发生在十年战争中的第七个年头。

赫克托等王子们都出城去打仗了,而最小的王子特洛伊罗斯却躲在城里,无心去打仗,因为"特洛伊罗斯的心早就不属于他自己了"。他恋爱了,他爱上了"穿着平日的衣服也像海伦穿着节日的衣服一样美丽"的克瑞西达,不是说海伦是世界上最美丽的女人吗?看来克瑞西达比海伦还要美丽,当然这只是她舅舅的说法。她是一个祭司的女儿,她的父亲投奔了希腊军营,她和舅舅住在一起,而舅舅就是特洛伊罗斯和克瑞西达的媒人。他无数次地向特洛伊罗斯夸耀克瑞西达的美貌,"她的眼睛、她的头发、她的面庞、她的步态、她的语调"如何动人,特洛伊罗斯就被打动了,想得到她了。

她舅舅虽然是个男人,但却有着古今中外的媒婆的共同特征,巧舌如簧,能把死人说活了。她舅舅经常来跟特洛伊罗斯夸耀克瑞西达如何美丽,撩拨得他欲火中烧。"她的眠床就是印度;她睡在上面,是一颗无价的明珠……我是个采宝的商人。"因此特洛伊罗斯无心去参战,无心在战场上建立自己的赫赫功名,一心只想得到克瑞西达美丽的肉体。

媒人的任务就是两边夸,他一边去对特洛伊罗斯夸耀克瑞达西的美貌,一边再去对克瑞西达赞美特洛伊罗斯的勇敢。克瑞西达对特洛伊罗斯并没有特殊的好感,甚至都不认识,完全是她舅舅的用力撮合。她舅舅跟她说特洛伊罗斯的勇敢可以和赫克托比,英俊可以和帕里斯比,连海伦都爱他,说得姑娘也动了心。

三

舅舅带她站到高台上,以便看清打仗归来经过的众王子,来认识哪位是完美的特洛伊罗斯。英武的赫克托走过了,英俊的帕里斯走过了。而这时克瑞西达看见一个人走过来,问她舅舅:"那边来的那个鬼鬼祟祟的家伙是谁?"原来就是被她舅舅夸耀得像一个大英雄的特洛伊罗斯。可见克瑞西达见过特洛伊罗斯真面目以后,对他并没有好感。她舅舅却还在夸大其词地赞美他:"这才是个好汉子!嘿!勇敢的特洛伊罗斯!骑士中的魁首!"克瑞西达忍不住拦住她舅舅,"别说啦!不害羞吗?别说啦"。此时,她明白舅舅的赞美言过其实了。特洛伊罗斯既没有赫克托的英武,也没有帕里斯的英俊,而是一个鬼鬼祟祟的家伙。就是这样一个人,她舅舅还赞美,夸他是世上第一的大英雄,真是不知羞耻。对特洛伊罗斯,克瑞西达实在爱不起来。

她舅舅不失时机地教育她:"你不知道怎样才算一个好男子吗?家世、容貌、体格、谈吐、勇气、学问、文雅、品行、青春、慷慨,这些岂不都足以加强一个男子的美德吗?"在这些男子的美德中,他舅舅首先提到是家世,是啊,他无论怎么鬼鬼祟祟,也是特洛伊王子呀。傍上他就有了保护伞了。而你克瑞西达除了拥有美丽的外表外,你还有什么?谁可以保护你?

克瑞西达明白,"我靠在背上好保卫我的肚子;靠我的聪明好守住我肚子里的玩意儿;靠我守住秘密好保持我的清白;靠我的面罩好卫护我的美貌;我还靠着你来保卫这一切:这就是我的一套护身法宝,招架着四面八方"。她很清楚她自己的处境,父亲投靠了敌方,她一个孤女,抵御着来自四面八方的攻击,她学会了保护自己。除了自己,她能依靠的只有舅舅,舅舅的保护也是微乎其微的呀。但舅舅有本事给他找来了更强有力的保护者,特洛伊罗斯王子。

王子还是个狂热的追求者,"言语、盟誓、礼物、眼泪以及恋爱的全部祭礼,他都借着别人的手向我呈献过了"。这时候特洛伊罗斯通过媒人送了礼物,表达了爱意,但这些并没有打动克瑞西达,她并没有被这些东西冲昏头脑,还保持着清醒的认识。"然而我从特洛伊罗斯本身所看到的,比之从潘达洛斯(她舅舅)的谀辞的镜子里所看到的,还要清楚千倍。"尽管舅舅说得天花乱坠,但她自己看得很清楚,根本没有舅舅说的那么好。尽管他的行动也足以表现了他的诚心,但是克瑞西达还不能轻易答应他。这么清醒的姑娘并没有因为王子的爱慕而心旌摇荡,不能自持,还能进行冷静的算计。因为克瑞西达的爱情最初就是从算计开始的。

精明的克瑞西达太明白了,"女人在被人追求的时候是个天使;无论什么东西,一到了人家手里,便一切都完了……

所以我从恋爱中间归纳出这样一句箴言：既得之后是命令，未得之前是请求"。她太明白男人在不同阶段对女人的态度是不同的。追求的时候会大献殷勤，恨不得把女人捧上天，可以答应女人的任何要求，做任何事都是对女人的请求。一旦得到以后，就难再珍惜，追求时的诺言就全成了谎言，从来不会兑现，所以不能轻易让他得到满足。

四

终于媒人牵线搭桥的工作有了阶段性的进展，两个人要幽会了。姑娘再精于算计，也得让男人尝到甜头呀，否则男人的耐心也是有限度的，再不让他得到，他也会弃你而去的。特洛伊漂亮姑娘有的是，并非只有你一个。时机成熟时，该献身还得献身。

舅舅这媒人当得可真是操碎了心哪，一边去帕里斯王子那里为特洛伊罗斯托付好，请他在国王面前帮弟弟找个不出席晚宴的借口。一边把他请到自己家里来，安排外甥女为王子献身。

因为这次肉体的亲密接触，特洛伊罗斯激动不已，"我觉得眼前迷迷糊糊的，期望使我的头脑打着回旋。想象中的美味是这样甘芳，它迷醉了我的神经"。被媒人的话语撩拨得太久了，欲火天天在燃烧，今天终于要如愿以偿了，怎能不激动？

克瑞西达也是"怕难为情怕得了不得，慌张得气都喘不过来"。姑娘再怎么能算计，也毕竟是个处女呀。况且这还是

第五章　肉欲之爱难长久

两个人第一次正式见面。过去说中国人的婚姻是父母之命，媒妁之言，新婚之夜两个人才第一次见面。特洛伊罗斯和克瑞西达也是一样的，原来都是远远地看过，并没有近距离地接触过。两个人第一次见面就要有实质性的关系，都有些紧张。

倒是那个皮条客舅舅积极得很，把两个人拉到一起，打破了第一次的尴尬，让他们接吻，并说着，"一吻就定了终身！经营起来"。两个人听着舅舅的指挥接吻了，两个人的距离拉近了。"好，良缘永缔，互结同心。"舅舅说着美好的祝愿。

无论原来通过媒人告白过多少次，这回见面了，总要当面表白一下吧。特洛伊罗斯说："我好容易盼望到这一天！"克瑞西达的应答里有很多的迟疑："盼望，殿下！但愿——啊，殿下！"

特洛伊罗斯听出了克瑞西达的疑虑，问她是不是在他们爱情的灵泉里发现了什么渣滓了，克瑞西达说看到的渣滓比泉水还要多。可见姑娘对自己的献身，是怀有恐惧的，对献身以后的命运是有疑虑的。她怕王子始乱终弃，自己一个民女被抛弃了又能怎么样呢？所以她是战战兢兢地献出自己的初夜的。

男人这个时候总要大包大揽地许下诺言，特洛伊罗斯也不例外，"让我的爱人不要怀着丝毫恐惧；在爱神导演的戏剧里是没有恶魔的"。给姑娘吃了颗定心丸。"入火吞山，驯服猛虎，凡是我们的爱人所想得到的事，我们都可以做到。"大话说得多么响亮，我可以满足你的一切愿望。摘星星摘月亮又算得了什么呢？这个时候男人说大话，就仿佛自己是可以操纵宇宙的人,整个世界都尽在掌握,能给姑娘绝对的安全感。

克瑞西达却总是这么清醒。"人家说恋人们发誓要做的事情,总是超过他们的能力,可是他们却保留着一种永不实行的能力;他们发誓做十件以上的事,实际做到的还不满一件事的十分之一。"姑娘这段话里把男人的誓言分出了三个层次,第一层,言过其实,入火吞山,驯服猛虎,哪个人能做到?但哪个男人发誓的时候都会这么说,说的话,远远超出了他们的能力。第二层,永不兑现,大话说过就完事了,谁也没有真正地实行过。第三层,百分之一,说的十件事,实际完成的是一件事的十分之一,也就是说完成率才是百分之一呀。

克瑞西达为什么能够这么清醒,看得如此透彻呢?《罗密欧与朱丽叶》里罗密欧的誓言里也充满着日月星辰,朱丽叶听着却没有一丝一毫的怀疑,因为她爱罗密欧呀。而克瑞西达却产生了这么多的怀疑,实在是因为她并不爱特洛伊罗斯,献身只是一场交易,为自己求取一个保护人而已。

特洛伊罗斯慷慨激昂,信誓旦旦,实在是因为欲火中烧。

五

这个时候克瑞西达总要说一些甜言蜜语吧,"我现在爱着您;可是直到现在为止,我还能够控制我自己的感情"。虽然有虚假的成分,但也算说的是真话,就是我爱你还没到难以自持的地步。"也许您会以为我所吐露的不是真情,我不过在耍着手段，"这话里就透露出她心里发虚，怕对方怀疑她耍手段，因为她就是有耍手段的成分嘛。最绝的是这句："因为智慧和爱情只有在天神的心里才会同时存在，人们是不能兼而有之的。"都说人在恋爱的时候智商等于零，因为只有神在恋爱时，才是还有智慧的。而在克瑞西达的谈话里，我们处处能感觉到她是存在智慧的，也就是说她没有处于恋爱中，她并没有爱上特洛伊罗斯。

但欲火中烧的特洛伊罗斯听不出这些意思来的，火急火燎地表忠心："从今以后，世上真心的情郎们都要以特洛伊罗斯为榜样。"这忠心表得绝对彻底。

克瑞西达的忠心一点也不含糊，如果变了心，或者是有一丝一毫的不忠不贞的地方，"以后，让他们举出一个最轻浮最虚伪的榜样来，说像克瑞西达一样负心"。克瑞西达再算计再清醒，人家都说得那么感人了，她怎么也得表示一下吧。于是她就顺着特洛伊罗斯的思路跟着说下去了。你说你会成为忠心的榜样，如果我负心，将会成为负心的例子。我之所以敢这么说，是因为我绝对不会负心的。克瑞西达的忠心也决不含糊。

舅舅潘达洛斯听着这两个人信誓旦旦，甜言蜜语说过了，誓言也发过了，该来真格的了，于是打断了两个人。"好，交易已经作成，两方面盖个印吧。"这老头真是直接了当，没有一点虚饰，干脆说出了实质——交易，这只是一场权色交易而已。从一开始他全力撮合这两个人，他就没指望王子会娶他的外甥女，外甥女可以凭着她的美貌给自己找一个保护人就不错了，还想嫁入王室当王妃，那只能是痴心妄想。

特洛伊罗斯和克瑞西达一夜缠绵，早晨起来，只怪夜太短，难舍难分。

六

好一场春梦，却被意外惊醒，因为特洛伊要把一名重要的战俘交换回来，必须把克瑞西达送到敌方营寨去。

特洛伊罗斯知道后，懊恼不已，"好容易如愿以偿，又变了一场梦幻"。自己心爱的女人要到敌方去做人质，男人的正常反应应该是誓死保护自己的女人，要么藏起克瑞西达，要么请求换别人去，实在不行，挺身而出，自己去。但特洛伊罗斯没做任何反抗，什么都没有做。反而告诉来幽会地点找他的人，装作是偶然遇上他的，不要让别人知道他和克瑞西达的关系。这就是十个小时前还海誓山盟的那个男人，发誓上刀山下火海也会保护好自己女人的男人的作为。难怪当时克瑞西达就不相信，真真的只是说说大话而已呀。昨天晚上还是可以掌控宇宙的巨人，现在成了缩头乌龟。

克瑞西达知道后，坚决反对，誓死不愿意去。她不要到敌方营寨投奔她那叛了国的父亲，因为现在她认为亲爱的特洛伊罗斯才是她最亲近的亲人，"我要扯下我的光亮的头发，抓破我的被人赞美的脸，哭哑我的娇好的喉咙，用特洛伊罗斯的名字捶碎我的心。我不愿离开特洛伊一步"。她再怎么不愿意去，谁会听她的哭诉？上面已经决定的事，谁又能保护她呢？她用肉体交换来的保护人呢？

终于特洛伊罗斯出现了，克瑞西达想紧紧地抓住这根救命稻草。克瑞西达再一次跟他确认这件事,她希望恋人告诉她不一样的答案,是她心里期望的回答,就是她可以不离开特洛伊,可以不离开特洛伊罗斯。但是没有,特洛伊罗斯给了她确定无疑的回答:"你必须离开特洛伊,也必须离开特洛伊罗斯。"克瑞西达的心一下子凉透了。残存的一点儿希望被特洛伊罗斯肯定的回答击碎了。

特洛伊罗斯只给了她一个有条件的许诺,"只要你忠心不变,我一定会来看你的"。这句话里多少已经有些不信任的因素了。因为希腊人会唱歌,会跳舞,会花言巧语,这些都是对女人有诱惑力的。他害怕克瑞西达被诱惑而变心。"希腊的青年们都是充满美好的品质的,他们都很可爱、很俊秀,有很好的天赋,又博学多能,我怕你也许会喜新忘旧。"他没有想到一个弱女子到了敌方营寨去做人质,内心是多么恐惧,如羊入虎口呀。在虎视眈眈的男人们中间要自保有多难。而首先想到的是她到了那里,受了希腊人的诱惑会不会变心。可见两个人的情感是多么的肤浅,两个人的灵魂离得好远,只是一种皮肉关系而已。

但是临分别,两个人还是交换了信物,特洛伊罗斯送了她衣袖,克瑞西达送了他手套。

七

克瑞西达跟着使者狄俄墨得斯来到了希腊营帐。这是一群离开妻子七年的男人们,虽然营寨中也有女俘,但像克瑞西达这样出色的女人还是少见。俄底修斯看到"她的眼睛里、面庞上、嘴唇边都有话,连她的脚都会讲话",言谈举止尽得风流,是男人眼中的尤物。所以男人们都前来索吻,克瑞西达,一个弱女子,像一只小羊掉进了狼窝,她能怎么样?摆出高傲的架式,拒绝他们吗?那她还想活命吗?她只是一个女俘而已,只能适者生存。因此她也是来者不拒,——满足了他们的要求。希腊的英雄们都得到了她的吻,都满意了。

但她这种迎合反而让他们看不起她,也吻了她的俄底修斯对她的评价是:"这类油腔滑调的东西,厚着脸皮,侧步而进;她们把心里的话全部打开,引人上钩:简直是街头卖俏,唾手可得。"

具有大智慧的俄底修斯的评价代表了整个希腊联军上层人物对她的看法,也就给克瑞西达定了性了,街头卖俏,唾手可得。她在这个军营中的处境就可想而知了。一个随意轻浮的女人,男人们哪个不想吃她的豆腐?聪明的克瑞西达得给自己找个保护人。她找的保护人就是带她来到希腊营寨的使者狄俄墨得斯。

虽然是两军交战,但对对方的英雄人物,英雄们都是敬重的,赫克托被请到了希腊营寨,英雄们相谈甚欢。特洛伊罗斯也随着哥哥来到希腊营寨,想趁机去看望一下克瑞西达。俄底修斯带着他来到克瑞西达父亲的帐前,意外地发现了她正和狄俄墨得斯调情。克瑞西达欲迎还拒、欲退又进的样子被他们看了个正着。特洛伊罗斯愤怒至极,但他强忍住自己的愤怒,没有出声,没有发作。他们躲在暗处,继续偷听下去。看见克瑞西达送给那个男人的爱情信物,竟然是特洛伊罗斯临别时送给她的衣袖,而且两人又定下了明天的约会。特洛斯罗斯的耐性实在是好，尽管快被气炸了肺，但始终忍着没有出声，所以克瑞西达并不知道自己私会新情人的事被旧情人偷看到了。

克瑞西达送走狄俄墨得斯，自言自语地说出了自己内心的矛盾。"特洛伊罗斯！我的一只眼睛还在望着你，可是另一只眼睛已经随着我的心转换了方向。"一只眼睛回望旧情人，一只眼睛转向了新情人。而且克瑞西达明确地说出了是心带着眼睛转向的，是先变了心，才有了新情人的。

特洛伊罗斯担心的事真的发生了，克瑞西达变心了，投入了希腊男人的怀抱了。"她的破碎的忠心、她的残余的爱情、她的狼藉的贞操，都拿去与狄俄墨得斯另结新欢了。"克瑞西达与特洛伊罗斯的短暂的爱情也就结束了。特洛伊罗斯谴责克瑞西达变了心，但他也应该问问自己，他得到过她的心吗？他只得到过她的身体而已，他们之间只不过是一场肉欲之爱。

八

这就是一场王子与灰姑娘的爱情。在这场爱情交易中，两个人各有所图。

王子看中的是克瑞西达的美貌。故事发生在特洛伊战争的背景下，战争没有把特洛伊罗斯锻造成像赫克托一样的大英雄，反而把他融化成了沉浸在富贵温柔乡里的情人。因为这场战争是由爱情而引发的，每天看到海伦和帕里斯秀恩爱，在这种甜腻爱情的熏染下，年轻王子特洛伊罗斯怎甘寂寞？正好有人看中了他王子的身份，每天来跟他夸耀自己的外甥女如何美貌超群，远远胜过在他眼前晃来晃去的美女海伦。

海伦是人们公认的美女，那姑娘比海伦还要美丽十分，这足可以满足他作为一个男人的虚荣心了。于是他就动了情，托媒人送去礼物，表达自己的爱慕之情。其实他这时爱的只是一个虚幻的美女，因为他并不认识她，更不了解她，就自认为爱上她了。当虚荣心膨胀到一定程度的时候，就要有实质性的进展了，于是他们幽会了。等到一见面，他发现媒人并没有骗他，克瑞西达真的是一位绝色大美女。那么他那虚幻的爱情也就坐实了。面对一位美女，他体内的荷尔蒙成几何倍数分泌，他头脑发热，思维敏捷，爱情的誓言涌到嘴边，上下嘴唇一碰就说出来了。那时的誓言绝对是发自肺腑的，于是他得到了姑娘的肉体，终于如愿以偿了。他沉浸在美妙的爱情中了，在那短暂的欢乐时刻，他觉得为这个女人上刀山下火海也值得。

美好的事情总是短暂的，灾难转瞬间就出现了，并不比上刀山下火海困难。他的姑娘要被送到敌方军营去做人质，而姑娘现在唯一的指望就是他，在需要他挺身而出保护时，他退缩了。首先他要保全自己，告诉来找他的人不要让别人知道他和姑娘的关系。接着对姑娘说，你必须去，别无他路。斩断了姑娘最后一丝希望，只能去做人质了。他虽然不能保护姑娘，但仍希望姑娘还是他的女人，要求姑娘不要变心，暗中他们还可以继续来往。

暗中来往的女人其实就是他给克瑞西达的定位，因为他并没有想把她娶回家里做妻子，她只不过是他的性欲对象，并不是他的结婚对象。当知道克瑞西达移情别恋后，他有什么资格谴责她变心？他真的为对方付出过真心吗？彼此只是一场肉体交易而已，交易完成，各自走开，谁也别谴责谁。

九

这场爱情的交易性质，克瑞西达比特洛伊罗斯看得清楚，从一开始，灰姑娘看中的就是特洛斯罗斯的王子地位。

克瑞西达这个特洛亚祭祀的女儿，一个平民少女，本就没什么社会地位。她的父亲又竟然投敌叛国，跑到希腊军营去了，这使她遭到人们的唾弃。作为一个叛徒的女儿，克瑞西达在特洛伊城的处境可想而知了。

她的叛徒父亲给她带来了耻辱，但也带给了她美丽的外表，得天独厚，一大优势。她的舅舅和她就要充分利用这个优势，在她的美貌上做文章了。于是她舅舅就充当了说客，去向特洛伊罗斯夸耀她的美貌，试图以她的肉身去换取特洛伊罗斯王子的保护。

一开始她就明白这只不过是一场交易，所以尽管她看到的王子并不是如舅舅吹嘘的那般出色，而是一个鬼鬼祟祟的家伙，但她也别无选择。她同时也明白，男人在得到女人之前和之后简直会判若两人，得到之前是请求，得到之后是命令。但她也不能总是拖延下去，否则王子会失去耐心的，该交出自己的时候还是要交出去的，于是她和王子幽会了。她以为从此有了保护人，她的好日子开始了。但没想到的是初夜后的第二天，她就要被送到敌方去做人质。她想抓住王子这根救命稻草，但王子并没有做任何积极的反抗，而是顺从地把她送到了虎狼之中。这时,她对王子是非常失望的。满以为自己用肉体换来的保护人,真的能保护自己,却没想到他撇清了和她的关系,把她推给了敌人。她怎么能不伤心?她舅舅和她用尽心机换来的这个保护人关键时刻并没有能保护她。

怀着对特洛伊罗斯的失望,她来到了敌方营寨。为了给自己再找一个保护人,她又投入了另一个男人的怀抱。特洛伊罗斯指责她变心了。在这整个过程中,她付出过真心吗?没有,她付出的只是肉体而已。

一个男人看中女人的美貌,一个女人看中男人的王子身份,彼此吸引的是两个躯壳,这过程中两个人都没有带着自己的灵魂。风平浪静还好,一旦风暴来袭,情况有变,爱情迅速跟着变,因为他们的爱是没有灵魂的。两个人都没有付出真心,只是一种肉欲之爱,虚荣之爱。什么样的爱情靠不住?莎士比亚回答:肉欲之爱难长久。

第六章

帝王的无奈爱情

——莎士比亚告诉你爱情是什么之《安东尼与克莉奥佩特拉》（一）

什么人的爱情最无奈？

莎士比亚回答：帝王之爱。

一

　　古今中外的历史上，握有无上权力的帝王可以呼风唤雨，对很多人的性命都可以生杀予夺。普天之下，莫非王土；率土之滨，莫非王臣。天下都是帝王的，所以可以对自己中意的男女随意招来享用。然而关键时刻，对自己真正爱恋的女人却不一定能够保护。在我国唐明皇与杨贵妃的爱情谱写了一曲千古绝唱。在地中海边，安东尼与克莉奥佩特拉的爱情同样令人唏嘘不已。莎士比亚写出了两位帝王爱情的无奈。

　　罗密欧与朱丽叶可以为自己的爱情而死，因为他们就是他们自己的，没有肩负着国家的责任，殉情是他们主动的选择，选择爱选择死，与国家无关，与大多数人无关。而拥有权力，同时也就肩负责任的帝王，却不能把握自己的爱情。因为他们对国家有责任，对大多数人有责任，选择爱选择死，跟国家的命运紧密相关，所以往往帝王倒不能为了爱情而做什么主动的选择。

二

　　罗马历史上功名显赫的三巨头之一安东尼爱上了埃及历史上赫赫有名的女王克莉奥佩特拉，这两个都是握有重权的人物，他们能够随心所欲地享受自己的爱情吗？

　　安东尼也曾试图放下自己的责任，尽情地享受爱情的欢愉，罗马的无上荣光在爱情面前变得毫无价值。"让罗马融化在台伯河的流水里，让广袤的帝国的高大的拱门倒塌吧！这儿是我的生存的空间。纷纷列国，不过是一堆堆泥土。"此时的安东尼真的能视功名利禄如尘土，罗马的事业，帝国的荣耀，对他来说都是草芥一样的小事，不值得为之劳神费力。征服世界的快乐还不如征服一个可爱的女人。"生命的光荣存在于一双心心相印的情侣的及时互爱和热烈拥抱之中。"安东尼认为生命的价值存在于和克莉奥佩特拉的爱情之中，其他都毫无意义。都说女人通过征服男人来征服世界，男人通过征服世界来征服女人。此时的安东尼，眼里没有世界，只有克莉奥佩特拉这个女人。

他对克莉奥佩特拉发自心底地爱恋，"你生气、你笑、你哭，都是那么可爱；每一种情绪在你的身上都充分表现出它的动人的姿态"。克莉奥佩特拉的一哭一闹、一颦一笑都是可爱的，都会让他心里柔情涌动，萌生爱意。他很享受这份爱情的甜蜜。

然而伟人沉迷于爱情的时光毕竟是有限的，因为时时会有人把他从爱情的梦幻中拉回到现实的俗务中来。在埃及享受爱情的安东尼会被凯撒（此剧指屋大维，是凯撒大帝的甥孙和养子，亦被正式指定为凯撒大帝的继承人）派去的使者拉回到罗马的实务中来。罗马告急，现实的危急让安东尼对爱情产生了动摇。"我必须挣断这副坚强的埃及镣铐，否则我将在沉迷中丧失自己了。"罗马的紧急情况，仿佛在安东尼火热的爱情上浇了一盆冰水，安东尼瞬间清醒了。他明白了自己应当肩负的责任，罗马还是不能融化在台伯河的流水里，他要拯救罗马。

国家的责任回归到安东尼的心里,他明白自己"必须割断情丝,离开这个迷人的女王;千万种我所意料不到的祸事已在我的怠惰之中萌蘖生长"。庞贝已经威胁到罗马的安全,"要是让他的势力继续发展下去,全世界都会受到他的威胁"。安东尼必须马上回到罗马去,罗马需要他。

伟人之所以能成为伟人,就在于他明白自己肩负的责任。安东尼之所以可爱,就在于他在爱情中流露出人的真性情,脱下戎装,回归到一个男人的本性。当爱情和责任发生冲突时,他还是服从了责任。所以在历史上他还是一个伟大的君主,而不是一个沉湎于爱情中不能自拔的昏君。

三

于是万分不舍的安东尼去向女王辞行,他一来,聪明的女王就知道安东尼要说什么了。他要说的正是女王担心的,他要离她而去了。"请你不必找什么借口,你要去就去吧。"她这样说,可并不是什么识大体,顾大局,而是带着怨气。因为"我的嘴唇和眼睛里有永生的欢乐,我的弯弯的眉毛里有天堂的幸福;我身上的每一部分都带着天国的馨香。它们并没有变样,除非你这全世界最伟大的战士已经变成了最伟大的说谎者"。我没有变,而你要离开,无论说出什么理由,都是谎言。女王在恋爱的时候,表现出了小女儿家的任性。这么一说,就把安东尼要说的话给拦住了,使安东尼不会离她而去。

安东尼觉得被冤枉,但是他不能英雄气短,儿女情长。

必须去完成自己的使命。必须走,必须说。"为了应付时局的需要,我不能不暂时离开这里,可是我的整个的心还是继续和你厮守在一起的。"我虽然人走了,但是我的心还是留在这里,和你在一起的。

"我们虽然分离,实际上并没有分离;你住在这里,你的心却跟着我驰骋疆场。"你虽然留在这里,但你的心也会跟着我一起走的。无论是你在这里,还是我去罗马,分离的只是身体,我们的心始终在一起。一方面表现出安东尼必走的决心,一方面安抚了女王不舍的心。

女王再多的不舍,也留不下英雄赴沙场的脚步,聪明的女王还是送他祝福吧。"愿所有的神明和您同在吧!愿胜利的桂冠悬在您的剑端,敌人到处俯伏在您的足下!"女王祝福安东尼所向披靡,早日胜利,凯旋而归。带着女王的美好祝愿,安东尼无奈地离开了女王。

爱情是女人生命的重心,无论是像朱丽叶一样天真的少女,还是像克莉奥佩特拉一样智慧的女王,爱人的离去就像生命停止了一般痛苦。她想喝下曼陀罗汁,在安东尼离开的日子里长睡不醒,因为她不愿意忍受爱人不在身边的寂寞。她时时刻刻思念着他。"他现在是在什么地方?他是站着还是坐着?他在走吗?还是骑在马上?"设想着安东尼也在思念着自己,"他现在在说话了,也许他在低声微语:'我那古老的尼罗河畔的花蛇呢?'因为他是这样称呼我的"。为了表达自己的思念之情,她甚至派出二十个使者给安东尼送信,每天都让安东尼收到她的一封信。

每个使者回来,她还要打听安东尼是否忧愁,是否快乐。

无论忧愁，无论快乐，她都能理解其中缘由。"他并不忧愁，因为他必须把他的光辉照耀到那些仰望他的人的脸上；他并不快乐，那似乎告诉他们他的眷念是和他的欢乐一起留在埃及的。"正像安东尼临走时说的，克莉奥佩特拉的心跟着他驰骋疆场。女王的爱情无异于天下任何一个女人。

当然安东尼也是心系女王，派使者给她送来了珠宝，并承诺，"我还要为她征服无数的王国，让它们在她富饶的王座之下臣服纳贡；你对她说，所有东方的国家，都要称她为它们的女王"。他是为了女王去征服世界，让她成为所有东方的女王，好大的雄心壮志。安东尼的爱情真是大英雄的爱情呀，他许给女王的是整个世界。

四

安东尼在埃及的时候，他的妻子和兄弟都打着安东尼的旗号向凯撒起兵造反，目的是让安东尼知道国内形势危急，对他不利，迫使他回国。安东尼并没有因此回国。他回国前，他的妻子就已经死了。但他妻子的行为却让凯撒指责安东尼破坏了他们之间的盟约。回到罗马后，安东尼是怎么解释也脱不了干系了。为了缓和与凯撒的关系，在别人的劝说下，安东尼竟然娶了凯撒的妹妹。

明明自己心心念念的女人是克莉奥佩特拉，但还要娶一个自己素昧平生的女人，伟大的安东尼也不能为自己的爱情做主呀，不得不屈服于政治联姻。

远在埃及的克莉奥佩特拉听到这个消息，一下子陷入疯狂的状态，歇斯底里地迁怒于带来这个坏消息的使者，甚至要拔刀杀死使者。但疯狂地发作了一阵子之后，她还是清醒了。面对现实吧，安东尼有了别的女人，高贵的女王变成了弃妇。

无奈地接受了这个事实后，美艳的女王还想在心理上找点安慰，问使者安东尼的新妻子"奥克泰维娅容貌长得怎样，多大年纪，性格怎样；不要忘记问她的头发是什么颜色"。因为前面如实地禀报安东尼结婚消息差点丢了性命的使者这会儿变聪明了，明白女王的意图了，于是尽力地把安东尼的新妻子丑化了一番。这才让女王舒了一口气。"那女人简直不算什么"，又老又丑，不会对她构成什么危胁，安东尼的心还是在她这里的。女王的这点小心思简直就像一个幼稚的小女孩儿。事实已如此，她能怎么办呢？只能自我安慰一下而已。

一个是叱咤风云的罗马三巨头之一，一个是美貌与智慧兼具的埃及女王，但都掌握不了自己的爱情婚姻，无奈地接受了这个事实。

五

平定了庞贝的战乱，罗马形成了三足鼎立的局面，凯撒，安东尼，莱必多斯，各占一方。但天下大势，分久必合，总有人想一统天下。这个人就是凯撒，他先是灭了莱必多斯，接着把矛头对准了安东尼。很快安东尼和凯撒彻底撕破了脸皮，和凯撒妹妹的婚姻也就画上了句号，完全回归到女王的身边。

第六章 帝王的无奈爱情

在安东尼和凯撒交战的时候，克莉奥佩特拉也想助安东尼一臂之力，要御驾亲征，和安东尼一起指挥。尽管手下人劝克莉奥佩特拉不要去："安东尼看见了您，一定会心神不定；他在军情紧急的时候，怎么可以让您分散他的有限的精力和宝贵的时间？"但克莉奥佩特拉固执地去了，而且鼓动安东尼放弃了他最擅长的陆地战，打起了并不擅长的海战。

然而女王毕竟也还是女人。战事打起来的时候，克莉奥佩特拉害怕了，竟然扯起帆就逃跑了。她的逃跑还不足以对战事构成威胁，胜负取决于安东尼的表现。关键是"她刚刚拨转船头，那被她迷醉得英雄气短的安东尼也就无心恋战，像一只痴心的水鸟一样，拍了拍翅膀飞着追上去"。这导致了战斗的失败。

爱情不是靠表白的，而是看关键时刻的表现，克莉奥佩特拉一跑，安东尼就以为她有什么危险，第一反应就是追到她身边去。他是真爱克莉奥佩特拉呀。

这一败是决定性的败局呀，安东尼追悔莫及。"我已经毁了自己的名誉，犯了一个最可耻的错误。"英雄安东尼肠子都悔青了。

克莉奥佩特拉更是深深自责，"我的主！原谅我因为胆怯而扬帆逃避；我没有想到你会跟了上来的"。女王还是勇于承担责任的，她承认自己是害怕而逃跑的。

安东尼说："你完全知道我的心是用绳子缚在你的舵上的，你一去就会把我拖着走；你知道你是我的灵魂的无上主宰，只要你向我一点头一招手，即使我奉有天神的使命，也会把它放弃了来听候你的差遣。"

这一段告白虽然是在战事失利之后，但可以看出两个人爱情的深厚程度，爱情高于一切。

豪情万丈的安东尼，"曾经玩弄半个世界在我的手掌之上，操纵着无数人生杀予夺的大权"。但现在是"你已经多么彻头彻尾地征服了我，我的剑是绝对服从我的爱情的指挥的"。英雄气短、儿女情长的安东尼啊。

六

爱情在和风细雨的时候总是显示出美好的一面，但在狂风暴雨之中却显露出丑陋的一面来。安东尼败了，陷入了人生的低谷，面临着凯撒的发落。女王的命运也是前途未卜。凯撒的使者前来见女王。女王此时也要考虑埃及的未来，自己儿子的命运，不能完全服从于爱情了。因此她对凯撒使者接待得很殷勤，这一下激怒了安东尼。失败使他变得脆弱、敏感、暴躁、易怒，他命令抽打使者，但还不能解心头之恨。他迁怒于克莉奥佩特拉，对她破口大骂，骂她水性杨花，骂她和凯撒（此处指凯撒大帝）的历史，后悔自己被一个卖弄风情的女人欺骗。

委屈的克莉奥佩特拉发了毒誓，"要是我果然这样，愿上天在我冷酷的心里酿成一阵有毒的冰雹，让第一块雹石落在我的头上，融化了我的生命；然后让它打死凯撒里昂（克莉奥佩特拉和凯撒大帝所生之子），再让我的孩子和我的勇敢的埃及人一个一个在这雹阵之下丧身；让他们死无葬身之地，充作尼罗河上蝇蚋的食料"！

女王拿自己的性命，自己儿子的性命，整个埃及所有人的性命发誓，以此来证明自己的清白。这足以说明她的真诚，也打动了安东尼那颗痛苦的心灵，终于暂时缓解了安东尼的怨恨，鼓起了安东尼的勇气。他决定重整旗鼓，和凯撒在陆地上决一雌雄。

安东尼告别女王走向了战场，"我不能浪费我的时间在无谓的温存里；我现在必须像一个钢铁铸成的男儿一般向你告别"。此时勇敢又重新回归到安东尼的身上，铁骨铮铮的安东尼又站起来了。

安东尼不但自己士气大涨，勇气倍增，也把将士们的士气鼓舞起来，一起奔赴战场，果然不负众望，初战告捷。"我们已经把他打回了自己的营地；先派一个人去向女王报告我们今天的战绩。"凯旋而归的安东尼鼓励将士，赞美女王，女王也赞美他是"万君之君，无限完美的英雄"。战斗胜利了，爱情回归了，一切都美好起来。

此时的安东尼信心满满，"姑娘！虽然霜雪已经洒上我的少年的褐发，可是我还有一颗勃勃的雄心，它能够帮助我建立青春的志业"。安东尼又恢复了他那颗雄霸天下的决心。

七

但是安东尼的这次胜利是短暂的，只是回光返照而已。后来一统罗马天下的小凯撒，也就是后来被称为奥古斯都的屋大维岂能小觑？前一天陆地上的失败，使他改变了策略，他在陆地上佯攻，主力部队调到海上，再一次打败了安东尼。

大势已去的安东尼又败了。

他把矛头又转向了克莉奥佩特拉，怀疑她出卖了自己。"我被出卖了。啊，这负心的埃及女人！这外表如此庄严的妖巫，她的眼睛能够指挥我的军队的进退，她的酥胸是我的荣冠、我的唯一的归宿，谁料她却像一个奸诈的吉卜赛人似的，凭着她的擒纵的手段，把我诱进了山穷水尽的垓心。"此时，由于失败，安东尼已经丧失了理智，迁怒于克莉奥佩特拉，说出了最恶毒的话来伤害她。他把自己失败的原因归到女王身上。

安东尼的态度让克莉奥佩特拉很不理解。"我的主怎么对他的爱人生气啦？"安东尼说："可是你还不如死在我的盛怒之下，因为一死也许可以避免无数比死更难堪的痛苦……这妖妇必须死；她把我出卖给那罗马小子，我中了他们的毒计；她必须因此而受死。"现在爱人变成了仇人，而且不共戴天，他要克莉奥佩特拉死。

克莉奥佩特拉从来没见过如此气急败坏的安东尼。"他比得不到铠甲的忒拉蒙还要暴躁；从来不曾有一头被猎人穷追的野猪像他那样满口飞溅着白沫。"无奈之下的克莉奥佩特拉只有选择离开他，躲到陵墓里去，他不是要克莉奥佩特拉死吗？她就去死。于是她派手下人，"去告诉他我已经自杀了；你说我最后一句话是安东尼；请你用非常凄恻的声音，念出这一个名字"。女王的诈死是无奈之举，也是服从了安东尼的命令。

八

然而愤怒时诅咒女王死的安东尼听到了女王的死讯,终于明白了自己没有女王是没法活的。"啊,碎裂了吧,我的胸膛!心啊,使出你所有的力量来,把你这脆弱的胸膛爆破了吧……我要追上你,克莉奥佩特拉,流着泪请求你宽恕。我非这样做不可,因为再活下去只有痛苦……克莉奥佩特拉死了,我却还在这样重大的耻辱之中偷生人世,天神都在憎恶我的卑劣了。我曾经用我的剑宰割世界,驾着无敌的战舰建立海上的城市;可是她已经用一死告诉我们的凯撒,我是我自己的征服者了,我难道连一个女人的志气也没有吗?"死保住了女王的尊严,一个女人都可以用死亡保住自己的尊严,而自己,一个叱咤风云的大男人,还贪生怕死吗?

自杀是安东尼唯一要做的事,他把剑刺向了自己的胸膛。自杀后没死之前,他知道了是自己的暴怒让克莉奥佩特拉没办法,才想出诈死这个方法。女王没死,而他自己则真的要死了。但他并没有迁怒于女王,而是让人抬着自己去见克莉奥佩特拉最后一面。"女王,我要死了;我只请求死神宽假片刻的时间,让我把最后的一吻放在你的唇上。"安东尼最后一次吻了他心爱的女人,闭上了眼睛,完成了戎马倥偬又情爱炽烈的一生。

安东尼死后,克莉奥佩特拉也下了必死的决心。"我们没有朋友,只有视死如归的决心。"死成了她唯一的选择,她把尼罗河边的小花蛇放在了自己的胸口上。"我仿佛听见安东尼的呼唤；我看见他站起来，夸奖我的壮烈的行动；我听见他在嘲笑凯撒的幸运；我的夫，我来了。但愿我的勇气为我证明我可以做你的妻子而无愧！"克莉奥佩特拉安详地死去了。凯撒不得不感慨，"她最后终究显出了无比的勇敢；她推翻了我们的计划，为了她自身的尊严，决定了她自己应该走的路"。

当安东尼盛怒的时候，要克莉奥佩特拉死，她听命令去死了，是假死。但安东尼听说克莉奥佩特拉死了的时候，才明白自己是离不开她的，她死了，自己活着还有什么意义，所以选择了自杀，是真死。当安东尼死后，克莉奥佩特拉也毫不犹豫，毅然选择了死亡，是真死。虽然两个人有矛盾，有怨恨，但都选择了为对方而死，真的是生死与共呀。

九

当克莉奥佩特拉坐着画舫，徐徐来到安东尼的身边时，也就走进了安东尼的心里，开始了一场旷世恋情。当安东尼在埃及享受和克莉奥佩特拉的爱恋时，他卸下了王冠，回归到一个自然人的本性，自由自在。这个戎马倥偬的男人，建立了丰功伟绩。但只有这个时候，他才是最轻松幸福的。所以他才会发出"让罗马融化在台伯河的流水里"的感叹。温香软玉的女王胜过一切功名利禄。

然而英雄之所以是英雄，就在于他内心深处强大的责任意识。当罗马处于危难之时，他还是挺身而出，回去平定了叛乱。但三足鼎立的局面难长久，在和小凯撒的角逐中，他战败了。情绪极度恶劣时，也曾迁怒于克莉奥佩特拉。但知道女王死后,自己毅然自杀,成就了英雄的伟名。安东尼的一生,有情有爱,有功有位,堪称完美。人类社会,向来不以成败论英雄,安东尼这个悲剧英雄,跟中国的项羽颇有几分相似,值得后人景仰。

埃及女王克莉奥佩特拉的一生堪称传奇。两任罗马元首都拜倒在她的石榴裙下,她延续了埃及的历史。据传说,她的魅力不只是美貌,更吸引人的是智慧。但再智慧的女王也会服从于爱情。最后安东尼战败后,小凯撒向她伸出了橄榄枝,她可以不死,但她为安东尼死了,为爱情死了,也成就了自己传奇的一生。

两位帝王的死,验证了他们爱情的伟大。他们的死结束了他们的帝王身份,也结束了他们爱情上的无奈状态,是无奈之下做出的一种主动选择,这一选择服从了他们的爱情。从这一点上说,他们卸下王冠,没有了权力,回归了人的本性,也得到了永恒的爱情。什么人的爱情最无奈?莎士比亚回答:帝王之爱。

第七章

政治联姻牺牲品

——莎士比亚告诉你爱情是什么之《安东尼与克莉奥佩特拉》（二）

什么人的爱情最没有自主权？

莎士比亚回答：公主。

一

公主和王子相爱了,结婚了,从此过上了幸福的生活,这都是出现在童话里的桥段。现实中,公主是政治斗争的工具,公主的婚姻大多是为了某种政治目的的联姻。和亲是中外帝王惯用的手段,送出去一个公主,换得几年安定。

中国历史上和亲的公主真不少,而最著名的和亲事件出现在我国历史上最强盛的汉朝和唐朝。汉北边的匈奴,不会种地,但会打仗,抢粮食,扰乱边境不安。于是汉朝就把一个个公主送给他们,汉武帝的亲姐姐也被送出去和亲了,汉武帝因此深深体会到了和亲之痛。于是在汉朝国力强盛之后,他大打征讨匈奴的战争,终于用武力,不用女人解决边疆问题了。

但汉武帝的强势过后,和亲政策又回来了。后来汉朝的皇帝也变聪明了,认个干女儿送出去,不让自己的亲骨肉去受苦,于是才有了后来的昭君出塞的故事。送出去一个王昭君,换来了几十年的和平,对国家绝对是好事。但昭君嫁的单于死后,按着匈奴人的习惯,父死子继,她又得嫁给单于的儿子。而在汉文化环境中长大的昭君,有着很重的伦常观念,内心有过多少纠结痛苦,就没有人再过问了。

唐朝的文成公主嫁吐蕃的松藏干布是一段美谈。娶相邻国家的公主从而捞取很多好处是松藏干布的外交政策,因此他娶了好几位周边国家的公主。高贵的唐朝公主也只是松藏干布众多女人中的一个而已，其中的心酸也只有文成公主自己体会了。

好在西方还是一夫一妻制，王室的婚姻更是政治联姻，欧洲各国就是一个大家庭，国王们都是亲戚。但血缘亲情并没能阻止战争的发生。当男人用武力解决不了问题的时候，就用女人的肉身吧，女人虽然没有拿起刀枪上战场，但是战争从未让女人走开过。

雅克·路易·大卫的油画《萨宾妇女》画的是古代罗马故事。当时罗马人将萨宾城的年轻女人抢来做妻子，这对萨宾人来说，无疑是屈辱的。总有一天，他们要报仇，抢回自己的亲人。萨宾人有力量后向罗马人宣战，决心抢回自己的姐妹。此时最难过的是已为罗马人生下孩子的萨宾妇女，她们冲到两军之间，用自己的身躯隔开了父兄和丈夫。

中国没有这样的一幅画，但却有这样的一组诗，就是蔡文姬的《胡笳十八拍》。她被匈奴掠去，被迫嫁给匈奴人，但她仍日夜思念汉，她的国。跟匈奴人有了两个孩子后，她被曹操赎买回来了，因为她是名门之后，她的父亲是蔡邕，是曹操赏识的文人。曹操更希望蔡文姬回来后编写史书。她想回汉，她的国，她的家。但孩子人家不让带回来。一边是她的国，一边是她的子。《胡笳十八拍》写出了这种女人被撕裂的痛苦。

王昭君和文成公主是政治联姻的牺牲品，萨宾妇女和蔡文姬是战争的牺牲品，同样，莎士比亚的戏剧《安东尼与克莉奥佩特拉》中的公主奥克泰维娅，既是战争的牺牲品，也是政治联姻的牺牲品。

二

此剧的公主是指那凯撒（此剧指屋大维，是凯撒大帝的甥孙和养子，亦被正式指定为凯撒大帝的继承人）的妹妹奥克泰维娅。安东尼与克莉奥佩特拉的爱情故事千古流传，但人们忽略了其中还有一个牺牲品奥克泰维娅。

凯撒大帝被刺后，罗马形成了三足鼎立的局面，就是凯撒（屋大维）、安东尼和莱必多斯。而此时，声名显赫的安东尼已爱恋上了埃及艳后克莉奥佩特拉，正在这时庞贝来犯，凯撒需要借助安东尼的力量将其平定。沉溺于埃及女王的爱情中的安东尼不愿意回去。他的妻子为了迫使安东尼回到罗马，打着安东尼的旗号，起兵和凯撒交战，当然是战败了，他的妻子也死了。尽管安东尼妻子起兵之事不是安东尼指使的，但也因此埋下了安东尼和凯撒之间的裂隙，使凯撒对安东尼产生了强烈的不满，认为他破坏了他们之间的盟约。因此无论为了国，还是为了家，安东尼都必须离开女王，回罗马去。

安东尼见到凯撒，必被一番质问，虽然安东尼解释，妻子起兵反对凯撒，自己并不知晓，并且妻子的强势性格也是自己驯服不了的，但还是难以冰释前嫌。这两个人不和，于罗马非常不利，于是有人提议让安东尼娶凯撒的妹妹为妻，她现在寡居。"缔结了这一段姻缘以后，一切现在所看得十分重大的猜嫉疑虑，一切对于目前的危机所感到的严重的恐惧，都可以一扫而空。"

对于罗马的局势来说，这是太好的主意了。这桩婚事解救了凯撒和安东尼两个人的困境。安东尼如果娶了奥克泰维娅，安东尼和凯撒就成了一家人，结成了利益共同体。安东尼当然会平定庞贝的叛乱了，凯撒也就会信任安东尼了。一桩婚事，成全了两个人，成全了国家，一举两得。但就是没有人问问当事人奥克泰维娅是否愿意。

这和三国时刘备娶孙权的妹妹孙尚香如出一辙，政治联姻而已，而且这种政治联姻往往关注的都是眼前利益，至于以后会如何，没有人考虑那么长远。

凯撒明明知道安东尼迷恋克莉奥佩特拉，根本不可能爱上自己的妹妹，但为了自己的利益，为了利用安东尼，他还是大包大揽替妹妹做主了这门婚事。"凯撒有这样的力量，他可以替奥克泰维娅做主。"根本没有征求一下妹妹的意见，就应承下来了。"我给了你一个妹妹，没有一个兄长爱他的妹妹像我爱她一样；让她联系我们的王国和我们的心，永远不要彼此离贰！"他还敢说自己是最爱妹妹的人。就这样，公主在完全不知情的情况下，婚姻完全被哥哥安排了，命运被哥哥操纵了。

三

但旁人看得很清楚。"这一门婚事，大概还是政策上的权宜，不是出于男女双方的爱恋。"因为全罗马的人都知道安东尼的心全在克莉奥佩特拉身上。奥克泰维娅"她现在是他们两人之间感情的联系，将来却会变成促动两人反目的原因。

安东尼的心早已另有所属了,他在这儿结婚,只是一种应付环境的手段"。对于克莉奥佩特拉,安东尼"他决不会丢弃她,年龄不能使她衰老,习惯也腐蚀不了她的变化无穷的伎俩;别的女人使人日久生厌,她却越是给人满足,越是使人饥渴"。就是说在这场政治联姻中,奥克泰维娅得到的只是一个婚姻的空壳而已,安东尼的心已经给了埃及女王,并且一辈子都不会收回来。

权宜之计下的婚姻质量可想而知,"要是美貌、智慧和贤淑可以把安东尼的心安定下来,那么奥克泰维娅是他的一位很好的内助"。奥克泰维娅既有外在的美貌,又有内在的智慧,更有品德上的贤淑,无论从哪个方面说,都具备成为一个幸福妻子的条件。但偏偏她是夹在两个强有力的男人中间的女人。这两个男人都不愿意做星星,都想当那个一人独大的太阳。

凯撒当然明白这桩婚姻是柄双刃剑,一方面她是联系两个人的纽带,另一方面她又是两个人互相攻击时的靶子。因此直言不讳地说出自己的愿望,"最尊贵的安东尼,让这一个贤淑的女郎成为巩固我们两人友谊的胶泥,不要反而让她成为撞毁我们感情的堡垒的攻城车;因为我们要是不能同心爱护她,那么还是不要让她置身在我们两人之间的好"。愿望总是美好的,但强势男人的心,怎么能一山容二虎? 时间不长,嫌隙即出。

安东尼对奥克泰维娅指责凯撒,"居然立下遗嘱,当众宣读;我的名字他提也不愿提起,当他不得不恭维我一番的时候,他就冷冷淡淡地用一两句话敷衍过去;他深怕对我过于宽厚；我向他讲好话，他满不放在心上，至多在牙缝里应酬一下"。丈夫对哥哥的不满她要听。

凯撒对奥克泰维娅指责安东尼，"我的被人欺负的妹妹；克莉奥佩特拉已经招呼他到她那儿去了。他已经把他的帝国奉送给一个淫妇；他们现在正在召集各国的君长，准备进行一场大战"。同样哥哥对丈夫的不满她也要听。

"你已经受到空前的侮辱，崇高的众神怜悯你的无辜，才叫我们和一切爱你的人奉行他们的旨意，替你报仇雪恨。"她哥哥早就应该料到会有这样的事情发生，因为安东尼和埃及女王的感情，他比谁都清楚。当时联姻，是他自己利用安东尼。现在的战争，反而说成是替妹妹报仇。多么冠冕堂皇的理由，他自己信吗？

当时替妹妹允婚，他没有征求妹妹的意见。现在的战争，他更不会征求妹妹的意见。

四

两个男人剑拔弩张，蓄势待发，这可难坏了奥克泰维娅，她的心该靠向哪一边？一边是婚姻，一边是亲情。

"要是你们两人之间发生了冲突，我就是世上最不幸的女人，既要为你祈祷，又要为他祈祷；神明一定会嘲笑我，当我向他们祷告，'啊！保佑我的丈夫'以后，又接着向他们祷告，'啊！保佑我的哥哥'。希望丈夫得胜，只好让哥哥失败；希望哥哥得胜，只好让丈夫失败；在这两者之间，再没有一个折中的两全之道。"

奥克泰维娅的这些话正说出了萨宾妇女的心声,当丈夫和哥哥作战时,女人能怎么办?"我真不幸!我的一颗心分系在你们两人身上,你们两人却彼此相残!"于是不幸的奥克泰维娅,在两个最强有力的男人之间斡旋起来。"你们两人开了战,就像整个的世界分裂为二,只有无数战死者的尸骸才可以填平这一道裂痕。"但她的话语是多么苍白无力呀,哪里止得住男人战斗的脚步?

凯撒战意已绝,"我们倘再蹉跎观望,是一件多么危险的事,所以不能不迅速行动了"。安东尼也绝不示弱,慷慨应战。

接下来奥克泰维娅的哥哥和丈夫开战了,经过一场海战,一场陆地战,哥哥凯撒战胜了,丈夫安东尼战败后自杀了,奥克泰维娅再度成了寡妇。

五

我国唐代曹松在《己亥岁》中说:"凭君莫话封侯事,一将功成万骨枯。"那么一帝功成呢?死去的人,何止万骨?将更是无法计数了。孟姜女哭倒长城,在中国是个传说。一个女人能有多少眼泪?能如滔滔洪水冲毁长城?好像并不可信。但是这个传说又是可信的,因为她流出的不是她一个人的眼泪,而是千千万万被秦始皇征用了丈夫的女人的眼泪呀。

同样的,罗马历史上最负盛名的屋大维,开创罗马帝国的人,后来被称为奥古斯都,在他扫平一切障碍,成为罗马独裁者的进程中,又有多少人为他而死,也是难以计数的。他的妹妹奥克泰维娅的牺牲,只是众多为他牺牲的人中的一个而已。和罗马帝国的荣光比较起来，一个公主的牺牲又算得了什么呢？

关于奥克泰维娅的史料很少，所以这个身为政治斗争工具的公主以后的命运我们不得而知。但是莎士比亚为后人留下了《安东尼与克莉奥佩特拉》这部戏剧，使我们知道了她的遭遇，让我们明白了公主婚姻的不幸。

享受无上尊宠的公主历来被认为是女人中最幸运的人，是叼着金饭勺出生的人。少女时代享受着荣华富贵，但她们一出生，命运就被安排了。和哪国联姻得到的好处最多，是她们的父亲时常考虑的问题。所以早早地就被定了亲，未来的丈夫一定也是出身高贵的王子。但两个出身高贵的人就会有美好的爱情婚姻吗？前人的经验证明答案是否定的。什么人的爱情最没有自主权？莎士比亚回答：公主。

第八章

婚姻的基石是信任

——莎士比亚告诉你爱情是什么之《温莎的风流娘儿们》

婚姻的基石是什么?

莎士比亚回答:信任。

第八章　婚姻的基石是信任

一

婚姻就像是个易碎的玻璃体，看似坚固无比，其实外力一撞击就会粉碎。因为它没有血缘这个黏合剂，是两个彼此陌生的男女，因为爱情，但又不仅仅是因为爱情结合在一起。过去欧洲王室的婚姻是政治的联姻，贵族的婚姻是家族的联姻，资产者的婚姻是经济的联姻。中国过去的婚姻讲究的是父母之命，媒妁之言，也是要门当户对。总之，种种因由，使两个陌生的男女结合在一起，组成家庭，有了婚姻。

婚姻靠什么维系？就像形成婚姻的原因各有不同，维系婚姻的方式也同样多种多样。但有一样，是维系各种各样的婚姻都少不了的，那就是信任。如果婚姻中没有了信任，家庭就成了地狱。

莎士比亚的《温莎的风流娘儿们》写了两对新兴的市民阶层的婚姻生活，尤其是其中的妇女形象，机智幽默，忠贞果敢。整部戏剧妙趣横生，跌宕起伏。莎士比亚形象地告诉世人，信任是婚姻的基石。

二

《温莎的风流娘儿们》，望文生义，我们就知道是发生在温莎的风流事，而且是由娘儿们，已婚女人主导的风流事。该故事由两条线索构成，一条是安·培琪小姐和三位求婚者之间的纠葛，一条是福斯塔夫为了钱财追求培琪大娘和福德大娘（此处大娘是同辈人对别人妻子的称呼）的故事，两条线索相互交织，后一条线索为该戏剧的主要线索。

安·培琪是个家世不错待字闺中的姑娘，同时有三个求婚者。一个是毫无主见的斯兰德，因为安有很丰厚的妆奁而想娶她，安的父亲培琪大爷（此处大爷是同辈人对成年男子的称呼）同意女儿嫁这个男人；另一个是英语说不利落的法国医生卡厄斯，安的母亲培琪大娘同意女儿嫁这个男人；还有一个是范顿，这是安·培琪自己喜欢，愿意嫁的男人。因为"他会跳跃，他会舞蹈，他的眼睛里闪耀着青春，他会写诗，他会说漂亮话，他的身上有春天的香味"。范顿的健美身形，青春洋溢，能诗会说，足以吸引一个年轻姑娘了。更重要的是姑娘喜欢他身上春天的香味。这一点很重要呀。据研究人员考证，异性相吸，主要是要喜欢对方的味道，气味相投才能相互吸引。在安·培琪的婚姻抉择中，父亲大人，母亲大人和安三个人各有目标人选，这一家三口的博弈中谁能胜出，就有的看了。

另一线索中的福斯塔夫可不是默默无闻的小人物，他曾经出现在莎士比亚的历史剧《亨利四世》中，是一个好酒贪杯、纵情声色的破落骑士，是莎士比亚戏剧三大典型人物之一。到了《温莎的风流娘儿们》中，福斯塔夫依旧本性不改。他最大的特点就是自信心爆棚，长得肚大腰圆，粗俗不堪，却认为自己魅力超群，对女人有极大的吸引力。色眼看世界，世界全是色。他以为天下的女人都爱自己，所以天下的女人都成了他的猎物。

他从外地来到温莎，并不认识这里的几个人，只认识了这里的两个女人，福德大娘和培琪大娘。见到福德大娘后便想，"我想去吊福德老婆的膀子"。因为他发现，"她对我很有几分意思；她跟我讲话的那种口气，她向我卖弄风情的那种姿势，还有她那一瞟一瞟的脉脉含情的眼光，都好像在说：'我的心是福斯塔夫爵士的。'"

福斯塔夫见到培琪大娘，又想引诱她，因为"她用贪馋的神气把我从上身望到下身，她的眼睛里简直要喷出火来炙我"。更重要的是这两个女人都掌管着家里的钱财，勾引了她们，就是财色双收。"我要去接管她们两人的全部富源，她们两人便是我的两个国库；她们一个是东印度，一个是西印度，我就在这两地之间开辟我的生财大道。"

福斯塔夫就是这么自我感觉超好，无论女人用什么眼神看他，他都能从女人的眼睛里看出投射到自己身上的勾引，不是他要勾引女人，是女人首先勾引了他，这就是福斯塔夫的逻辑。他更是通过女人勾引他的眼神看到了女人手上的钱财，因为勾引他的女人都是掌握家庭里钱财的当家人。他福斯塔夫何乐而不为呢？勾引成功就既得了色又得了财，这是他最乐于干的事。于是他积极地行动起来，同时给福德大娘和培琪大娘各写了一封肉麻的情书。

三

福斯塔夫在情书里对培琪大娘说："不要问我为什么我爱你；因为爱情虽然会用理智来作治疗相思的药饵，它却是从来不听理智的劝告的。你并不年轻,我也是一样;好吧,咱们同病相怜。你爱好风流,我也是一样;哈哈,那尤其是同病相怜。你喜欢喝酒,我也是一样;咱们俩岂不是天生的一对?要是一个军人的爱可以使你满足,那么培琪大娘,你也可以心满意足了,因为我已经把你爱上了。我不愿意说,可怜我吧,因为那不是一个军人所应该说的话;可是我说,爱我吧。愿意为你赴汤蹈火的,你的忠心的骑士,约翰·福斯塔夫上。"

培琪大娘收到肉麻的情书后,先是奇怪,年轻的时候都没收到过情书,老了倒撞上了桃花运了,有人给自己写来了情书。自己招谁惹谁了?再一看情书的落款是福斯塔夫,马上就变成了恶心感。"一个快要老死了的家伙,还要自命风流!真是见鬼!"心中充满了一种被污辱的愤恨。但高尚的人遇到问题总会从自身找原因,反省自己的行为。自己是一个端庄稳重的有夫之妇,怎么会有男人给自己写这样肉麻的情书呢?"这个酒鬼究竟从我的谈话里抓到了什么出言不检的地方,竟敢用这种话来试探我?"培琪大娘觉得一定是自己言行有什么不当的地方,给人轻浮的感觉了,男人才会看轻自己,才敢给自己写这样的情书,这是正常人的逻辑。我们知道福斯塔夫从来不是这样的逻辑。所以培琪大娘是想不明白这其中的内在联系的。

"我看见了这样的信,真有点自己不相信自己起来了。以后我一定得留心察看自己的行动,因为他要是不在我身上看出了一点我自己也不知道的不大规矩的地方,一定不会毫无忌惮到这个样子。"她用一个规矩女人的思维反思这件事情,真是百思不得其解。

尽管培琪大娘想不明白福斯塔夫写这情书的因由，但她也不能白白地受这个委屈，吃了这个哑巴亏，因而决定一定要报复他，否则那个老家伙以后还会不断骚扰自己。但具体怎么报复还没想好，但是憋着的这一口恶气总要想办法吐出去的。

于是培琪大娘去找无话不谈的好朋友福德大娘探究答案，寻求帮助。没想到福德大娘同时也收到了福斯塔夫的情书，两个女人互换了情书，发现两封情书如出一辙，培琪大娘豁然开朗，"你有一封信，我也有一封信，就是换了个名字！你不用只管揣摩，怎么会让人家把自己看得这样轻贱；请你大大地放心，瞧吧，这是你那封信的孪生兄弟——不过还是让你那封信做老大，我的信做老二好了，我决不来抢你的地位。我敢说，他已经写好了一千封这样的信，只要在空白的地方填下了姓名，就可以寄给人家；也许还不止一千封，咱们的已经是再版的了"。

两个女人发现了这个事实后，培琪大娘刚才还百思不得其解的事情，现在豁然开朗了。根本不是自己有什么言行不检点，而是因为自己碰上了一个无赖。于是两个女人从自我反省转到了愤怒。常言说，愤怒出诗人，因为愤怒能激发人的潜能，愤怒也激发了这两个女人的智慧。受到福斯塔夫调戏羞辱的这两个女人，共同商定计策，决定合起伙来报复福斯塔夫。

四

福德大娘说:"我想最好的办法是假意敷衍他,却永远不让他达到目的,直等罪恶的孽火把他熔化在他自己的脂油里。"培琪大娘也说:"我也是这个主意。要是我让他欺到我头上来,我从此不做人了。我们一定要向他报复。让我们约他一个日子相会,把他哄骗得心花怒放,然后我们采取长期诱敌的计策,只让他闻到鱼儿的腥气,不让他尝到鱼儿的味道,逗得他馋涎欲滴,饿火雷鸣,吃尽当光,把他的马儿都变卖给嘉德饭店的老板为止。"

两个女人的计策就是将计就计,表面上顺着他的意,跟他约会,引诱他,让他欲火中烧,但就是让他不能得手,以此来戏耍他,折磨他。"为了作弄这个坏东西,我什么恶毒的事情都愿意干,只要对我自己的名誉没有损害。"表面上看起来,这是女人们用自己的美色引诱男人,其实背后的目的,是女人们用自己的智慧和胆识来折腾羞辱这个男人。所谓风流娘儿们的"风流"二字也就由此得来。

但福德大娘还是有些顾虑,"要是我的男人见了这封信,那还了得!他那股醋劲儿才大呢"。

关于吃醋这件事上,真是知夫莫若妻呀,福德大娘对福德大爷的判断是完全正确的。

没有不透风的墙,况且福斯塔夫把勾引良家妇女当作自豪的事,是他魅力的体现,他可不怕这样的事传扬出去。因此这两个女人的丈夫也就知道了这件事,但两个男人的反应可是大相径庭。

培琪若无其事,"他要是真想勾搭我的妻子,我可以假作痴聋,给他一个下手的机会,看他除了一顿臭骂之外,还会从她身上得到什么好处"。自信的男人,信任妻子的男人真潇洒。

福德则如临大敌,"我并不疑心我的妻子,可是我也不放心让她跟别的男人在一起。一个男人太相信他的妻子,也是危险的。我不愿戴头巾,这事情倒不能就这样一笑置之"。多疑的男人,不信任妻子的男人真心塞。

醋劲很大的福德不能理解培琪对老婆的绝对信任,以自己多疑之心度培琪坦荡之腹。"培琪是个胆大的傻瓜,他以为他的老婆一定不会背着他偷汉子,可是我却不能把事情看得这样大意……我还要仔细调查一下;我要先假扮了去试探试探福斯塔夫。要是侦察的结果,她并没有做过不规矩的事情,那我也可以放下心来;不然的话,也可以不至于给这一对男女蒙在鼓里。"

于是福德化装成白罗克去找福斯塔夫,说自己对福德的老婆倾慕了很久,也花了很多钱送礼物,但她总是装出一副假正经的样子,对自己不理不睬,自己是爱而不得,反生怨恨。请福斯塔夫去勾引福德的老婆,并且还给了充足的活动经费,"我这儿有的是钱,您尽管用吧,把我的钱全用完了都可以,只要请您分出一部分时间来,去把这个福德家的女人弄上了手,尽量发挥您的风流解数,把她征服下来"。

尽管福斯塔夫不知道白罗克就是福德,尽管福斯塔夫风流成性,尽管白罗克委托他的这件事是他最乐意干的,既勾引了女人，又得了钱财，财色双收，但他还是不能理解白罗克的行为。"您把您心爱的人让给我去享用，那不会使您心里难过吗？我觉得老兄这样的主意，未免太不近情理啦。"爱情具有排他性，只能自己占有自己所爱之人，这是所有人的想法，包括以勾引良家妇女为乐的福斯塔夫都明白这个道理。像白罗克这样花钱雇人去勾引自己心爱的女人的做法，这样的悖论在毫无底线的福斯塔夫这里都生出了疑问。

福德进行诡辩，"请您明白我的意思。她靠着她的冰清玉洁的名誉做掩护，我虽有一片痴心，却不敢妄行非礼；她的光彩过于耀目了，使我不敢向她抬头仰望。可是假如我能够抓住她的一个把柄，知道她并不是神圣不可侵犯的，我就可以放大胆子，去实现我的愿望了；什么贞操、名誉、有夫之妇以及诸如此类的她的一千种振振有词的借口，到了那个时候便可以完全推翻了"。听了白罗克的诡辩，福斯塔夫总算明白了白罗克的悖论，要想不合礼不合法地得到某个女人，就得用非理非法的手段，那就是破坏她的名誉，名声扫地的女人会乖乖就范的。福斯塔夫先得了手，她的坏名声传扬出去了，福德再去勾引，她还有什么资格装贞节烈女，那样福德就容易得手了。这就是福德说服福斯塔夫收自己钱去勾引自己老婆的道理，福斯塔夫欣然前往，乐在其中。

福斯塔夫倒也从不隐瞒自己的真实意图。当着福德的面大骂福德，"哼，这个没造化的死乌龟！谁跟这种东西认识？可是我说他'没造化'，真是委屈了他，人家说这个爱吃醋的王八倒很有钱呢，所以我才高兴去勾搭他的老婆；我可以用她做钥匙，去打开这个王八的钱箱，这才是我的真正的目的"。

福德被福斯塔夫骂得狗血淋头，也只能暂时忍耐，谁让自己花钱雇人勾引自己老婆呢？这事本身就荒唐可笑，他这是花钱找骂，自取其辱呀。这就是不相信自己的另一半的恶果呀。

五

两个女人设好圈套，让快嘴桂嫂去传递消息，说趁福德不在家的时候，福德大娘请福斯塔夫前去。福斯塔夫拿了白罗克（福德）的钱，总得为人家效劳呀，于是就把马上要去赴约的事告诉了白罗克。福德听了一阵欣喜，自己对老婆不是瞎怀疑的呀，这不，老婆都跟这个野男人约会了，自己一定要带着人去捉奸。捉奸一定要带证人，这似乎是个定律。

一个男人被妻子戴了绿帽子，不是偷偷摸摸地解决，而是要大张旗鼓声势浩大的去捉奸，这一般是铁定了要离婚的人才会这么做的。但福德可没想到离婚，对于这件事，他是这么认为的："人家都会称赞我，不会讥笑我，因为福斯塔夫一定跟我妻子在一起，就像地球是结实的一样毫无疑问。"福德一路吆喝着请人跟他一起回家。说是请人去家里吃饭，实际上是让人给他做见证人。

此次福德声势浩大地回家捉奸要达到三个目的。

第一个目的，好好教训妻子。从此妻子有短处在他手上握着，还不得他说什么就是什么，以后妻子得把他当皇帝一样供着。其实更深一层是他内心的得意，以此来验证他多年来怀疑妻子是正确的，女人就是不能放任的，否则自己就做了王八了。

第二个目的，把培琪大娘的假面具揭下来。因为培琪的老婆经常和自己的老婆在一起，两个女人一起嘀嘀咕咕勾引野男人。培琪老婆还总是摆出一副正经的样子，这次终于让大家知道她那是假正经。

第三个目的，让大家知道培琪是个王八。培琪总是对老婆无条件地信任，捉了他老婆的奸，看他还有什么话说？作为好朋友，让大家都知道培琪原来是个王八，其实还是为他好，促使他以后对老婆严加防范，不再做王八。

按着福德的意愿，尽管此次捉奸的结果是他和培琪都做了王八，但远大目标是为了以后他和培琪都不做王八，因此还是值得的。

福斯塔夫兴冲冲前来赴约。福德家里，两个女人已设好了圈套。福斯塔夫为了得到福德大娘，毫不吝惜地使用一切赞美之词，福德大娘也假意奉迎。正当福斯塔夫欲火中烧，眼看就要得手之际，培琪大娘气喘吁吁跑来报告，福德带着人前来捉奸了。福斯塔夫一听也乱了方寸，两个女人急中生智，决定把他藏在装脏衣服的篓子里，由仆人抬到河边，让他逃跑。福斯塔夫一听，这主意不错。自己配合着钻进篓子里，由仆人抬着扔到了泰晤士河里。福德见仆人抬着篓子出去，并没有疑心检查。他是把屋里都翻了个遍，一个野男人的影子也没发现，反而遭到了前来围观的人们的哄笑。

六

此次行动成功，福德大娘很是快意，既捉弄了贪财好色的福斯塔夫,又使吃醋的丈夫出了丑,"我不知道愚弄我的丈夫跟愚弄福斯塔夫,比较起来哪一件事更使我高兴"。培琪大娘似乎更理智清醒些,懂得一鼓作气、乘胜追击的道理。"福斯塔夫那家伙虽然已经受到一次教训,可是像他那样荒唐惯了的人,一服药吃下去未必见效,我们应当让他多知道些厉害才是。"于是两个女人又定下一计。福德大娘说:"我们要不要再叫快嘴桂嫂那个傻女人到他那儿去,对他说这次把他扔在水里,实在是一时疏忽,并非故意,请他原谅,再约他一个日期,好让我们再把他作弄一次?"

福德此次捉奸没成,反而当着大家的面出尽了丑,他不甘心,更不明白这倒底是怎么回事,于是又扮演成白罗克大爷去找福斯塔夫一探究竟。

福斯塔夫从泰晤士河里爬上来,正在旅店里诅咒发誓,"想不到我活到今天,却给人装在篓子里抬出去,像一车屠夫切下来的肉骨肉屑一样倒在泰晤士河里!好,要是我再上人家这样一次当,我一定把我的脑髓敲出来,涂上牛油丢给狗吃"。

福斯塔夫向前来打探情况的白罗克诉苦道:"我一共差不多死了三次:第一次,因为碰在这个吃醋的、带着一批娄罗的王八羔子手里,把我吓得死去活来;第二次,我让他们把我塞在篓里,像一柄插在鞘子里的宝剑一样,头朝地,脚朝天,再用那些油腻得恶心的衣服把我闷起来,您想,像我这样胃口的人,本来就是像牛油一样遇到了热气会融化的,不闷死总算是侥天之幸;第三次,脂油跟汗水把我煎得半熟以后,那两个混蛋仆人就把我像一个滚热的出笼包子似的,向泰晤士河里丢了下去,白罗克大爷,您想,我简直像一块给铁匠打得通红的马蹄铁,放下水里,连河水都滋拉滋拉地叫起来呢!"

福斯塔夫这是跟他的雇主抱怨,都是为了你,去勾引福德老婆,让我日遭三险。第一险,福德突然带着人回来捉奸,差点被吓死。第二险,被大头朝下塞进装满脏衣服的篓子里,差点被闷死。第三险,被扔进泰晤士河里,差点被淹死。

福德听了嘴上还得说着好话,表达歉意,"您为我受了这许多苦,我真是抱歉万分"。他心里却恨恨地,恨她的老婆真的和这个奸夫约会了,自己的怀疑没有错。他更恨他的老婆竟然当着他的面把奸夫放在篓子里抬了出去,有一种被愚弄的感觉。他认为自己"王八虽然已经做定了,可是我不能就此甘心呀,我要叫他们看看,王八也不是好欺侮的"。对奸夫淫妇最好的报复手段就是捉奸,福德下了决心,生命不息,捉奸不止。

现在福德最关心的是他们再次约会的时间。这时间得是自己不在家的时候,就是说自己首先得给他们创造机会。福德已经跟老婆说过了,准备第二天去打鸟。这个女人可真是迫不急待呀,已经跟奸夫约好了,趁着自己出去打鸟的机会,再会她的奸夫。幸好福斯塔夫成了自己的卧底,今天就把他们第二天的约会告诉了自己,要不自己还被蒙在鼓里哪。于是福德做好准备,第二次捉奸。

七

听到快嘴桂嫂带来的福德大娘要跟他再次约会的消息,

福斯塔夫刚刚发的誓言早就被狗叼了去,又兴冲冲来到福德家里。"我不仅要跟你恩爱一番,还一定会加意奉承,格外讨好,管保教你心满意足就是了。"就在福斯塔夫想要成其好事的时候,培琪大娘又风风火火地跑来了,因为福德这一次把准备去打鸟的人都带来捉奸了。福斯塔夫这次是没处躲藏了,怎么办?于是慌乱中的女人决定把他化装成一个胖老太太。福斯塔夫也同意,"只要安全无事,什么丢脸的事我都愿意干"。于是她们就叫他穿上一个仆人的姑妈的衣服,化装成那个胖婆子混出去。那个胖婆子是福德最恨的人,福德一见面就要用棍子打她。

福德带着众人回到家,发现仆人又抬着篓子要出去,他吸取上次的教训,把篓子翻了个底朝天,结果都是脏衣服,没有福斯塔夫。接着又把屋里搜了个遍,还是没有福斯塔夫。就在这时他看到了胖婆子,福德拿起棍子就打。"滚出去,你这妖妇,你这贱货,你这臭猫,你这鬼老太婆!滚出去!滚出去!"边说边把福斯塔夫一顿暴打。福斯塔夫被打得抱头鼠窜。

在取得了二连胜之后,两个女人受到了鼓舞,福德大娘说:"我们横竖名节无亏,问心无愧,索性一不做,二不休,再把他作弄一番好不好?"此话正合培琪大娘意,"该死的狗东西!这种人就是作弄他一千次也不算罪过。不要看我们一味胡闹,这蠢猪是他自取其殃;我们要告诉世人知道,风流娘儿们不一定轻狂"。

在连连取胜、名节无损的情况下,两个女人决定把发生的一切告诉各自的丈夫,联合他们一起作战。福德听了以后,羞愧之余，态度发生了一百八十度的大转变，对妻子佩服得五体投地。"娘子，请你原谅我。从此以后，我一切听任你；我宁愿疑心太阳失去了热力，不愿疑心你有不贞的行为。你已经使一个对于你的贤德缺少信心的人，变成你的一个忠实的信徒了。"

在女人的两连胜中，福德感受到了女人的忠贞和智慧。由原来的疑心重重变成了忠心耿耿。之所以发生了这么大的改变可能还是跟他终于还是把福斯塔夫揍了一顿有关，尽管当时他用棍子打的是胖婆子，客观上却是打在了福斯塔夫的身上了。为了试探妻子，他自己化装成白罗克去收买福斯塔夫，福斯塔夫白白花了他不少钱不说，还当面骂福德如何愚蠢，当时他都得听着，现在总算出了一口恶气。更重要的是女人把发生的一切都告诉了他，没有任何隐瞒，这说明了女人的坦荡，坦荡的妻子怎么可能瞒着他红杏出墙呢？这回可以把心放肚子里了。

八

福德大娘这次和丈夫说开了，没有了后顾之忧。这次不再是她和培琪大娘两个人在战斗了，而是发动了很多人参与到这个游戏中来。这是一个公开的秘密了，只有福斯塔夫不知道，大家在耍弄他一个人而已。

既然家里如此不安全，两次约会都被福德搅和了。干脆第三次约会地点安排在温莎林苑里，福斯塔夫也觉着福德大娘说的有理，于是就听福德大娘的安排了。约会时间是深夜，福斯塔夫按着福德大娘的要求扮成公鹿赫恩的样子来赴约，被早已埋伏好的、扮作精灵的孩子们"团团围住，把这龌龊的爵士你拧一把，我刺一下"。精灵们把他拧得遍体鳞伤，还用蜡烛烫他的皮肤。因为福斯塔夫知道，精灵的事情是不能看的，否则就不得活命了，于是闭上眼趴到了地上，被众人活活捉住。

这回福德终于可以以自己的本来面目出现在福斯塔夫面前了，可以痛快淋漓地出那口恶气，把福斯塔夫臭骂一顿，"现在究竟谁是个大王八？白罗克大爷，福斯塔夫是个混蛋，是个混账王八蛋"。福斯塔夫也明白过来了，"我现在才明白我受了你们愚弄，做了一头蠢驴啦"。

色迷心窍的福斯塔夫为什么没有识破，乖乖就范呢？他自己说得很清楚："我曾经三四次疑心他们不是什么精灵，可是一则因为我自己做贼心虚，二则因为突如其来的怪事，把我吓昏了头，所以会把这种破绽百出的骗局当作真实，虽然荒谬得不近情理，也会使我深信不疑，可见一个人做了坏事，虽有天大的聪明，也会受人之愚的。"福斯塔夫是聪明的，为什么一次次受骗呢？正像他自己所分析的，做贼心虚呀，心一虚，就不敢顾及许多不合理的细节。再有就是做贼心切，欲火中烧，直奔目标而去，顾不得周围的环境。更重要的，他体会到了，一个人做了坏事，再怎么聪明，总会遭到报应的。他一次次被愚弄，都是因为心术不正，总想占人家便宜，结果便宜没占到，反而被捉弄。因而从此改邪归正了。

第三次捉弄福斯塔夫的过程中还包含着一个采用调包计缔结姻缘的故事，就此两条线索交织在一起。培琪大娘告诉卡厄斯趁混乱把安领走，到约好的牧师那里结婚。培琪大爷嘱咐斯兰德趁着混乱把安领走，到约好的牧师那里结婚。安·培琪和范顿趁着混乱一起走了，到约定好的牧师那里举行了婚礼。在这之前，安答应了父亲也答应了母亲。父亲和母亲都觉着女儿最听自己的话，按着自己的意愿嫁了人，结果女儿按着她自己的意愿嫁了人。父母看到事已至此，也只得送上祝福。年轻人也巧用智慧，争取到了自己的幸福婚姻。

九

"温莎的风流娘儿们"风流并不轻狂。培琪大娘和福德大娘本是两个稳重本分的家庭主妇，就因为她俩都掌握着家里的钱财，就被别有用心的福斯塔夫看中，他同时给两个女人写了肉麻的情书进行引诱。两个女人联合起来，巧用智慧，三次捉弄福斯塔夫，就地反击，好一部痛快淋漓的喜剧。

女人的背后有着什么样的男人，决定着女人的幸福指数。莎士比亚在此剧中写出了两种男人对待妻子的态度。一种是无条件地信任妻子，不听信那些流言蜚语，以培琪为代表。一种是总是担心妻子出轨，一有什么风吹草动，就时刻紧盯着妻子，以福德为代表。

我们看看培琪活得多么潇洒，当他听说福斯塔夫给他妻子写了情书并对其进行引诱后，一笑置之，知道福斯塔夫除了一顿臭骂之外，什么也得不到。

我们再看看福德活得多么憋屈，当他听说福斯塔夫给他妻子写了情书并对其进行引诱后，如临大敌。觉着自己的头上发热,绿帽子已经戴到了头上。他还觉得自己很聪明,不能坐以待毙,主动出击。打进敌人阵营,直接去找福斯塔夫。于是化名白罗克去收买福斯塔夫让他去勾引自己的老婆。接下来又连着两次带着人回家去捉奸。结果都没捉到,被人们取笑。福斯塔夫当着白罗克的面骂福德愚蠢,福德心里还很愤怒,其实人家福斯塔夫没有骂错,他就是愚蠢呀。是老婆主动跟他说了这件事的始末,他才明白是怎么回事。是老婆的真诚坦率感动了他,治好了他多疑的坏毛病。

　　虽然这是莎士比亚创作于四百多年前的带有夸张色彩的喜剧,但今天像福德一样花钱雇人去试探自己配偶的人绝不鲜见。有多少私人侦探公司主要干的就是这个营生。那些雇主们所受的煎熬应该跟剧中福德所受的煎熬一样吧。婚姻生活中一旦出现信任危机,套用存在主义哲学家萨特的一句话,他人就是地狱。家庭成了地狱。如何使婚姻生活由地狱变成天堂?信任你的配偶,别无他法。婚姻的基石是什么?莎士比亚回答:信任。

第九章

移情别恋不可靠

——莎士比亚告诉你爱情是什么之《维洛那二绅士》

恋爱时什么行为不可靠？

莎士比亚回答：移情别恋。

一

Gentleman（绅士）在英语中通常指有修养的男性，是正人君子的代名词，是学问和修养的象征。莎士比亚的戏剧《维洛那二绅士》中的绅士是指两个男主角凡伦丁和普洛丢斯。

"生命诚可贵，爱情价更高，若为自由故，二者皆可抛。"这是妇孺皆知的匈牙利诗人裴多菲的诗。他写出了生命、爱情、自由这三者之间的关系，他认为爱情比生命重要，自由比爱情更重要。借用裴多菲的逻辑，来解读莎士比亚的《维洛那二绅士》中普洛丢斯的取舍，就可以改为："友情诚可贵，爱情价更高，若为新爱故，二者皆可抛。"因为在此剧中普洛丢斯的心中，新爱重于旧爱，爱情重于友情。

二

普洛丢斯和凡伦丁是维洛那的两个年轻绅士。两个人从小就是同学，友情深厚，但长大后志向不同。正像普洛丢斯所说："他追求着荣誉，我追求着爱情。"孔子说，"道不同，不相为谋，亦各从其志也"。两个人都按着自己的意愿去行事了。"他离开了他的朋友，使他的朋友们因他的成功而增加光荣；我为了爱情，把我自己、我的朋友们以及一切都舍弃了。"

凡伦丁追求荣誉，建功立业，光宗耀祖，就得离乡背井。他为了前程远走他乡，前去米兰，投奔米兰公爵谋职去了。

而普洛丢斯则为了爱情留在了维洛那。因为在普洛丢斯看来，"最芬芳的花蕾中有蛀虫，最聪明人的心里，才会有蛀蚀心灵的爱情"。普洛丢斯认为，爱情是高级的奢侈品，可不是什么人都配拥有的，只在像他这么聪明的人才配享受。因此爱情比前程更重要。

而让他陷入爱河的那个妙龄少女是谁呢？"朱利娅啊，你已经把我变成了另一个人，使我无心学问，虚掷光阴，违背良言，忽略世事；我的头脑因相思而变得衰弱，我的心灵因恋慕而痛苦异常。"他给朱利娅写了情书，但还没有得到正面的回应，他忐忑不安。这一段告白，正是爱情还处在单恋阶段的人的状态。百无聊赖，相思成疾，独自品尝着爱情的苦涩味。朱利娅成了普洛丢斯生活的重心，为了她，他可以舍弃一切。

而朱利娅此时还处于爱情的朦胧期，对普洛丢斯欲迎还拒。因此普洛丢斯通过女仆给她送来了情书，她还不敢大大方方地接受，而要故做姿态，指责女仆欺侮她，竟敢为她接受调情的书简。责令女仆把信退回去。但是女仆拿信走后，她马上又懊悔不已。

"刚才我把露西塔这样凶狠地撵走，现在却巴不得她快点儿回来；当我一面装出了满脸怒容的时候，内心的喜悦却使我心坎里满含着笑意。"外怒内喜，这表情还很难拿呀。怒容是可以装出来的，但内心的喜悦会通过眼睛泄露出来的。所以女仆还是看得出来小姐的心思的。

女仆明白小姐既想看信，面子上又要端着的心理，于是用巧妙的手段还是把信送到朱利娅的手上。朱利娅接过信后，还是故做姿态,嘴上说着这是不三不四的信,手上把信撕了个粉碎。但撕过之后,她又懊悔不已。

"就是这一封信已经够使我心痛了!啊,这一双可恨的手,忍心把这些可爱的字句撕得粉碎!就像残酷的黄蜂一样,刺死了蜜蜂而吮吸它的蜜。为了补赎我的罪愆,我要遍吻每一片碎纸。"信被撕成了碎片,她又忍不住捡起来看。后悔自己毁掉了心爱的人的信,这是他一字一句写下的,饱含着他炽烈的爱情啊。

这些细节把一个姑娘对爱情心向往之,却又要端着大家闺秀的架子,既渴望又娇羞的矛盾心理展现出来了。朱利娅这行为和《西厢记》里的崔莺莺如出一辙,看来古今中外的大家闺秀都是一个模子刻出来的,一边是里面心花怒放,一边是外面假装正经。她们都有着一个共同的本领,能装。朱利娅主仆二人的关系跟崔莺莺与红娘的关系颇有几分相似。

表面装装样子是给别人看的,内心的感觉才是最忠实于自己的。她也爱普洛丢斯,因此很快给他写了回信,热情地回应了他的求爱。普洛丢斯沉浸在爱情的甜蜜里。"甜蜜的爱情!甜蜜的字句!甜蜜的人生!这是她亲笔所写,表达着她的心情;这是她爱情的盟誓,她的荣誉的典质。"

这时的爱情由苦涩的单恋变成了甜蜜的热恋,两个人的心灵发生了共振,都在为爱情而跳动。

三

求爱一被接受,普洛丢斯马上就想到了结婚。"但愿我们的父亲赞同我们缔结良缘，为我们成全好事！"婚姻是爱情最好的载体。结了婚才能天长地久。眼看好事就在眼前，只要父亲一答应，他马上就和朱利娅结婚，开始神仙眷侣的好日子啦。

刚刚得到爱情的普洛丢斯却不料父亲给他火热的心泼上了一盆冷水。父亲给他下了新的命令，让他也到米兰去，和凡伦丁一样到公爵府去求职。普洛丢斯从幸福的巅峰一下子陷入痛苦的深渊之中。"青春的恋爱就像阴晴不定的四月天气，太阳的光彩刚刚照耀大地，片刻间就遮上了黑沉沉的乌云一片！"爱情虽然美好，但父命难违抗，而且他也不敢以爱情为理由拒绝执行父亲的命令。

普洛丢斯只得遵从父亲的命令，离开维洛那，到米兰去。无奈之下来跟朱利娅告别。朱利娅对于恋人的离去，很理解。两个人彼此交换了戒指，并立下了爱情的盟誓。

"我举手宣誓我的不变的忠诚。朱利娅，要是我在哪一天哪一个时辰里不曾为了你而叹息，那么在下一个时辰里，让不幸的灾祸来惩罚我的薄情吧！"在此，普洛丢斯发了毒誓，我如果变心，就受灾祸处罚。朱利娅被感动，深信普洛丢斯的誓言。

接着普洛丢斯阐述了爱情的真理："真正的爱情是不能用言语表达的，行为才是忠心的最好说明。"爱情不是看怎么说的，而是要看如何做的，爱情不是在嘴上的，而是在行为上的。普洛丢斯说的是至理明言哪，朱利娅深信普洛丢斯的忠诚。深明大义的姑娘当然明白，好男儿志在四方，哪能把男人拴在自己的裤腰带上呢？人走了，心还在就可以了。"两情若是久长时，又岂在朝朝暮暮。"信誓旦旦的普洛丢斯的忠心谁人能够不信？爱情的忠贞在此时似乎完美至极。

四

而在米兰，却不料精明向学的凡伦丁也恋爱了，他爱上了公爵的女儿西尔维娅。普洛丢斯恋爱时发生的一切蠢事也都发生在了他身上。他给西尔维娅写了求爱信，西尔维娅没有正面答复他。正在他惴惴不安时，西尔维娅却让凡伦丁代写一封给她所爱的人的信，凡伦丁遵命写完了，但小姐却让他自己读一遍之后收起来。这封信就相当于小姐的回信了，委婉地回应了凡伦丁的爱情。多么智慧的西尔维娅，既表达了爱情，又保护了自己，避免了自己陷入主动示爱的难堪境地。凡伦丁坠入了爱河。

普洛丢斯来到米兰后，两兄弟说起了知心话。凡伦丁坦诚地向好友说起了自己的爱情："爱情是一个有绝大威权的君王，我已经在他面前甘心臣服，他的惩罚使我甘之如饴，为他服役是世间最大的快乐。现在我除了关于恋爱方面的谈话以外，什么都不要听；单单提起爱情的名字，便可以代替了我的三餐一宿。"

好一个为爱痴狂的凡伦丁。在没有遇到真爱之前，在普洛丢斯恋爱时，他是讽刺挖苦的，似乎不相信爱情的存在。却不料一旦真爱出现，他就成了爱情的奴仆。心心念念的只有心爱之人，谈论的话题也只能是爱情。爱情是一个多么霸道的东西，它一出现就能绝对占据人的心灵。

好在凡伦丁的痴狂也取得了极佳的效果，眼看就要与心爱的人儿终成眷属。因为"我们已经约好设计私奔，结婚的时间也已定当。我先用绳梯爬上她的窗口，把她接出来，各种手续程序都已完全安排好了"。凡伦丁掏心掏肺地把自己的最大的秘密告诉了好哥们普洛丢斯。他之所以敢这么做，原因有三，一是普洛丢斯是他最知心最可信赖的朋友，会为他保守秘密。二是普洛丢斯也是恋爱中人，能理解他爱情的狂热。三是自己的好事，也应该与好朋友分享，并得到好朋友的祝福。

人在幸福快乐的时候都会情不自禁地告诉别人，和别人分享，那样自己的幸福就会加倍，何况是自己最好的朋友呢？当然要让他知道了。却不料想，凡伦丁的这一行为成为他们之间友情的分水岭，同时也使他自己和西尔维娅陷入巨大的不幸之中。因为普洛丢斯在见了西尔维娅一面之后也狂热地爱上了她。

啊，普洛丢斯不是爱朱利娅吗？是的，那是在没见过西尔维娅以前。

五

普洛丢斯在见到了西尔维娅后，爱情迅速转移了。"我的旧日的恋情，也因为有了一个新的对象而完全冷淡了。"他明确意识到自己的这种变化，"我对于朱利娅的爱已经成为过去了，那一段恋情，就像投入火中的蜡像，已经全然溶解，不留一点原来的痕迹"。当他全身心地爱上西尔维娅后，朱利娅就完全被扔到脑后了,彻底清零了。当新爱出现后,旧爱黯然失色。

移情别恋的普洛丢斯不但对朱利娅再无爱情,同时对凡伦丁的友情也不在了。"好像我对于凡伦丁的友谊已经突然冷淡,我不再像从前那样喜爱他了。这是因为我太过于爱他的爱人了,所以我才对他毫无好感。"友情也突然冷却,因为他要夺友人所爱。

移情别恋的后果是会同时背叛爱情和友情,普洛丢斯真的能够心安理得吗?他毕竟也是有良知的人,因此陷入了巨大的纠结之中。"舍弃我的朱利娅,我就要违背了盟誓;恋爱美丽的西尔维娅,我也要违背了盟誓;中伤我的朋友,更是违背了盟誓。爱情的力量当初使我信誓旦旦,现在却又诱令我干犯三重寒盟的大罪。"

他也告诫自己:"我不能朝三暮四转爱他人。"当初爱上朱利娅,海誓山盟,那是爱情的力量。如今舍弃朱利娅,违背誓言,还是因为爱情。两次恋情,结果不同。上次恋爱,得到初恋。这次恋爱,不但要背叛旧爱,因为要抢夺好朋友的爱人,还得背叛友情,使他犯下三重寒盟的大罪。这罪过实在太大了,他背负得起吗?如果隐忍下对西尔维娅的爱情,就可以风平浪静,一片祥和。老朋友还是好朋友,旧恋人还是好恋人。何去何从?纠结之后,他果断做出了决定。

尽管他清楚这么做的后果很严重,同时得罪两个人,过去的恋人和友人。但和新爱情比起来,权衡得失,他可以得到美丽的西尔维娅的爱情,还是值得的。"可是我已经变了心了;我应该爱的人,我现在已经不爱了。"在旧爱、友情与新爱之间如何抉择呢？"我失去了朱利娅，失去了凡伦丁；要是我继续对他们忠实，我必须失去我自己。我失去了凡伦丁，换来了我自己；失去了朱利娅，换来了西尔维娅：爱情永远是自私的。"他最后的结论给了他做出这种背信弃义行为的勇气。爱情是自私的，那就可以为了自己，背叛朱利娅和凡伦丁。此时的普洛丢斯没有任何道德感了，自私是他主要的性格。经过纠结之后，他打定主意，不但背叛友情，还要出卖朋友。简直就是不择手段。

六

普洛丢斯的移情别恋，留在维洛那的朱利娅并不知道，还在日夜思念着他，靠着他的海誓山盟安慰自己孤独的心，对普洛丢斯的忠诚绝对信任。"普洛丢斯有一颗生就的忠心，他说的话永无变更，他的盟誓等于天诰，他的爱情是真诚的。"因为相信他的爱情，也因此认为正像自己思念普洛丢斯一样，普洛丢斯也在思念着自己。为了解决两个人的相思之苦，朱利娅做出一个大胆的决定，女扮男装到米兰寻找普洛丢斯。

普洛丢斯此时正在出卖朋友，把凡伦丁和西尔维娅准备私奔的消息告诉了公爵。公爵大怒，把凡伦丁赶出了米兰。普洛丢斯还假慈悲地安慰凡伦丁，承诺给凡伦丁和西尔维娅之间传递消息，做他们爱情的信使，普洛丢斯表面上做的多像一个贴心的好兄弟。

普洛丢斯也因此得到了公爵的信任，公爵知道普洛丢斯已有所爱，"因为我们听见凡伦丁说起过，知道你已经是一个爱神龛前的忠实信徒，不会见异思迁的，所以我们可以放心让你和西尔维娅自由谈话"。普洛丢斯由于出卖朋友，为自己赢得了一个特权。因为公爵早就准备把女儿嫁给别人，他也知道女儿不喜欢那个人，于是公爵委以重任，让普洛丢斯可以随时跟西尔维娅接触，劝说她割断和凡伦丁的情丝，同意嫁给父亲为他选中的人。

　　普洛丢斯得到了特权，当然要充分地利用了。送走情敌，他迫不及待地向西尔维娅表白爱情。西尔维娅早就从凡伦丁那里知道普洛丢斯与朱利娅的恋情，现在他又来向自己表白，因此西尔维娅指责他，"你这居心险恶、背信弃义之人！你曾经用你的誓言骗过不知多少人"？面对西尔维娅的质问，普洛丢斯信口胡编，"我承认我曾经爱过一位女郎，可是她现在已经死了"。他张口就来的谎言为自己的变心找了一个堂而皇之而又居心险恶的理由。竟然咒旧恋人死，真够恶毒的。西尔维娅又指责他对不起朋友凡伦丁，他说听说凡伦丁也已经死了。这谎言既拙劣又狠毒，他背叛的两个人，他是希望他们都死了的好，死了他就没有后顾之忧了。聪明的西尔维娅怎么会相信他？干脆告诉他，我也死了，你死了这个心吧。断然拒绝了普洛丢斯。

七

　　凡伦丁被放逐后，准备去曼多亚，却在途中的森林里遇到了一群义盗，这群义盗推崇凡伦丁的人品，推举他做了首领。

朱利娅来到米兰，找到心爱的恋人，没有享受到团聚的喜悦，反而在心上被狠狠地刺了一刀。茱莉亚看到了普洛丢斯背信弃义的行为，她隐忍下痛苦，不但没有揭穿他，反而在他身边做了仆人。男装掩盖了她的真实身份。朱利娅执行的是把她送给普洛丢斯的戒指去送给西尔维娅的任务。"他因为爱她，所以厌弃我；我因为爱他，所以不能不可怜他。这戒指是我们分别的时候我要他永远记得我而送给他的；现在我这不幸的使者，却要替他求讨我所不愿意他得到的东西，转送我所不愿意送去的东西。"

用自己送给恋人的戒指，为恋人去求婚，世界上还有比这更虐心的差使吗？不幸的朱利娅呀。但不幸中万幸的是，在和西尔维娅的短暂接触中，她知道了西尔维娅的态度：同情朱利娅而厌烦普洛丢斯。朱利娅明白了普洛丢斯最终也得不到西尔维娅，他还是有可能回到自己身边的，看来自己还是有希望收回普洛丢斯的心的。尽管朱利娅的心在滴血，但她看到了最后的希望，因此咬着牙继续努力着。

公爵要西尔维娅嫁给一个她不喜欢的男人，西尔维娅毅然离家出走，在朋友的陪伴下去曼多亚寻找被放逐的凡伦丁。公爵为了找回西尔维娅也来到了郊外，普洛丢斯为了追回西尔维娅也离开了米兰。结果几个人被义盗抓住，被带去见他们的首领。这几个人并不知道，此处是凡伦丁的地盘，更不知道凡伦丁躲在暗处看着他们。凡伦丁突然看见日思夜想的西尔维娅，感觉"多么像一场梦景！爱神哪，请你让我再忍耐一会儿吧"！尽管他恨不得马上出去见西尔维娅，但他克制住自己激动的心，躲在暗处看着那几个人的表现。因为他也觉着蹊跷，自己要和西尔维娅私奔的事，只跟普洛丢斯说过，公爵怎么就知道了呢？这其中一定有什么自己不知道的秘密。

普洛丢斯不失时机地再次向西尔维娅表白。西尔维娅则明确表示了对普洛丢斯的厌恶。"要是我给一头饿狮抓住，我也宁愿给它充作一顿早餐，不愿让薄情无义的普洛丢斯把我援救出险。"此时凡伦丁才知道朋友在自己的爱情中充当的是什么角色，自己被放逐原来都是朋友出卖的结果，他忍住气听下去。只听西尔维娅说："上天作证，我是多么爱凡伦丁，他的生命就是我的灵魂。正像我把他爱到极点一样，我也痛恨背盟无义的普洛丢斯到极点。"听到这里，凡伦丁当然是心花怒放了。爱人不是对自己，而是对上天表白对自己的爱情，那才是发自内心的真爱啊。

又听到西尔维娅指责普洛丢斯："想想你从前深恋的朱利娅吧，为了她你曾经发过一千遍誓诉说你的忠心，现在这些誓言都变成了谎话，你又想把它们拿来骗我了。你简直是全无人心，不然就是有贰心，这比全然没有更坏；一个人应该只有一颗心，不该朝三暮四。你这出卖真诚朋友的无耻之徒！"普洛丢斯被责骂后，他也明白不可能赢得西尔维娅的心了。誓言打动不了她，那就动用武力强行霸占。于是普洛丢斯马上改变了嘴脸，露出了凶相。"我的婉转哀求要是打不动您的心，那么我只好像一个军人一样，用武器来向您求爱，强迫您接受我的痴情了。"

凡伦丁看到普洛丢斯强行无礼，冲上前来。"混账东西，不许无礼！你这冒牌的朋友！"他指责普洛丢斯，"要不是我今天亲眼看见,我万万想不到你竟是这样一个人"。普洛丢斯万万想不到,此时凡伦丁会出现,普洛丢斯原来以为他干的背信弃义的事情,凡伦丁都是不知道的。在凡伦丁面前,他还可以装成正人君子。而现在他的所作所为完全暴露在凡伦丁眼前了,他虚伪的外衣一下子被扯了下来,赤裸裸地站在凡伦丁的面前,他感到无地自容。

因此凡伦丁的话语非常有力地击溃了他内心的邪恶,他羞愧难当,马上忏悔,恳请凡伦丁原谅。"我的羞愧与罪恶使我说不出话来。饶恕我吧,凡伦丁!如果真心的悔恨可以赎取罪愆,那么请你原谅我这一次吧!我现在的痛苦决不下于我过去的罪恶。"

凡伦丁见普洛丢斯认罪态度非常真诚,也表现得非常大度。"你既然真心悔过,我也就不再计较,仍旧把你当做一个朋友。能够忏悔的人,无论天上人间都可以不咎既往。上帝的愤怒也会因为忏悔而平息的。"毕竟是老朋友了,凡伦丁饶恕了普洛丢斯。

朱利娅见状,也亮明了自己的身份。"曾经听过你无数假誓,从心底里相信你不会骗她的朱利娅就在这里。"普洛丢斯又对朱丽娅忏悔:"男人要是始终如一,他就是个完人;因为他有了这一个错处,他便无往而不错,犯下了各种的罪恶。变换的心肠总是不能维持好久的。"因为我犯了一次错,你原谅了我,我会深深地记得你的恩情,加倍地回报你,再也不会犯错了。他的诚恳感动了朱利娅,朱利娅也原谅了他。

凡伦丁也赢得了公爵的欣赏,公爵最终同意把西尔维娅许配给他。两对恋人一起结婚,一起居住,大团圆的美好结局。

八

《维洛那二绅士》塑造了两位绅士和两位淑女形象。两位男主人公凡伦丁和普洛丢斯,虽然都是文艺复兴时期的新青年,但却代表了两种对立的处世原则和人生态度,是当时社会生活的写照。

凡伦丁有修养,有气度,忠实,宽容,堪当绅士之名。而普洛丢斯移情别恋,背信弃义,哪里配得上绅士之名?实际上是伪绅士。还好,最后他认识到自己的错误,忏悔自己的罪行,又回归成了绅士。莎士比亚之所以称他们为二绅士,是因为他认为,绅士也会犯错误,改邪归正后还是绅士。并没有一棍子打死,还是给人改正错误的机会。莎士比亚很宽容。

而与普洛丢斯相恋的朱利娅倒是一位淑女。最初和普洛丢斯相恋时,淑女的架子端得很足,一方面迫切想知道普洛丢斯的信里都写了什么;一方面还得指责女仆给她送来这样不三不四的信,当着女仆的面把信撕个粉碎,女仆一走,马上捡起一地的碎纸片,一个字一个字地拼起来读。淑女也有一颗热烈的心,内心热烈,外表矜持。这才是可爱的淑女形象嘛。

而且朱利娅还很果敢,普洛丢斯去了米兰后,她毅然女扮男装前去找他。当知道他移情别恋后,她没有一哭二闹三上吊。而是做了他的侍童,跟在他身边,寻找挽回的机会。

这过程中，她隐忍了多少痛苦，只有她自己知道。当她知道西尔维娅很同情朱利娅，并不会接受普洛丢斯时，她看到了普洛丢斯回归的希望。最后普洛丢斯向她忏悔，请求原谅，发誓再也不会犯这样的错误，并终生感谢她的恩情。她马上就原谅了他，两人和好如初。朱丽娅的性格是勇敢无畏和坚毅忍耐。

西尔维娅则是聪明机智和坚定专一。她先后被三个年轻人追求，也先后表现出坚定、机智、专一的多面性格。

父亲给她选定的男人，她不喜欢，绝不妥协，为了逃婚，毅然离家出走。这表现出她坚定的性格。

机智则表现在她和凡伦丁的恋爱中。凡伦丁给她写了求爱信，为了表明自己对凡伦丁爱慕的态度，又可以保护自己做为一个女孩子的羞怯的心理，她让凡伦丁代她写一封给她爱的人的信。然后让凡伦丁读一遍收藏起来。既委婉地表达了自己的心声，又不是那么直接了当，一个姑娘家既调皮可爱又聪慧机智的形象跃然纸上。

专一表现在拒绝普洛丢斯的追求中。她对普洛丢斯背信弃义的行径大加斥责，同时非常同情被普洛丢斯抛弃的朱利娅，一有机会就帮朱利娅说好话，试图挽回普洛丢斯和朱利娅的感情。无论普洛丢斯使用什么手段，都不为所动，一心恋爱着凡伦丁。

朱利娅和西尔维娅是作者歌颂的两个美好的女性形象。她们体现出了文艺复兴时期新女性的特点，勇敢追求爱情，闪耀着人文主义的理想光辉。

九

《维洛那二绅士》创作于 1594 年，是莎士比亚创作的第二部喜剧，是莎士比亚的早期创作。当时正处于伊丽莎白一世的盛世，是英国开始资本原始积累的时期。英国打败了西班牙的无敌舰队，夺得了海上霸权。社会上呈现出一派欣欣向荣的景象，那种民族自豪感与乐观精神感染着莎士比亚。加上莎士比亚正处青年时期，对社会问题的看法，也是积极向上，性格中表现出一种愉快乐观的倾向。《维洛那二绅士》以及这一时期的其他戏剧都洋溢着欢乐情绪和对美好未来的乐观精神，但对社会问题的揭示不够深刻。尽管此剧中也出现了像普洛丢斯这样背信弃义之徒。但矛盾的冲突不够激烈，解决矛盾的方式缺乏社会基础。都是坏人一悔悟，好人马上就原谅，善良战胜邪恶，最后大团圆结局。

有意思的是，莎士比亚中期的悲剧都是有仇必报，血淋淋的仇杀。到了晚期的传奇剧，像《暴风雨》又是和《维洛那二绅士》同样的结局，也就是宽容和解主题。《暴风雨》被称为莎士比亚"诗的遗嘱"，可见莎士比亚晚期又回归到早期的主题上来了，或者说宽恕和解是莎士比亚一生的美好愿望。

《维洛那二绅士》写的还是年轻人的恋爱态度问题，明确了忠贞是恋人最美好的品格，同时写出了恋爱中人们最反对的一种现象。恋爱时，什么行为不可靠？莎士比亚回答：移情别恋。

第十章

都是嫉妒惹的祸

——莎士比亚告诉你爱情是什么之《冬天的故事》

爱情中什么心理最可怕？

莎士比亚回答：嫉妒

第十章 都是嫉妒惹的祸

一

古希腊神话中,神后赫拉是个妒妇形象,那是因为她的丈夫宙斯大搞婚外情,赫拉无奈,巧用智慧上演了一幕幕大婆打小三的闹剧。但人家赫拉可不是无中生有啊,宙斯的婚外情那可都是证据确凿呀。希腊诸神中有他的若干个私生子私生女为证,比如酒神狄俄尼索斯就是宙斯和忒拜公主塞墨涅所生,大力神赫拉克勒斯就是宙斯和阿尔戈斯公主阿尔克墨涅所生,爱神阿佛洛狄忒就是宙斯和大洋女神狄俄涅所生,神使赫尔墨斯就是宙斯和风雨女神迈亚所生,天下第一美女海伦就是宙斯和斯巴达王后勒达所生,而且生下的原本是个天鹅蛋,因为宙斯是变成天鹅和勒达交欢的。宙斯的私生子女还有很多,就一一列举了。可见人家赫拉嫉妒得有理有据。

身为男作家的莎士比亚在他的戏剧里写男人的嫉妒,那真是入木三分啊。他笔下嫉妒的男人可真不少,最著名的应该是悲剧《奥瑟罗》中的男主人公,但那是因为伊阿古的造谣陷害,使奥瑟罗误以为妻子苔丝狄蒙娜和别的男人有私情,从而掐死了妻子,酿成悲剧。还有一个是《辛白林》里的波塞摩斯,他也是因为一个意大利人阿埃基摩的阴谋陷害,从而相信了妻子失贞,也要杀死妻子。最离奇的就是《冬天的故事》里的西西里王里昂提斯,完全没有外界的风暴,既没有人造谣,也没有人使用阴谋,完全是他自己内心的魔鬼在作祟,从而妒火中烧,想置妻子于死地。

二

西西里王里昂提斯和波希米亚王波力克希尼斯两个人是发小,一起长大,一起受教育,感情深厚。他们做王子时经常在一起,各自继承了王位后也不断地书信往来,甚至经常彼此互相访问。这不,戏剧一开始,波力克希尼斯就在西西里访问,并且都在西西里住了九个月了。对国事的牵挂,对家人的思念,使他多次想回国,他的心早就飞回到了自己的王国,因为他的王位,他的王子,他的王后,都是让他惦念的,怎么能长时间地搁下他们不管呢?但主人每次的挽留都太过热情,让他不得不考虑给主人面子,继续住了下来。但这次,他是打定主意要回国了。

当波力克希尼斯提出要回国时,里昂提斯再次热情挽留,让他再住一个星期,但这回任凭里昂提斯怎么说,人家可是非走不可了,于是里昂提斯不得不动用王后的力量了,请王后出面挽留。

王后赫米温妮说,他是惦记着波希米亚的安危,如果使他相信那里一切平安,他就没有必须回去的借口了。但王后这个说法打动不了人家,波力克希尼斯还是执意要走。王后觉着可能是他太想念他的儿子了,就让他走吧,但是希望他再多住一个星期,并承诺等她丈夫明年去波希米亚访问的时候,允许他多住一个月。但王后这样说了,人家还是要走。但王后一看再三挽留都不奏效,完不成夫君指派给她的任务了。于是接下来再挽留就有些撒娇耍赖的味道："您要是再走，我就像囚犯一样拘禁您，您是做囚犯呢？还是做贵宾呢？"这回，波力克希尼斯无话可说了，只得答应再住一个星期。里昂提斯挽留兄弟的目的达到了。

自己留，留不住，王后留，就留住了。里昂提斯心里不是滋味，王后在这个男人面前的魅力太大了。但他嘴上还得夸王后，说王后立了奇功。

里昂提斯把王后赫米温妮夸得心花怒放，她开心地说："我已经说过两回好话了：一次我永久得到了一位君王，一次我暂时留住了一位朋友。"说着伸手给波力克希尼斯，两个人的手握在一起了。

里昂提斯在旁边看着，心里老大的不舒服，他们"手捏着手，指头碰着指头"，太亲密了，简直让人受不了。里昂提斯低头看看小王子，跟自己长得挺像的。但他要再三地从孩子嘴里得到确认，确认这是他的孩子。此时波力克希尼斯也和王后谈起自己的小王子来，也是满怀爱意。里昂提斯让波力克希尼斯和王后聊一会儿，自己则和王子玩一会儿。他同时又嘱咐王后赫米温妮，"把你对我的爱情，好好地在招待我这位王兄的上头表示出来吧"。他一边心里早就打翻了醋坛子，一边嘴上还说得这么热情。用对他的爱情招待他的王兄，哪个男人愿意妻子用对待自己的爱情来对待别人？单纯善良的王后没有听出来，坦诚相待的朋友也没有听出来这其实是个圈套。

因为他"在垂钓，虽然你们没有看见我放下钓线去"。他心里早就怀疑自己的王后和朋友之间有私情，今天给他们创造机会，让他们表现出亲热来，自己好抓住他们私通的把柄。"瞧她那么把嘴向他送过去！简直像个妻子对她正式的丈夫那样无所顾忌！"远远地看着他们两个说说笑笑，亲亲热热。他认为自己"一顶绿头巾已经稳稳地戴上了"！今天他们的举动进一步证实了他的猜疑。他的最好的朋友勾引了他的王后，他能坐视不管吗？他能甘心戴这绿帽子吗？当然不。

三

所以他把自己心里的猜测进一步扩散开来，他要采取行动了。于是跟他的心腹大臣卡密罗求证这件事。为什么他自己留不住，而王后就能留下波力克希尼斯呢？卡密罗回答："因为不忍辜负陛下跟我们大贤大德的娘娘的美意。"

里昂提斯根本不相信原因就这么简单。"难道你也没有想到我的妻子是不贞的吗？"他这问话很出乎卡密罗的意料，因为打死他也不相信王后会失贞。但国王一旦认定，大臣再怎么劝也无济于事。里昂提斯命令卡密罗用毒酒去害死波力克希尼斯。卡密罗只得答应着，"我必须相信您的话，陛下。我相信您，愿意就去谋害波希米亚王。他一除去之后，请陛下看在小殿下的面上，仍旧跟娘娘和好如初，免得和我们有来往的列国朝廷里兴起谣琢来。"卡密罗答应着，但也提出了条件，您跟王后之间可千万别生出什么裂隙，要和好如初呀。

卡密罗是个有思想的人，他认为王上发了疯，尽管自己执行了他的命令，可以升官发财，但他不能执行这疯狂的命令，他要救下波力克希尼斯。于是他把情况如实禀告了波力克希尼斯。当时的局势,没有别的路可走,他只能跟着波力克希尼斯一同逃跑,逃到波希米亚去。

波希米亚王波力克希尼斯的逃跑,更验证了里昂提斯的猜测:波力克希尼斯在西西里住了九个月,不仅勾引了王后,而且还收买了大臣,原来卡密罗成了波力克希尼斯的同党,他们沆瀣一气,要阴谋篡夺他里昂提斯的王位。如今那两个跑了,里昂提斯只能跟王后算总账了。

于是里昂提斯下令关押了王后,而且不让小王子跟母亲见面。并且认定现在王后肚子里怀的孩子也是波力克希尼斯的种。王后辩解无用,大臣们劝谏无用。他真的可以生杀予夺,为所欲为了吗?倒也不是。其实他还是有所忌惮的,他怕神,所以他派人去太阳神的神庙请求神谕了,一切听神谕的裁决。

而王后所遭受的变故,使她受到了很大的惊吓,动了胎气,没足月就生产了,生下了一个小公主。大臣的妻子宝丽娜认为这孩子是最好的搭救王后的礼物。"要是她敢把她的小孩信托给我,我愿把她拿去给王上看,替她竭力说情。我们不知道他见了这孩子会多么心软起来;无言的纯洁的天真,往往比说话更能打动人心。"于是宝丽娜把小公主递到国王的面前。

没想到里昂提斯见到孩子不但没有心软,反而是勃然大怒,对宝丽娜的丈夫也就是大臣安提哥纳斯说,"我命令你把这野女孩子抱出去,到我们国境之外远远的荒野上丢下,不要怜悯她,让她风吹日晒,自求生路,死也好活也好。她既然来得突然,我们也就叫她去得突然"。如果你不执行我的命令，现在，你和你的妻子就得双双丧命。安提哥纳斯无法，只得抱着孩子去丢弃。

四

国王开庭审判王后赫米温妮，在法庭上列举了王后的三桩罪状。第一桩，和波希米亚王波力克希尼斯通奸。第二桩，与卡密罗同谋弑主。第三桩，事情败露后又帮着他们逃跑。真是大逆不道。

赫米温妮当然不会承认这三桩罪。但里昂提斯却认为，"人假使做了无耻的事，总免不了还要用加倍的无耻来抵赖"。

赫米温妮说："你说我跟波力克希尼斯有不端的情事，我承认我是按照着他应得的礼遇，用合于我的身份的那种情谊来敬爱他；那种敬爱正是你所命令于我的。要是我不对他表示殷勤，我以为那不但是违反了你的旨意，同时对于你那位在孩提时便那样要好的朋友也未免有失敬意。""我要把我的名誉洗刷。假如你根据了无稽的猜测把我定罪，一切证据都可以不问，只凭着你的妒心作主，那么我告诉你这不是法律，这是暴虐。列位大人，我把自己信托给阿波罗的神谕，愿他做我的法官！"

两个去请太阳神谕的大臣已带回来结果，当庭开封宣读。

"赫米温妮洁白无辜；波力克希尼斯德行无缺；卡密罗忠诚不贰；里昂提斯者多疑之暴君；无罪之婴孩乃其亲生；倘已失者不能重得，王将绝嗣。"神谕表达得明白无误，王后清白，波力克希尼斯无罪，卡密罗忠诚，公主是里昂提斯亲生，丢失的找不回来,国王将无子嗣,他是个暴君。

众臣和赫米温妮听了激动不已,共同感谢太阳神的英明。神谕如此清晰明了,但里昂提斯却不相信。"这神谕全然不足凭信。审判继续进行。这是假造的。"嫉妒迷了里昂提斯的心窍,因为神谕跟他的判断不一致,他就选择不相信神谕。他竟然要逆神意而动,这才是真正的大逆不道。

就在这时,仆人来报,小王子因为担心母亲的命运,太害怕而死去了。

里昂提斯突然明白神的报应来了,"阿波罗发怒了;诸天的群神都在谴责我的暴虐"。赫米温妮听到儿子的死讯晕了过去。里昂提斯请宝丽娜照顾王后,希望她不会死去。

报应就在眼前发生了,里昂提斯后悔不已。"阿波罗,恕我大大地亵渎了你的神谕!我愿意跟波力克希尼斯复和,向我的王后求恕,召回善良的卡密罗,他是一个忠诚而慈善的好人。我因为嫉妒而失了常态,一心想着流血和复仇。"就在他打算向王后请求宽恕的时候,宝丽娜却带来了王后的死讯,她死了。人生最大的遗憾就是你已经认识到自己的错误,想纠正想道歉,而那道歉的对象却不存在了。王后是带着对他的怨恨死去的,什么叫抱憾终生,什么叫肠子悔青了,里昂提斯算是体会到了。

宝丽娜的丈夫安提哥纳斯抱着小公主奉命去扔,他来到了波希米亚的边境。他写了一张字条,写下了这孩子的身世,并放上一个包裹和一些金钱,希望捡到孩子的人家,看在金钱分上也要对孩子好一点。他明白自己干了这丧天良的事,也不会有好结果。果真出现一头熊来追他了,把他吃掉了。

一个牧人走来,看到地上的包裹,把孩子抱了起来。

五

卡密罗跟着波力克希尼斯逃到波希米亚也已经十五年了。他思念祖国,并且也知道国王已忏悔,并召他回国。于是他向波力克希尼斯请求回国,但波力克希尼斯舍不得让他走,因为他已经是波力克希尼斯的左膀右臂,是波希米亚最倚重的大臣。而且波力克希尼斯现在也遇上了烦心事。他的宝贝儿子,王子好几天都没露面了,不知道他在干些什么?国王很担忧,他听说王子和一个牧人家庭来往很密切,因为那牧人家里有一个绝世美貌的女儿。卡密罗总是能够为别人着想,也就不再提自己回国的事了,决定先帮助波力克希尼斯解决了这件事再说。于是他决定和波力克希尼斯一起乔装改扮后到牧人那里探究一番。

王子弗罗利泽确实就在牧人家里,此时正打扮成田舍郎的样子。今天是牧人家剪羊毛的喜宴,而这家的女儿潘狄塔正是王子爱恋的对象,两个人也想趁今天的喜庆订婚。牧人只知道这个小伙子是附近牧场的,家境还不错,真诚跟女儿相爱,也就答应把女儿嫁给他了。于是对客人们说:"你们可以作证:我把我的女儿给了他,她的嫁奁我要使它和他的财产相当。"女儿的陪嫁足以配得上他的,牧人说得很自豪。

乔装了的波力克希尼斯和卡密罗也混在众多的客人里。波力克希尼斯看在眼里,愤怒在心里:这小子自作主张要娶牧人的女儿,这门不当户不对的,一定得制止他这个鲁莽的行为。他因为装扮成了个白胡子老头,于是就说:"凭着我的白胡子起誓,如果真是这样的话,你太不孝了。儿子自己选中一个妻子,这是说得过去的;可是做父亲的一心想望着子孙的好,在这种事情上也参加一点意见,总也是应该的吧。"这么大的事,你总得征求一下父亲的意见吧。但弗罗利泽坚持这个事情不能让他父亲知道,并请这两位陌生的朋友给他们证婚。

波力克希尼斯的愤怒爆发了,他摘去戴在脸上的白胡子,露出本来面目,我"给你们离婚吧,少爷;我不敢叫你作儿子呢。你这没出息的东西,我还能跟你认父子吗?堂堂的储君,却爱上了牧羊的曲杖!你这老贼,我恨不得把你吊死;可是即使吊死了你,像你这样年纪,也不过促短了你几天的寿命。还有你,美貌的妖巫,你一定早已知道跟你发生关系的那人是个天潢贵胄的傻瓜"。不肖之子,牧羊的老贼,美貌的妖巫,三个当事人被他一通责骂,骂完后波力克希尼斯愤然离去。

又是卡密罗来收拾残局了。他发现王子和牧羊女是真爱,如果父王不同意,王子就要私奔了。卡密罗想出个计策,"一方面偿了我的心愿,一方面帮助他脱去危险,为他尽些力量;让我再看见我的亲爱的西西里和我渴想见面的不幸的旧君,那就一举两得了"。

让王子他们到西西里去,去谒见里昂提斯,他一定会盛情款待他们,并忏悔过去对他父亲的过失。卡密罗安排他们走后,"这以后我便去向国王告知他们的逃亡和行踪;我希望因此可以劝他追赶他们,这样我便可以陪着他再见西西里的面,我真像一个女人那样相思着它呢"。他想趁机回到西西里去,既帮了王子,又回了故乡,一举两得。

六

十五年来,里昂提斯在忏悔中度过。"当我记起她和她的圣德来的时候,我忘不了我自己的罪;我也永远想到我对于自己所铸成的大错,使我的国统失去了嗣续,毁灭了一位人间最可爱的伴侣。"悔恨时时刻刻啃噬着他的心,那份煎熬痛苦使他失去了蓬勃生机。

宝丽娜因为国王的过失也失去了丈夫,因此对国王说话一点也不客气。她说就是世间所有女子的美德加在一起,也没有被他害死的那位好。"害死"这个词深深地刺痛着国王,他祈求宝丽娜不要往他的伤口上撒盐。

这时几个大臣劝国王再娶,因为没有子嗣,王位也不安稳。但宝丽娜却很坚决。"不要担心着后嗣;王冠总会有人戴的。亚力山大皇帝把他的王位传给功德最著的人;他的继位者因此是最好的贤人。"即使没有子嗣也是太阳神的制裁,传位给贤德之人也是一种德行。她让国王发誓,没有她宝丽娜的许可,决不能结婚,国王答应了。

正在这时,仆人来报,波希米亚王子带着王妃来访问了。国王见到青春年华的王子和王妃,想起了自己不在世的一双儿女,想起自己犯下的大错,想起自己对不起他的父亲波力克希尼斯。唉,锥心地疼痛呀。正像卡密罗预想的那样,里昂提斯会加倍地对王子好。

第十章 都是嫉妒惹的祸

但很快里昂提斯和王子的欢聚被打断了，因为他父亲波力克希尼斯和卡密罗追了过来。这时里昂提斯才知道，原来王子要娶一位牧人的女儿，父亲不同意，才私奔到此。此时王子急中生智，说国王也年轻过，应该最懂得年轻人的爱情。他请求国王帮助他们。国王里昂提斯想到让自己愧疚一生的王后，决定帮助这对年轻人。

原来王子出来后，卡密罗就将此事报告了国王，他们立即就追了过来。而那对牧人父子知道女儿恋爱的对象原来是王子，惹下大祸了。为了洗刷自己，说明那女孩跟他们没有血缘关系，就带着当年的包裹去找国王说清楚，也一路追到了这里。

包裹里有"赫米温妮王后的罩衫，挂在孩子头颈上的她的珠宝，安提哥纳斯的亲笔书信，那姑娘跟她母亲那么相像的一副华贵的相貌，她的天然的高贵，以及其他许多的证据，都证明她即是国王的女儿"。牧羊女原来是国王里昂提斯的女儿，牧羊女原来是公主。波力克希尼斯那里也就没有门不当，户不对的问题了。

女儿没死，回到了身边，而且还和波希米亚王子相爱了，里昂提斯激动不已。这一对多年失和的兄弟也因此成了亲家。两个老人老泪纵横，不胜唏嘘。此时里昂提斯格外想念王后，公主也没有见过母亲。宝丽娜说为了缓解大家的思念之情，她请大师为王后塑了一尊雕像，于是带着大家前来观看。出乎所有人意料的是，那是一尊活的雕像，原来王后并没有死，这十五年来，是宝丽娜藏着王后。终于母女团聚，夫妻团圆，国王的忏悔有了对象。国王还撮合卡密罗和宝丽娜结成了夫妻。

七

《冬天的故事》也是一部传奇剧，莎士比亚从美好的愿望出发，给主人公们安排了不错的结局。但在现实生活中，这么失而复得，死而复生的事情可就罕见了。人们就得承受由于过分嫉妒带来的恶果了。

嫉妒是爱情的伴生物。人类早期，群婚时代，混乱的两性关系中并不存在嫉妒的问题，因为那时的两性关系并不能说是爱情，只是为了繁衍后代，延续基因。发展到一夫一妻制以后，也就是一对一的男女关系确立后，两性关系才可以称为爱情，同时嫉妒作为爱情的副产品就出现了。这时两性关系不仅是异性之间的吸引，还有了伦理和法律上的意义。这时候也出现了私有观念，财产是自己的，配偶也是自己的，别人不能染指，因此爱情具有了排他性和独占性。于是也就上演了一幕幕由于嫉妒而产生的悲剧。

嫉妒既然是爱情的伴生物，在爱情中嫉妒就不可避免，但嫉妒要适度，我们在这里讨论的是过分的嫉妒。

嫉妒的外在表现是让人丧失理智，陷入疯狂的状态，甚至大开杀戒。不论是神后赫拉，还是莎士比亚戏剧中的人物，都想置人于死地。赫拉无力打击宙斯出轨，她杀伐的对象是众多小三及小三的孩子们。而莎士比亚笔下的奥瑟罗由于嫉妒掐死了妻子苔丝狄蒙娜，波塞摩斯由于嫉妒也让仆人杀死妻子伊摩琴，里昂提斯更是由于嫉妒要置假想的情敌和妻子于死地。外在表现的凶狠残暴，恰恰反映出嫉妒者内心的虚弱。

嫉妒是不自信心理的外在表现。西西里王里昂提斯非常爱自己的王后，他用三个月的苦苦追求，方才抱得美人归。在他的国民中间，他是没有情敌的，因为一般百姓，甚至王公贵胄，都是没有能力跟他竞争王后的，他是自信的。但是波希米亚王和他的地位是一样的。正因为他从小和波希米亚王一起长大，了解他的许多美好品质是自己不具备的，王后跟他接触久了，就会发现这一点，那样自己的缺点就格外突出了，他把自己比下去了。王后会倾向于波希米亚王而看不起自己，自己的爱情眼看就要失去了，因此他变得不自信了。为了掩盖自己的不自信，就要虚张声势地让自己看起来更强大，于是他就要不留情面地打击人家，置比自己强的人于死地，毒死波希米亚王。幸亏卡密罗没有执行他的命令，才有了后来不错的结局。否则在这个无中生有的事件中，牺牲的就不止是一个小王子和一个老大臣了。里昂提斯这样做的结果真是害人害己。

过分嫉妒的人都是善于进行脑补的人，想象力极为丰富。会虚构出许多情节来佐证自己的结论，越想越认为自己的判断是正确的。里昂提斯的逻辑推理应该是这样的：大前提，自己不能挽留住波希米亚王，而王后轻易就留住了他，他不给自己面子，而给王后面子，他跟王后更亲近；小前提，两个人在一起说说笑笑，无比亲热；结论，他们两人之间有私情。推导出这个结论后，他继续往前推理。既然他们之间有私情，也就不是一天两天了，波希米亚王来了九个月了。他们的私情也就有九个月了,而王后怀孕也差不多九个月了,那王后肚子里的孩子,一定是他的种。所以他不认这个孩子,让人把小公主扔到国外去。

可见嫉妒是人心里的蛀虫,它时刻啃噬着人心,使嫉妒者寝食难安,产生离奇的幻想,做出反常的举动。莎士比亚通过《冬天的故事》让我们看到了爱情中嫉妒的畸形变态,以及由此带来的恶果。警醒着世人,不要产生无端的嫉妒。因此《冬天的故事》中,莎士比亚也阐明了一个道理,爱情中什么心理最可怕?莎士比亚回答:嫉妒。

第十一章

拨开云雾见青天

——莎士比亚告诉你爱情是什么之《辛白林》

什么样的爱情最珍贵?

莎士比亚回答:经历磨难。

一

欧洲中世纪的时候,凡是开始于黑暗痛苦,结束于光明幸福的就可以叫喜剧,因此但丁的《神曲》最初就叫《喜剧》。开始于黑暗的地狱,结束于光明的天堂,正符合喜剧的定义。后人为了表达对这部作品的崇敬之意,给喜剧前加了一个修饰语,因此叫《神圣的喜剧》,当然我们中国通行的则是曲译而成的《神曲》。莎士比亚的《辛白林》是他晚期的传奇剧,但从内容上看,也是开始于痛苦,结束于幸福,也可以叫喜剧。但这不是莎士比亚的喜剧概念,因为这部戏剧没有他早期喜剧的轻松愉快,反而一开始就阴云密布,阴霾一直笼罩在不列颠的天空之上。直到最后才拨开云雾见青天。

传说中的辛白林,是在公元 1 世纪时抵御罗马人入侵的不列颠国王。敢于和当时强大的罗马抗衡的国王,应该是勇武善战的,但单单自己的家庭事务却处理不好。戏剧一开始就笼罩在一片愁云惨雾之中。

二

辛白林本来有一个女儿两个儿子,将来王位自然传到长子手上。但不幸的是,二十多年前,就在长子三岁、次子两岁时,两个孩子同时失踪,被人偷走了。结果只剩下的一个公主,就成了唯一的王位继承人。公主长大以后,嫁给什么人就至关重要了。因为两个王子丢失,当时的王后非常伤心,死去了。

后来,辛白林又续娶了一位王后,这位续后,带了一个儿子克洛顿过来。克洛顿看上了公主伊摩琴,但公主偏偏不喜欢他。在宫里有一位名将之后,他的父亲和两个哥哥都为辛白林喋血沙场。他自己是个遗腹子,母亲生下他后,也难产而死,他彻底成了孤儿。辛白林怀着感恩之心,把他收养在王宫里,取名波塞摩斯,让他和公主一起长大。"他接受学问的熏陶,就像我们呼吸空气一样,俯仰之间,皆成心得,在他生命的青春,已经得到了丰富的收获。他住在宫廷之内,成为最受人赞美敬爱的人物。"尽管波塞摩斯各方面都很优秀,但是和公主结婚还是不够条件,因为他不是王室成员。另外他还有一位强有力的竞争者,那就是王后带来的儿子克洛顿。

王后为了儿子将来能继承王位,想让克洛顿娶公主伊摩琴。英武的辛白林在战场上叱咤风云,唯独对新王后言听计从,也同意让女儿嫁给继子。但伊摩琴是一位有主见的公主,不会让自己的命运操纵在别人手里。她和波塞摩斯两个人青梅竹马,感情深厚,非他不嫁。于是两个人偷偷地结了婚。"我选中了一只神鹰,避开了一只鹞子。"女儿的自做主张,一下激怒了辛白林,他下令流放波塞摩斯到罗马去。

伊摩琴敢于违抗父亲的命令,偷偷嫁给自己所爱之人。但对于父亲流放波塞摩斯,她说服不了盛怒中的父亲,挽回不了局面,她只觉着无能为力。两个人必须分离,很无奈,真是有千言万语想向对方诉说呀。

第十一章 拨开云雾见青天

你走后,"我将要在这儿忍受着每一小时的怒眼的扫射;失去了生存的乐趣"。因为这两个人从小一起长大,像一个人的左右手一样,谁也没离开过谁,如今要长久地分离,简直就跟割心割肺一样的难受。虽然从此天各一方,但精神上还有"唯一的安慰,只是在这世上还有一个我所珍爱的你"。人分离,但心还在一起,这是唯一的安慰。为了鼓励波塞摩斯,同时也是给自己打气,"我们总会有重新见面的一天"。分离是短暂的,相聚才是永久的。要是没有这个希望支撑着,分离的人们真的肝肠寸断呀。

波塞摩斯也安慰着伊摩琴,不要哭泣,不要过分悲伤,好好留在那里等着他。"我将要信守我的盟誓,永远做一个世间最忠实的丈夫。"

伊摩琴摘下自己手上的钻石戒指,"爱人,这一颗钻石是我母亲的,拿着吧,心肝,好好保存着它"。说着戴到了波塞摩斯的手上。丈夫同样摘下了自己佩戴的手镯,说:"它是爱情的手铐,我要把它套在这一个最美貌的囚人的臂上。"说着把手镯套在伊摩琴的手腕上。两个人交换了爱情的信物,使双方的思念都具体化,睹物思人,情感有了寄托。

就在两个人难舍难分之际,辛白林来了,他用严厉的话语斥责波塞摩斯,尽管不舍,波塞摩斯不得不走了。

波塞摩斯走后,伊摩琴陷入巨大的悲痛之中;因为她还有那么多话没有说。首先她还没有跟他道别;其次她还想跟他说许多亲密的话;最后她还想跟他约定精神上相聚的时间。"在早晨六点钟、正午和半夜的时候,彼此用祈祷作精神上的会聚,那时候我会在天堂里等候着他"。更重要的是,"我想叫他发誓不要让意大利的姑娘们侵害我的权利和他的荣誉"。这桩桩件件都是多么重要的事情,都没有来得及说,都没有嘱咐他,就被父亲无情地打断了,多么遗憾呀。

伊摩琴感觉到,"死亡的痛苦也不会比这更使人难受",生离比死别更难受,生离比死亡更痛苦。总之,心上人的离去,让公主伊摩琴坠入了痛苦的深渊而不能自拔。

国王看到女儿跟波塞摩斯告别是怒气冲天,公主被父亲打断告别也是冲天怨气。父女俩吵了起来,父亲指责女儿说:"你选中了一个叫化子;你要让卑贱之人占据我的王座。"女儿也反唇相讥,告诉父亲,"我愿做一个牧牛人的女儿,我愿里奥那托斯(波塞摩斯)是我们邻家牧羊人的儿子"!在爱情面前,王位一钱不值。伊摩琴表现出对王位不屑一顾的态度。

三

波塞摩斯戴着伊摩琴的钻石戒指,更带着伊摩琴的满腔爱恋来到了流放地意大利。他巧遇了当时路过法国时认识的一个人,两个人就谈起了在法国时的一场辩论。当听到法国人赞美法国女人如何完美的时候,波塞摩斯"在那时一口咬定,并且不惜用流血证明,他的爱人比我们法国无论哪一位绝世女郎更美丽、贤淑、聪明、贞洁、忠心、富于才能而不可侵犯"。波塞摩斯对自己爱人的赞美激起了一个意大利人阿埃基摩的斗志。他直接挑衅波塞摩斯的底线,"在你们英国女郎中间,却还没有一个当得起既美且善的赞誉"。阿埃基摩认为他之所以赞美自己的爱人举世无双,不过是因为没见过世界上最美好的女郎罢了。或者是自己的情人早已死了,因为怀念她才觉着她完美而已。

波塞摩斯被激怒了,他说:"在你们贵国意大利之中,还没有哪一个风雅的朝士可以使她受到他的诱惑。"意大利人阿埃基摩也不甘示弱。说他用一半的家产跟波塞摩斯打赌,只要能把他介绍到她的宫廷,让他跟她有两次见面的机会,他就可以把她的贞操弄到手,那样波塞摩斯的戒指就归他所有。

波塞摩斯信心满满地说:"我的爱人的贤德,决不是你那卑劣的思想所能企及的;我倒要看看你有几分伎俩,胆敢这样夸口。"

于是波塞摩斯和意大利人阿埃基摩写下了打赌的契约。

而远在不列颠的宫廷里,伊摩琴深感自己处境的孤单,"一个凶狠的父亲,一个奸诈的后母,一个向有夫之妇纠缠不清的愚蠢的求婚者"。她一个人陷入这三个人的包围之中,其处境可想而知。

自己留在王宫里做公主,还不如那些"虽然贫苦,却有充分的自由实现他们诚实的意志的人们",当个普通百姓更有福。要是当初偷走两个哥哥的窃贼连自己一起偷走,那该多好呀。走出王宫,日子可能过得苦些,但是心是自由的呀。

这就是伊摩琴的现实处境,讨厌的王后的儿子还不断地纠缠求婚,奸诈的王后设下种种圈套,更可气的是国王父亲还站在他们那一边。只有她一个人孤零零地对抗着。如果光是这眼见的烦恼也就罢了,最让她放心不下的还是那眼睛看不见的烦恼,那流放在外的丈夫。丈夫远在意大利,她抓不着，够不到，也不知他冷不冷，饿不饿，身体好不好？睡觉香不香？什么时候才能回到自己身边来？这一些时时刻刻，揪着她的心哪。"丈夫，我的悲哀的顶点！"

四

正当她特别想知道远在意大利的丈夫的情况时，能够带来丈夫近况的意大利使者来了，真是让她喜出望外呀。

阿埃基摩一说带来了她丈夫的信，她就说，"你是我的无上的佳宾"，并给予最高的礼遇。她赶忙问丈夫的身体怎么样？精神怎么样？得到的回答是，"没有一个异邦人比他更会寻欢作乐了。他是被称为不列颠的风流浪子的"。是她希望的肯定的回答，但似乎又肯定得过了头。为了进一步确认这个不列颠浪子形象，意大利人还讲了一个故事。说有一个法国人跟他在一起，天天思念远在法国的心上人。波塞摩斯看了哈哈大笑，要笑破肚子了。笑那法国人太痴情，说天下哪有一个女人值得这样挂念？天涯何处无芳草？到哪里就在哪里及时行乐呗。

阿埃基摩一边编讲着故事，一边被伊摩琴的美貌吸引得馋涎欲滴，"要是我能够在这天仙似的脸上沐浴我的嘴唇；要是我能够抚摩这可爱的纤手"。公主没有注意到意大利人贪馋的眼光，因为她被丈夫的现状打懵了，她丈夫的所作所为太出乎她的意料了，简直不认识他了。她不由得说出，"我怕我的夫君已经忘记英国了"，他是乐不思蜀了。其实她想表达的是，我的夫君忘记在英国的我了。

第十一章　拨开云雾见青天

阿埃基摩趁机添油加醋，说波塞摩斯岂止是忘记了英国，忘记了她，他连他自己都忘记了。阿埃基摩并且强调，自己并不是搬弄是非，才说出他的可耻的行径的，"是您的温柔和美貌激发了我的沉默的良心，引诱我的嘴唇说出这些话来"。

她伊摩琴原来成了一个弃妇，自己还时时刻刻思念着他，却原来他根本没有把自己放在心上呀。她突然叫停了意大利人，不想再听下去了，太让人失望了。

阿埃基摩第一步棋成功了，瓦解他们夫妻间坚固无比的关系。妻子对丈夫的信心动摇了。于是迫不急待地实施第二步棋，大献殷勤。

"最亲爱的人儿！您的境遇激起我深心的怜悯，使我感到莫大的苦痛。一个这样美貌的女郎，在无论哪一个王国里，她都可以使最伟大的君王增加一倍的光荣，现在却被人下侪于摇首弄姿的娼妓，而那买笑之资，就是从您的银箱里拿出来的！那些身染恶疾、玩弄着世人的弱点，以达到猎取金钱的目的的荡妇！那些污秽糜烂、比毒药更毒的东西！您必须报复。"

阿埃基摩不仅赞美了公主，又加强了离间，进一步挑拨起他们夫妻之间的战火。他好趁火打劫，怂恿伊摩琴报复她的丈夫。

伊摩琴机械地问，报复？怎么报复？这一问正中阿埃基摩的下怀。他立刻说："在身份和地位上，我都比您那位负心的汉子胜过许多，而且我将要继续忠实于您的爱情，永远不会变心。"

趁热打铁，马上实施第三步棋，引诱。说着就凑到了伊摩琴的面前,"让我在您的唇上致献我的敬礼吧"。

他的无耻的举动,惊醒了伊摩琴。刚才她是被这人带来的信息打懵了。他所说的丈夫的作为和自己的预想,落差太大了,自己走进他的圈套了。他竟然想趁机亲吻自己,这无耻之徒的举动令她一下子就明白了这个人的险恶目的,马上就揭开了他的真面目。"你侮辱了一位绅士,他决不会像你所说的那种样子,正像你是个寡廉鲜耻的小人,不知荣誉为何物一样;你还胆敢在这儿向一个女子调情,在她的心目之中,你是和魔鬼同样可憎的。"他这样的行径也就彻底推翻了他所有的谎言。

阿埃基摩鼓唇弄舌,搬弄是非,一旦被识破,就前功尽弃了。但他非常狡猾,话锋一转,马上赞美起波塞摩斯来。"幸福的里奥那托斯(波塞摩斯)!我可以说:你的夫人对于你的信仰,不枉了你的属望,你的完善的德性,也不枉了她的诚信。愿你们长享着幸福的生涯!他是世间最高贵的绅士;也只有最高贵的人,才配得上您这样一位无比的女郎。原谅我吧。我刚才说那样的话,不过为要知道您的信任是不是根深蒂固。"我刚才那么说,不过是想试探一下你们夫妻之间的感情。我现在确信了,他对您的信任正像是您对他的信任,真真切切是世间罕见的最忠诚的夫妻呀。

接着他又把波塞摩斯大大赞美了一番。"他坐在人们中间,就像一位滴降的天神;他有一种出众的尊严,使他显得不同凡俗。"伊摩琴一听,这才是她完美的丈夫嘛。所以阿埃基摩一道歉,伊摩琴就原谅了他。并且表示愿意帮助他,因为他们出国为罗马皇帝采购了一些礼品,放在一个大箱子里。

这礼品很贵重，他作为一个外国人放在哪里都不放心，想暂时请公主帮着保管。之所以敢请公主帮忙，因为贡献这份礼品的人中也包括波塞摩斯。

伊摩琴一听，其中有他丈夫的份，马上就慷慨地说，可以放在她的寝室里，一定确保安全。

殊不知这是阿埃基摩的一个阴谋，他藏在大箱子里就此混进了公主的寝室，夜半趁公主熟睡之际，悄悄溜出来，看清了公主卧室的布置，并且还脱下了公主手腕上的手镯，还看到了公主乳房上有一颗梅花痣。

五

王后的儿子克洛顿对伊摩琴百般纠缠，"要是我能够得到伊摩琴这傻丫头，我就不愁没有钱花"。他们母子的目的就是通过娶伊摩琴，得到不列颠王位，享受荣华富贵。于是他弄几个乐师在公主房间门口又是奏乐，又是献歌，以此向公主献殷勤。可气之处就在于这种恼人的勾当，国王还是支持的。真是烦死伊摩琴了。

伊摩琴不得不出来说话了。直接告诉克洛顿，无论你做什么，我都不为所动，以后你也别再来烦人了。

克洛顿觉着自己是王后的儿子，出身高贵，大骂波塞摩斯是卑贱的奴才。伊摩琴被激怒了，两人争吵起来。伊摩琴说："曾经掩覆过他的身体的一件最破旧的衣服，在我看起来也比你头上所有的头发更为宝贵。"克洛顿觉着此话严重侮辱了他。他把这话记在了心里。

现在更让伊摩琴烦恼的是,她戴在手上的手镯不见了。她昨晚临睡前还吻过的,今天早上一睁眼,就没看见,她急急忙忙寻找着。她的心爱之物,她的爱情信物怎么能丢呢?连她自己都不知道怎么丢的,她能跟波塞摩斯解释清吗?

阿埃基摩戴着那手镯回到了意大利,去见波塞摩斯,首先肯定伊摩琴,"你的爱人是我所见到过的女郎中间最美丽的一个"。波塞摩斯信心满满,强调不只是最美丽而且是最好的。

阿埃基摩为了证实自己得手了,打赌打赢了,详细描述了公主寝室的富丽堂皇的装饰。但波塞摩斯说这并不能证明什么。为了进一步证实,阿埃基摩拿出了手镯,并特意说明:"她亲自从她的臂上捋了下来;我现在还仿佛能想见她当时的光景;她的美妙的动作超过了她的礼物的价值,可是也使它变得格外贵重。她把它给了我,还说她曾经一度对它十分重视。"

波塞摩斯还是不相信自己会输,他问阿埃基摩这手镯是不是公主让他带给自己的。阿埃基摩问波塞摩斯公主信里这么说了吗,波塞摩斯明白信里没说这事,所以一下子他就相信了阿埃基摩得胜了。他把戒指摘下来递给阿埃基摩,"它就像一条毒龙,看它一眼也会致人于死命的"。他此时简直对戒指恨之入骨了。

阿埃基摩得意忘形,"要是你还要找寻进一步的证据,那么在她那值得被人爱抚的酥胸之下,有一颗小小的痣儿,很骄傲地躺在这销魂蚀骨的所在。凭着我的生命起誓,我情不自禁地吻了它,虽然那给我很大的满足,却格外燃起了我的饥渴的欲望。你还记得她身上的这一颗痣吗"?

波塞摩斯还能不信吗？物证人家有了，连身体隐密部位的痣人家都看见了，还能说什么？认输吧。

"谄媚也是她的；欺骗也是她的；淫邪和猥亵的思想，都是她的、她的；报复也是她的本能；野心、贪欲、好胜、傲慢、虚荣、诽谤、反复，凡是一切男人所能列举、地狱中所知道的罪恶，或者一部分，或者全部分，都是属于她的。"他确认妻子失贞了，对伊摩琴恨之入骨。

丈夫对于妻子失贞这事的处理，我原来的阅读经验是东西方男人的态度是不同的。东西方两大史诗《罗摩衍那》和《荷马史诗》中都有类似的情节。《罗摩衍那》中罗摩的妻子悉多被敌人掠去，罗摩百般营救。但救回来后又怀疑妻子失贞，进行精神折磨，悉多无奈，只好求地母收留，跳入大地母亲的怀抱，离罗摩而去。《荷马史诗》中，西方世界最美丽的女人，斯巴达王后海伦，被特洛伊王子帕里斯拐走，引起了一场为期十年的战争。战争的结局是希腊人取得了胜利，海伦也是战利品之一，被带回了希腊。但海伦并没有因此受到处罚或者被轻视，反而依然受到尊敬，她在来客面前承认自己的错误，还受到丈夫的称赞。似乎东西方的男人对待女人失贞这事是迥然不同的态度，西方人是很宽容大度的。但读完莎士比亚的《辛白林》后我明白我错了，我以偏概全了。西方男人很在乎自己女人的贞操，甚至比东方的罗摩王采取的手段更极端，比如此剧中的波塞摩斯。他在意大利认为妻子失贞后，给在英国的仆人写信，让仆人杀死伊摩琴。

六

仆人陷入了巨大的纠结之中,他根本不相信主人信中所说的内容。打死他也不相信公主会失贞。让她杀死公主,他下不了手。但他发过誓言,效忠主人,主人嘱咐的事,他就得做。纠结中他把主人给伊摩琴的信给了她,把给自己的信藏起来。

伊摩琴见到丈夫的信就是快乐,"但愿这儿写着的,只是爱,是我主的健康"。这个时候的伊摩琴心心念念的只是他的爱人,他的爱,他的健康。当念到信的内容时,她更是激动不已。波塞摩斯在信中说,我太想念你了,即使冒着被你父亲杀死的危险,我也回国来跟你见一面,我现在到了密尔福德港,希望你能来见面,我对你的爱越来越深。

伊摩琴知道了波塞摩斯回到了英国,在密尔福德港等着见她,伊摩琴恨不得立刻飞到爱人身边去。吩咐仆人赶快准备马,她要逃出王宫,飞奔着去见她的爱人。伊摩琴诉说她此刻的心情,"我的母亲生我那天渴想着看一看我的那种心理,还不及我现在盼望他的热切"。

她和仆人一起跋山涉水,最后终于来到了密尔福德港,可是不见爱人波塞摩斯的身影,而且仆人的表情也很不对劲。此时,仆人无奈地递给她一封信。

伊摩琴看到了波塞摩斯给仆人的信。那封信里说她是娼妓,说他有确凿的证据,他让仆人把她带到这里,杀死她。顷刻之间,伊摩琴的满腔热血迅速冰冻,从头冷到脚。这是哪里话？这是什么话？他为什么会这样？一连串的问题谁能给她解答？

仆人看出了这封信带给伊摩琴的巨大打击，"我何必拔出我的剑来呢？这封信已经把她的咽喉切断了"。这信就要了她的命呀。它比刀剑更锐利，比毒蛇更毒烈。

伊摩琴质问："失贞！怎么叫做失贞？因为思念他而终宵不寐吗？一点钟又一点钟地流着泪度过吗？在倦极入睡的时候，因为做了关于他的噩梦而哭醒转来吗？这就是失贞，是不是？"

伊摩琴突然想到了意大利人说的丈夫在意大利的放荡，当时自己一点也不信。却原来是真的呀。他变了心，原来的海誓山盟都是陷阱而已。丈夫是自己在世上最大的眷恋。他都变心了，自己还活着有什么留恋。正好成全了仆人，让他可以向主人复命。她拿出剑来给仆人，让仆人杀了她。仆人拒绝，跟她解释，他从来就不相信主人的话，也没想过执行主人的命令。带公主到这地方来，不过是想帮公主想一个脱身的办法。罗马的使臣明天到这里，伊摩琴改变装束，装成男人，接近他，成为他的侍童，这样就可以跟他到罗马去。那样就"可以接近波塞摩斯所住的地方，即使您看不见他的一举一动，至少也可以从人们的传说之中，每小时听到关于他的确实的消息"。伊摩琴听后，觉着这是一个好主意，愿意冒险一试。仆人已经给她准备好了男人的衣装，并且把王后给他的灵丹妙药也给了公主，以备公主身体不适时服用。

七

此次罗马使节前来，讨要不列颠应当进献的贡金。但不列颠强大起来，再不愿意纳贡，于是两国剑拔弩张，战争一触即发。

这时宫廷里才发现公主失踪了。仆人回到宫中，知道公主已经走远了，不会发生危险了，就说公主去了密尔福德港，去和波塞摩斯相会了。于是克洛顿决定去追，并且要穿上从仆人那里要来的波塞摩斯的外衣。因为公主曾说过，就是波塞摩斯的一件破旧的衣服也比他高贵，这话刺激了他。他要报仇，去杀了波塞摩斯，穿着这衣服奸污伊摩琴，好好出一口恶气。

伊摩琴扮了男装以后，一个人跋涉，又累又饿，走到一个山洞前，发现里面有吃的，但主人不在。饥饿使她不能等到主人的允许，就自做主张吃了起来。结果主人们回来后，都非常喜欢这个少年。主人是父子三人，其实这就是早年被偷走的那两位王子和偷走他们的一名将军，但两位王子并不知道自己的身份，只知道是父亲当年在宫廷里被陷害，才带着他们隐居山林，做了猎人。血缘的关系使他们和伊摩琴一见如故。

第二天，父子三人要出去打猎了，伊摩琴感觉身体不适，她病了，一个人留在山洞里。她想起仆人给的灵丹妙药，也许能治自己的病，就拿出来吃了。

父子三人一路走着，还在夸奖这个少年，那么高贵，给他们做的饭又是那么精细。走着走着遇到了克洛顿。父亲认出这是王后的儿子，不能招惹他。大儿子让父亲和弟弟去看看他是不是带来很多人马。他独自对抗克洛顿，克洛顿狂傲不已，骂他是粗野的山贼，两个人动手打了起来，结果克洛顿被打败了，大儿子割下了他的头，丢进水里。

等他们再回到山洞，发现那个少年死了。他们无限惋惜和悲痛，就用鲜花和青草把她埋葬了。想起被杀的克洛顿，就把他一起埋葬了。

伊摩琴吃的实际上是安眠药，刚才睡死过去了，被父子三人误认为死了。药性一过，她突然醒过来了，神志有些不清，不知这是哪里？突然看到了一个无头的尸体，再一看穿着波塞摩斯的衣服。他怎么遇害在这里？谁干的？再想起仆人给自己的灵丹妙药原来是害人的毒药。她因此认定是仆人伪造了书信，和克洛顿一起阴谋害死了自己的丈夫。她扑倒在尸体上。

此时罗马使节来到这里，帮助伊摩琴埋葬了尸体，收留伊摩琴做了侍童。

八

在罗马，波塞摩斯收到了仆人杀死了伊摩琴的消息，真是追悔莫及呀。"尊贵的伊摩琴也可以不至于惨死，让她有忏悔的机会；只有我这恶人才应该受你们雷霆的怒击。"他混在意大利的军队中回到了英国，他想死在英国。两种死法，要么为英国战死，要么让国王抓去处死。因为"只有死才可以赎回我的自由,只有死才是我唯一的追求;我要为伊摩琴终结我的残生,再不让它多挨一刻苦痛的时辰"。死亡是他此时唯一的追求。

战争打到关键时候,是波塞摩斯和一个老人两个孩子挽救了败局,辛白林找到了那个老人两个孩子,正是打猎的父子三人。波塞摩斯却被当成罗马人抓了起来。

囚禁中,他祈求死亡,"把我的生命拿去,抵偿伊摩琴的宝贵的生命吧"。死亡是他为伊摩琴赎罪的唯一途径。但他却在梦中见到了从未谋面的父亲和生下他就死了的母亲,他们为他向朱庇特祈求,结果朱庇特听到后,答应终结他的一切苦难,并且他和伊摩琴有美好的姻缘。

战争打完了,罗马人失败了,首领和随员都被抓住带来受审,波塞摩斯也在其中。首领就是原来那个使节,他表示他自己可以被随意发落,但他为他的侍童求情。辛白林一看这个孩子,好熟悉的面庞,似曾相识的感觉,于是赦免了他,并且还准许他提一个要求。侍童伊摩琴要求问那意大利人的戒指是哪来的。

意大利人阿埃基摩说:"我很高兴今天有这样的机会,被迫吐露那因为隐藏在我的心头使我痛苦异常的秘密。这戒指是我用诡计骗来的,它本来是被你放逐的里奥那托斯的宝物。"于是他一五一十地说出了整个事件的经过。

波塞摩斯听了冲上前去,"意大利的恶魔!唉!我这最轻信的愚人,罪该万死的凶手、窃贼,过去现在未来一切恶徒中的罪魁祸首"!同时向辛白林承认,"我是波塞摩斯,我害死了你的女儿"。

伊摩琴看到丈夫这么悔恨，试图安慰他，但波塞摩斯哪里听得进去，还是仆人发现这侍童就是乔装的公主。辛白林的女儿失而复得，波塞摩斯也明白原来妻子还在人世。而此时王后临死前说出了一切阴谋，辛白林终于明白了自己一直受着王后的蒙骗。而在战争中救下了国家的就是他早年丢失的两个儿子。

夫妻团圆，父子团聚，父女重逢，兄妹相认。幸福的辛白林也赦免了意大利的战犯，两国重新修好。乌云笼罩了多年的不列颠终于见了青天。

九

《辛白林》也是一部传奇剧，最后只有险恶的王后母子罪有应得。莎士比亚从美好的愿望出发，和平取代了战争，宽恕化解了矛盾。但主人公所受的磨难也让我们不敢轻松地接受这部戏剧。通过这部戏剧，莎士比亚最起码给我们提供了两个深刻的教训。

第一个教训，不要炫耀。波塞摩斯太爱伊摩琴，听不得别人夸耀世间任何女子比她好。听法国人夸耀法国女子美丽，他觉着没有他的爱人美丽，听意大利人夸耀意大利女子忠贞，他也觉着没有他的爱人忠贞。只有他的爱人才是世界上最美丽最忠贞的女子。伊摩琴的好，他要让全世界的人都知道。所以他走到哪里夸到哪里。就像自己的珠宝不能偷偷藏在家里，只有供世人欣赏，价值才被发现。他就没想到他的夸耀带给别人的感受。跟法国人夸耀了，法国人没跟他争执，但人家一下就记住了他，说明人家听了心里有自己的想法，只不过是人家性格温和，不跟他争而已。跟意大利人夸耀，争强好胜的意大利人就不服了，不服就打赌了，打赌就想赢了，想赢就使用阴谋了，阴谋就把他们夫妻两个人都害了。

这爱炫耀的毛病是人类的通病，尤其是现在这样一个自媒体如此发达的时代，每个人都有机会和途径炫耀。于是就有了层出不穷的炫富，晒幸福，秀恩爱。这其实是人的虚荣心在作祟。要让人们都知道自己多富有，多幸福，多恩爱。爱你的人看了，会为你高兴；恨你的人看了，可能就会找机会打击你了。因为你亮出你正面的同时，对方可能也看到了你的负面。人家抓住了你的小辫子，就知道从哪里下手打击你了。我们的老祖宗早就告诉我们木秀于林，风必摧之的道理。正像此剧中的波塞摩斯，你不是说你的妻子如何如何好嘛，我就让你看到她的不好，她失贞了。莎士比亚通过波塞摩斯痛彻心扉的教训，让我们领悟到藏锋和藏拙一样重要，这是人生的大智慧。

第二个教训，不要考验忠贞。波塞摩斯相信妻子绝对的忠贞，任何人都引诱不了她。这有两方面的自信，一方面是妻子人品超好；另一方面是自己的魅力也是超越于众人之上的。他们夫妻就是人中龙凤，世人难望其项背。所以，他们的爱情是经得起任何考验的，他的妻子是抵制得了任何诱惑的。

他的自信没有错，他的妻子的坚贞也是毋庸置疑的。但在考验的过程中，就会横出许多枝节，这是你掌控不了的，因为你不是上帝。就像这个剧中，意大利人使用了阴谋，致使波塞摩斯相信妻子失贞，上当受骗。信心满满的波塞摩斯要失贞的妻子死。他以为妻子死后，又追悔莫及，也求速死。这绝对是最初波塞摩斯让意大利人去试探他妻子时所想不到的。

现实中让人去考验自己配偶的事屡见不鲜。尤其是女人让闺蜜去引诱自己的丈夫，以此来考验丈夫是否忠诚。考验的结果是丈夫真的出轨了。怨谁？怨丈夫不忠，怨闺蜜不诚？更应该怨自己不明。因为这种做法就是错误的。最初丈夫是忠诚的，闺蜜也是诚信的。但事情发展是不可掌握的，意外随时可能会发生。就像剧中的波塞摩斯，妻子并没有失贞，但他却相信妻子失贞了，这就导致了一连串不幸事件的发生。

波塞摩斯以为妻子伊摩琴死了，追悔莫及，只求一死，向妻子谢罪。而伊摩琴更是经历了种种磨难，最后夫妻才得以团圆。本来这两个人就非常相爱。经历了这些磨难后，会更加珍惜彼此。什么样的爱情最珍贵？莎士比亚回答：经历磨难。

第十二章

为自己的爱人求婚

——莎士比亚告诉你爱情是什么之《第十二夜》

什么样的爱情最虐心?

莎士比亚回答:为自己的爱人去求婚。

第十二章 为自己的爱人求婚

一

莎士比亚的喜剧《第十二夜》，剧名和内容没有直接关系，但和演出时间有关系。该剧是在圣诞节之后的第十二夜，也就是一月六号的主显节上演的。但此剧并没有什么宗教色彩，不是歌颂神的伟大，而是赞美人间爱情的美好，是一出轻松的爱情喜剧。

据说莎士比亚写这个戏，是奉了女王伊丽莎白一世的命令，为来访的佛罗伦萨贵族勃拉齐亚诺公爵凡伦丁诺·奥西诺所作的招待剧目。虽然是命题作文，但莎士比亚并没有被束缚住手脚，仍然写得随心所欲，才华横溢。该剧主要写了两对青年人的爱情故事，谁的爱情都来之不易呀，都是虐心之爱。

二

首先是伊利里亚公爵奥西诺爱上了伯爵之女奥丽维娅，但奥丽维娅因为哥哥的去世伤心过度，每天蒙面悼念，打算七年不见外人，对公爵的求爱置之不理。受着爱情煎熬的公爵感叹道："当我第一眼瞧见奥丽维娅的时候，我觉得好像空气给她澄清了。那时我就变成了一头鹿；从此我的情欲像凶暴残酷的猎犬一样，永远追逐着我。"无论公爵多么热烈，被求婚的另一边就是冷若冰霜，不为所动。剃头挑子一头热，看来公爵的爱情很艰难。

接着是薇奥拉在一场海难中和相依为命的哥哥失散了。幸而被船长救下,跟着船长来到了伊利里亚,薇奥拉女扮男装,来到公爵身边,做了侍童。

很快她就赢得了公爵的信任,同时她也爱上了公爵。公爵告诉了她自己心底的秘密并委以重任。"你已经知道了一切,我已经把我秘密的内心中的书册向你展示过了;因此,好孩子,到她那边去。"他派薇奥拉代替他去向奥丽维娅求婚,"就向她宣布我的恋爱的热情,把我的一片挚诚说给她听,让她吃惊"。并且许诺,如果求婚成功,公爵的财产也有求婚使者的份。薇奥拉一边嘴上答应着,"我愿意尽力去向您的爱人求婚",一边心里却在念叨着,"但我一定要做他的夫人"。心里一心想着嫁给公爵,还得为他去求婚,这是去执行一项多么违心的任务呀。

同时薇奥拉执行的也是一个不可能完成的任务,因为奥丽维娅对公爵一点都不感兴趣,对求婚使者带来的美意全盘拒绝。薇奥拉为了完成使命,还得诚恳请求:"您是美貌的。我的主人爱着您;啊!这么一种爱情,即使您是人间的绝色,也应该酬答他的。"她还强调主人爱情的热烈程度:"用崇拜,大量的眼泪,震响着爱情的呻吟,吞吐着烈火的叹息"来爱您。但无论公爵的爱情多炽热,也燃烧不起奥丽维娅的热情,薇奥拉还是被拒绝了。"我不能爱他;虽然我想他品格很高,知道他很尊贵,很有身份,年轻而纯洁,有很好的名声,慷慨,博学,勇敢,长得又体面;可是我总不能爱他。"奥丽维娅知道公爵很完美,但就是不爱,不是因为完美就能引发爱情,而是要有眼缘,奥丽维娅对公爵没有眼缘,就看不上他。

薇奥拉在为主人求婚的过程中,和奥丽维娅对答如流,展现了她的翩翩风采、聪明的头脑和过人的口才,这些才是奥丽维娅所欣赏的。当奥丽维娅拒绝公爵的求婚而给使者赏钱的时候,薇奥拉又拒绝了奥丽维娅的赏钱。并且毫不客气地诅咒奥丽维娅:"但愿爱神使您所爱的人也是心如铁石,好让您的热情也跟我主人的一样遭到轻蔑!"够大胆的,你不是拒绝了我的主人的求婚吗?当你爱上别人的时候,也会遭到同样的拒绝。

薇奥拉的诅咒马上就应验了,因为奥丽维娅断然拒绝了使者带来的公爵的爱情,却爱上了为公爵传达爱情的使者。使者走后,她还沉浸在刚才跟使者会面的愉悦中,"你的语调,你的脸,你的肢体、动作、精神,各方面都可以证明你的高贵","不得不承认,我觉得好像这个少年的美处在悄悄地蹑步进入我的眼中"。奥丽维娅一弄明白自己爱上人家了,马上当机立断,要表白她的爱情。于是她马上打发侍者去送一个戒指,还借口说是使者硬塞给她的,让侍者去还给她。对于自己这种突然迸发的爱情,奥丽维娅也莫名其妙,"我的行事我自己全不懂,怎一下子便会把人看中?一切但凭着命运的吩咐,谁能够作得了自己的主"!沉浸在失去哥哥的悲痛之中,高傲的伯爵小姐怎么突然爱上了为公爵求婚的使者,她自己也不明白。看来失兄之痛只是拒绝公爵求婚的借口而已,一旦真爱出现,什么也挡不住了。

薇奥拉看到奥丽维娅送来的戒指,回想刚才会面的情景,"她把我打量得那么仔细;真的,我觉得她看得我那么出神,连自己讲的什么话儿也顾不到了,那么没头没脑,颠颠倒倒的。一定的,她爱上我啦"。明白了奥丽维娅送戒指的用意,"我的主人深深地爱着她;我呢,可怜的小鬼,也是那样恋着他;她呢,认错了人,似乎在思念我。"公爵爱着奥丽维娅,奥丽维娅爱着薇奥拉,薇奥拉爱着公爵,三个人画了一个圆,追逐的环形结构就此形成了。这种爱情的追逐也就注定每个人爱得都很绝望。

三

求爱不成的公爵好伤心,跟薇奥拉说:"要是你有一天和人恋爱了,请在甜蜜的痛苦中记着我;因为真心的恋人都像我一样,在其他一切情感上都是轻浮易变,但他所爱的人儿的影像,却永远铭刻在他的心头。"公爵爱得很执着。

公爵也关心起小跟班的感情来,对薇奥拉说,你也一定看中过什么人吧?薇奥拉不失时机地说出,是有一个人,是个相貌和年龄都跟公爵差不多的人。公爵自然想到薇奥拉爱上的肯定是个女人,一听女人年龄跟自己差不多,比薇奥拉老,这不是姐弟恋吗?不行,这样的爱情难长久,就开导薇奥拉,"不论我们怎样自称自赞,我们的爱情总比女人们流动不定些,富于希求,易于反复,更容易消失而生厌"。公爵说的绝对是心里话,对男人做了深刻的自我剖析。因为我们男人的心思不定,更容易受到外界的诱惑,一个比你老的女人怎么能长久地拴住你呢?建议薇奥拉还是选一个年轻的姑娘做爱人吧。他哪里知道薇奥拉爱上的就是他呀?根本不是姐弟恋，是兄妹恋。

公爵请小丑唱了一首失恋的情歌，但还是不能排遣心中的忧伤。他心中对奥丽维娅的爱火不灭，又鼓足了追逐爱情的勇气，派薇奥拉再次去见奥丽维娅："你再给我到那位忍心的女王那边去；对她说，我的爱情是超越世间的，泥污的土地不是我所看重的事物；命运所赐给她的尊荣财富，你对她说，在我的眼中都像命运一样无常；吸引我的灵魂的是她的天赋的灵奇，绝世的仙姿。"薇奥拉说人家已经拒绝了。公爵说自己不能得到这样否定的回音。看来公爵一定要得到肯定的答复。

薇奥拉趁机试探公爵说："可是您不能不得到这样的回音。假如有一位姑娘——也许真有那么一个人——也像您爱着奥丽维娅一样痛苦地爱着您；您不能爱她，您这样告诉她；那么她岂不是必得以这样的答复为满足吗？"

但是公爵认为自己的爱情很伟大，哪里是女人的爱情能比拟的？"可是我的爱就像饥饿的大海，能够消化一切。不要把一个女人所能对我发生的爱情跟我对于奥丽维娅的爱情相提并论吧。"

薇奥拉用男装遮盖住自己，反而可以大胆示爱。"我知道得很清楚女人对于男人会怀着怎样的爱情；真的，她们是跟我们一样真心的。我的父亲有一个女儿，她爱上了一个男人，正像假如我是个女人也许会爱上了您殿下一样。"

这里做了一个假设：假如我是女人，我也许会爱上您殿下。其实我就是个女人，我已经爱上您了，这只是心里话，不能说出口。这另一层意思公爵当然不会明白，但薇奥拉借此机会表达一下,心里也会痛快些吧。

薇奥拉接着诉说这种爱情的煎熬:"她从来不向人诉说她的爱情,让隐藏在内心中的抑郁像蓓蕾中的蛀虫一样,侵蚀着她的绯红的脸颊;她因相思而憔悴,疾病和忧愁折磨着她,像是墓碑上刻着的'忍耐'的化身,默坐着向悲哀微笑。这不是真的爱情吗?"

忍耐是处在这种绝望的爱情中的人的必修课,她的心每天都被蛀虫咬噬着,以至于憔悴,疾病和忧愁。爱而不得,不能表白,只能藏在内心深处虐自己,薇奥拉借着说无望爱情中那个"她"的痛苦,来表达自己的痛苦。最虐心的是还得再次为她所爱的人去求婚。

四

薇奥拉再次去见奥丽维娅,奥丽维娅一见到薇奥拉就让众人退下,自己单独和薇奥拉谈话。薇奥拉则开门见山,直接说明自己来是要替公爵说动奥丽维娅那颗温柔的心的。奥丽维娅也明确回答:"请你不要再提起他了。可是如果你肯为另外一个人求爱,我愿意听你的请求,胜过于听天乐。"公爵求婚的事就算了吧,不提也罢,我倒乐意听你为另一个人求爱哪。当然是为你自己求爱,薇奥拉当然明白,只能是避之不答。

奥丽维娅见求婚使者不接她的话茬,忍不住自己说了出来,"上次你到这儿来把我迷醉了之后,我叫人拿了个戒指追你;我欺骗了我自己,欺骗了我的仆人,也许欺骗了你"。第一次见到你,你就让我迷醉了,所以派仆人送戒指给你,我对你的感情你明白了吧?我一个大家闺秀,这样做,希望你能理解并接受我的感情。但薇奥拉只是表示可怜她,其他的都不能接受。

奥丽维娅见这种隐晦的表达,并不能打动使者,于是干脆大胆直接地表白了自己对薇奥拉的爱情,"爱比杀人重罪更难隐藏;爱的黑夜有中午的阳光。贞操、忠信与一切,我爱你"。薇奥拉的回答也更直接,"我只有一条心一片忠诚,没有女人能够把它占有"。明白告诉你,我的心,我的忠诚都是为我的主人的,没有你的份。

正像奥丽维娅断然拒绝薇奥拉的公爵,薇奥拉也断然拒绝了奥丽维娅,"别了,小姐,我从此不再来为我主人向你苦苦陈哀"。明确地告诉奥丽维娅,我不但不会接受你的爱情,而且你以后也不会再看到我了,你死了这个心吧。

奥丽维娅被拒绝后,觉着薇奥拉的心坚硬得像石子,自己刚一恋爱跟着就是失恋,处境悲惨。薇奥拉并没有被奥丽维娅的苦情打动,还在履行自己的使命,"我主人的悲哀也正和您这种痴情的样子相同"。你毫不留情地拒绝我的主人,你根本没想过会给我的主人带来多大的伤害,将心比心,你现在明白了我的主人的悲哀了吧,跟你此刻一样,所以你也没什么可同情的。于是继续为她的主人说情。"我向您要的,只是请您把真心的爱给我的主人。"您的爱我不接受,我的主人可是眼巴巴地盼着哪,您还是把您的爱给他吧。

按一般人的心理推测,为自己心爱的人去求婚,遭到拒绝,薇奥拉应该心中窃喜,这样自己可能才有机会。但是她总是尽职尽责地不忘使命,想完成公爵的嘱托,感动奥丽维娅,接受公爵的求婚。此时她完全忘记了自己。一是因为她敬业,更重要的原因是她太爱公爵,为了爱,成全公爵的爱。只要自己的爱人幸福,自己做什么都愿意,这是一种忘我的爱情。

正像后来狄更斯的《双城记》里的卡尔登,他爱路茜,但路茜有丈夫,还很恩爱。他只能默默地祝福他们。但后来法国大革命时,路茜的丈夫要被送上断头台。这对卡尔登来说是个机会呀。但他没有利用这个机会,反而自己假扮路茜的丈夫上了断头台,救下了路茜的丈夫。成全了路茜的完美婚姻,这才是一种无私的大爱。

五

此时另外一个奥丽维娅小姐的追求者,看到小姐对薇奥拉的热情招待,醋意大发,在旁人的怂恿下,向薇奥拉挑战。

薇奥拉再聪明机智,也没有男人的力气,面对男人刺过来的剑还是有些招架不住。这时在海难中救下她哥哥的安东尼奥看到穿着男装的薇奥拉,认定是自己的被保护人西巴斯辛受到威胁,于是拔出剑来助战,结果安东尼奥被警察抓去了。薇奥拉也明白了安东尼奥是误把自己当成了哥哥。"他说起西巴斯辛的名字,我哥哥正是我镜中影子,兄妹俩生就一般的形状,再加上穿扮得一模一样。"因此她要积极搭救安东尼奥,这个救了她哥哥也救了自己的恩人。同时她也知道了哥哥还活着这个喜讯。看来哥哥也在这个地方,说不定兄妹很快就要团聚了。

薇奥拉的哥哥西巴斯辛走在奥丽维娅住宅旁街道上，奥丽维娅小姐的手下小丑说小姐请他回去，他觉着莫名其妙。接着就碰上了一个挑衅者，就是刚才向薇奥拉挑战的另一个奥丽维娅小姐的追求者。两个人打了起来，小丑赶快去报告了奥丽维娅小姐。

奥丽维娅小姐赶来制止了这场打斗，她误把西巴斯辛当成男装的薇奥拉，自己喜欢的那个年轻人。看到他遭遇无礼，非常抱歉，对他说，"好朋友，你是个有见识的人，这回的惊扰实在太失礼、太不成话了，请你不要生气。跟我到舍下去吧"。盛情邀请西巴斯辛跟自己回家。

奥丽维娅就像对自己的爱人一样殷勤招待他，西巴斯辛对奥丽维娅更是一见钟情。"滋味难名，不识其中奥妙；是疯眼昏迷？是梦魂颠倒？愿心魂永远在忘河沉浸；有这般好梦再不须梦醒！"奥丽维娅对他的好让他觉着奇怪又欣喜，如在梦中。

"可是这种意外和飞来的好运太有些未之前闻，无可理解了，我简直不敢相信我的眼睛；无论我的理智怎样向我解释，我总觉得不是我疯了便是这位小姐疯了。"原来真的有天上掉馅饼的好事，突然之间一位温婉可人、貌若天仙的大家闺秀，对自己千般温柔，万般好处。不是做梦娶媳妇吧？是不是自己疯了以后的幻觉？可是自己很清醒，并没有疯。那是小姐疯了。她怎么会对一个陌生人这么好呢？无论怎么想，西巴斯辛都想不明白，这喜从天降倒底是怎么回事。

再观察那小姐怎么也不像疯了。"真是这样的话，她一定不会那样井井有条，神气那么端庄地操持她的家务，指挥她的仆人，料理一切的事情，如同我所看见的那样。其中一定有些蹊跷。"

不但西巴斯辛觉着蹊跷，奥丽维娅也觉着蹊跷。因为奥丽维娅发现这回她的意中人不但没有拒绝她，反而是处处随着她的心意。看来他回心转意了，接受自己的爱情了。打铁要趁热，不如趁他态度好，尽快成就好事，于是奥丽维娅找来了神父。"不要怪我太性急。要是你没有坏心肠的话，现在就跟我和这位神父到我家的礼拜堂里去吧；当着他的面前，在那座圣堂的屋顶下，你要向我充分证明你的忠诚，好让我小气的、多疑的心安定下来。"

这就去教堂订婚？这真是天上掉下来个美娇娘，哪有拒绝的道理？正巴不得哪。西巴斯辛立刻回答，"我愿意跟你们两位前往；立过的盟誓永没有欺罔"。

六

薇奥拉带着公爵前来搭救因救她而入狱的安东尼奥，安东尼奥说薇奥拉是自己的被保护人，是自己把他从大海中救出来的。天天跟自己在一起，今天他被人打，自己又救下了他，可他却说不认识自己。并且半个钟点前自己给他的钱袋子，他也说没拿。安东尼奥对自己的被保护人如此忘恩负义很气愤。

公爵听后，他更觉着奇怪，他怎么会天天跟你在一起呢？他明明是天天跟我在一起呀。就在这事还没弄明白时，奥丽维娅也来到这里，公爵不会放过这样一个机会的，于是当面向奥丽维娅示好，仍然遭到拒绝。公爵恼羞成怒，"蛮性的嫉妒有时也带着几分高贵的气质。但是你听着我吧：既然你漠视我的诚意，我也有些知道谁在你的心中夺去了我的位置，你就继续做你的铁石心肠的暴君吧"。公爵似乎感觉到了奥丽维娅另有所爱，不由得产生一股嫉妒之心。

薇奥拉看到公爵的痛苦，赶忙安慰公爵，"我甘心愿受一千次死罪，只要您的心里得到安慰"。欲追随公爵而去，而奥丽维娅则大声叫住她。

薇奥拉对奥丽维娅说："追随我所爱的人，我爱他甚于生命和眼睛，远过于对于妻子的爱情。愿上天鉴察我一片诚挚，倘有虚谎我决不辞一死！"这分明是向奥丽维娅叫板，你不是不爱我主人吗？我爱，并且只爱我的主人。

奥丽维娅见男装的薇奥拉，以为就是西巴斯辛，他怎么又突然间对自己这么无情？他刚刚还在神父的家里和自己立了约，已是就要做自己的丈夫的人，现在却对自己如此冷漠，奥丽维娅觉着自己受骗了。高贵的伯爵小姐不得不求助于神父了。

"神父，我请你凭着你的可尊敬的身份，到这里来宣布你所知道的关于这位少年和我之间不久以前的事情；虽然我们本来预备保守秘密，但现在不得不在时机未到之前公布了。"

神父证明，他们两个小时前已经交换了戒指，确定了婚约。

七

公爵看到此情此景，猛然醒悟，明白了自己求婚不成功的原因，原来为自己去求婚的人给他自己求婚成功了，欺骗呀，多大的欺骗。公爵不由得愤恨地责骂薇奥拉是畜生，"也许你过分早熟的奸诡，反会害你自己身败名毁。别了，你尽管和她论嫁娶；可留心以后别和我相遇"。此时这三个人的矛盾处在一种白热化状态，公爵充满了愤恨，因为自己最信任的侍童骗了自己，而且是利用职务之便，夺走了自己看中的女人。奥丽维娅满怀怨恨，因为刚刚和自己立下了爱情的誓约的男人又不承认，变卦了。薇奥拉更是百口莫辩，跟谁都说不清。真是跳进黄河也洗不清了。

而此时曾向薇奥拉挑战的奥丽维娅的另一个追求者受了伤跑来了，因为他又去向情敌挑战，没想到这回被情敌打伤了。而打伤他的人也追来了，他一出现，场上的人都愕然了。公爵诧异，"一样的面孔，一样的声音，一样的装束，化成了两个身体；一副天然的幻镜，真实和虚妄的对照"！

这兄妹俩一见面，一切真相大白了。

保护人安东尼奥和被保护人西巴斯辛团聚了，哥哥西巴斯辛和妹妹薇奥拉在经历了海难的生离死别后重逢了，西巴斯辛和跟自己订婚的奥丽维娅也说清了。同时自己的疑团也解开了，"小姐，原来您是弄错了，但那也是心理上的自然的倾向。您本来要跟一个女孩子订婚，可是拿我的生命起誓，您的希望并没有落空。您现在同时是一个女人和一个男人的未婚妻了"。原来奥丽维娅爱上了男装的薇奥拉，因为自己跟妹妹长得太像了，就把自己误认为男装的薇奥拉而拉着自己订了婚。虽然是一场误会，但是个美丽的误会。如今爱上哥哥顺理成章啊。

公爵一旦明白自己的跟班原来是个女儿身，马上明白了薇奥拉原来跟自己说过的话都是话里有话的，是在对自己表白爱情啊。于是公爵马上向薇奥拉求证爱情，"孩子，你曾经向我说过一千次，决不会像爱我一样爱着一个女人"。薇奥拉明确回答："那一切的话我愿意再发誓证明；那一切的誓我都要坚守在心中，就像分隔昼夜的天球中蕴藏着的烈火一样。"

公爵这才发现原来自己早就爱上了薇奥拉，"你的主人解除了你的职务了。你事主多么勤劳，全然不顾那种职务多么不适于你的娇弱的身份和优雅的教养；你既然一直把我称作主人，从此以后，你便是你主人的主妇了"。

公爵这些话里，包涵着多少对薇奥拉的怜爱之情呀，你一个女孩子娇弱的身躯去承担着男人的使命，你优雅的教养却做着仆人的差役，但你全然不顾这些，勤快地去完成我交给你的使命。都是我有眼无珠，让你受了委屈了。因此从今以后，你就做我的夫人吧，享受你该得到的尊荣和快乐。拉住我的手吧，再也不分离。

八

两对年轻人，阴错阳差，始于虐心之爱，终于倾心之爱。对于薇奥拉来说，爱情得益于自己的真诚付出。薇奥拉见到公爵后就爱上了他，但自己是以一名侍童身份来到公爵身边的。因此不能让公爵发现自己的秘密，一个是性别的秘密，一个是爱上他这个秘密。

她的真诚打动了公爵，公爵才会把自己心里热恋奥丽维娅的秘密告诉她。并且公爵更信任她，让她代替自己去向奥丽维娅求婚。于是她全心全意地投入到为公爵求婚的使命中，说了公爵多少好话，在向奥丽维亚赞美公爵的时候，她对公爵的爱也在一点点加深吧。尽管她热恋着公爵，但为公爵求婚时，她可是尽心尽力，没有为自己夹带一点私货，奥丽维娅爱上她，纯属意外。当奥丽维娅拒绝公爵的时候，她总是全力地维护公爵，没有一点幸灾乐祸。公爵求婚不成，她自己才可能有机会呀，她并没有因此而窃喜。可见她是多么爱公爵，只关注公爵的喜怒哀乐，完全忘了自己。

她对公爵的爱只能是默默地藏在心里，她告诫自己忍耐。她打起精神一次次为公爵去求婚，并没有利用职务之便，为自己谋一点福利，反而还给自己招来了祸患。因为去为公爵向奥丽维娅求婚而引起另一个奥丽维娅的追求者的忌恨，那人向她挑衅，拔刀相向，一个女孩子家，对于舞刀弄剑，总是心里发怵的。虽然被人救下，有惊无险，但怎么也是经历了一场生死的考验哪。

她为公爵所做的桩桩件件，从来没有任何抱怨，公爵都看在眼里，记在心里，对她更加信任。所以当公爵知道她是女儿身后，毫不犹豫就表达了对她的爱。她是用自己的付出获得了真爱。

对于公爵来说，爱情来源于意外发现。戏剧一开始，公爵因为一面之缘，就以为自己爱上了奥丽维娅，三番五次派人去求婚，结果都被拒绝。越被拒绝越要得到，这应该就是男人的征服欲在作祟。越得不到的越珍贵，越要争取。其实他心里也不知道自己因为见了一面而产生的好感，在一次次被拒绝之后，还残存多少。

幸好他有一个贴心的侍童，能把他的心意传达到。侍童成了他离不了的左右手。直到最后他亲自见到了他心仪的女人，当面示好，再次被拒，他仍然不愿意接受自己的失败，恰好这时他发现，原来他追求的女人和自己的求婚使者订了婚。但他恼羞成怒，一种被蒙骗的羞辱使他大发雷霆。这时他的愤怒是指向他的侍童的。虽然侍童向他表白一贯的忠心和热爱，但他哪里听得进去？欺骗是人最不能接受的事情。幸好这时，薇奥拉的哥哥西巴斯辛及时出现，真相大白。他才明白薇奥拉是女儿身，她过去说过的那些话都是在向自己暗示爱情。心里不由得对薇奥拉产生了挚热的爱情，原来自己爱她那么深，当即就表白，要薇奥拉做自己的夫人。

人有时对镜中花、水中月更容易产生爱慕，距离产生美嘛。而对身边的人反而容易忽略。还好，公爵终于意外发现了真爱。

对于奥丽维娅来说，爱情来源于对同一种外形的迷恋。奥丽维娅是伯爵的女儿，不幸，父亡兄死。一个姑娘掌管着一个家，如果有一个人爱她娶她，不就有一个完整的家了，生活美满了吗？但姑娘对爱情毫不将就。尽管公爵有权有势，优雅得体，但她不爱就是不爱，无论怎么求婚都不为所动。应该说是个非常有主意的姑娘。

但就是这个不为公爵求婚所动的奥丽维娅却爱上了为公爵求婚的使者,这一爱使三个人都陷入了难堪的境地。首先是她自己,一个女伯爵爱上了一个侍童,门不当户不对。尽管她看出侍童的高贵,但无论如何说出去都不好听。接着是侍童,她为主人求婚没成,反而自己求婚成功了,这让他怎么跟主人交代呀?再有就是公爵,奥丽维娅不爱公爵爱侍童,这让公爵情何以堪呢?

但她不管这些,爱了就是爱了,爱就要表白,于是她马上送给使者戒指,来表达爱意,人家拒绝,她也并不灰心。一再追求,直到碰到和男装薇奥拉同款的西巴斯辛,误认为对方就是求婚使者,拉着就去教堂订婚。到最后真相大白时,发现自己最初爱恋的是个女款,而和自己订婚的则是个男款时,也是乐得接受,反正我爱的就是这个款嘛。

对于西巴斯辛来说,爱情来源于幸运,得来全不费功夫。他之所以有这样的幸运,有赖于他妹妹前面做好的铺垫。他妹妹也是无心插柳柳成荫啊。男装薇奥拉被奥丽维娅所爱,正苦于无法摆脱,这时哥哥西巴斯辛出现,被误认为是男装薇奥拉,被拉去订婚,且坐享其成。

两对年轻人虽然恋爱方式不同,但殊途同归,都得到了爱情的归宿。《第十二夜》这部戏剧妙趣横生,莎士比亚写出了恋爱方式的多样性和爱情的丰富性。整部戏剧中人物都是苦尽甘来,莎士比亚阐释了要想得到真爱,必须有所付出的道理。什么样的爱情最虐心?莎士比亚回答:为自己所爱的人去求婚。

第十三章

爱情面前无尊卑

——莎士比亚告诉你爱情是什么之《终成眷属》

单方面的爱恋怎么办?

莎士比亚回答:付出真情,巧用智慧。

第十三章　爱情面前无尊卑

一

跨越门第的爱情故事历来并不鲜见，最著名的就是格林童话里的《灰姑娘》，一个在家里受继母气，终日劳作的姑娘却得到了高贵的王子的爱情。再如美国电影《风月俏佳人》，一个百万富翁爱上了一个身份低贱的姑娘。但这类故事的共性都是门第高的男人主动追求，门第低的女人被动接受的模式。高追低，男求女，这是人类社会中男女关系的范式，同时也符合人类的自然属性，因为凤求凰是动物世界的本性。

但在莎士比亚戏剧《终成眷属》中海丽娜的爱情面临着双重困难，第一个困难是低门第的追求高门第的；第二个困难是女人追求男人。尤其是在门第观念浓重的中世纪欧洲，海丽娜的困难更是难以克服。

二

海丽娜是一位平民医生的女儿，不幸父亲去世早，寄养在伯爵夫人的家里。伯爵夫人非常喜欢她，夸耀"她有天赋淳厚优美的性质，并且受过良好的教育，有如锦上添花，我对她抱着极大的期望"。伯爵夫人待她就像亲生女儿。

但她不要做伯爵夫人的女儿，而要做夫人的儿媳妇，因为她爱上了伯爵夫人唯一的儿子勃特拉姆。但她明白自己的处境，"我正像爱上了一颗灿烂的明星，痴心地希望着有一天能够和它结合,他是这样高不可攀;我不能逾越我的名分和他亲近,只好在他的耀目的光华下,沾取他的几分余辉,安慰安慰我的饥渴。我的爱情的野心使我备受痛苦,希望和狮子匹配的驯鹿,必须为爱而死。每时每刻看见他,是愉快也是苦痛"。

她就是这样痛并快乐着,如此不般配的爱情。她很清楚,自己就像仰望高高在上的天空中的星星,星星永远不会回应你,只能暗恋至死。就像驯鹿爱上了狮子,到头来,驯鹿必须付出生命的代价,伤心至死。海丽娜虽然知道自己的爱人高不可攀,但发自心底的爱情还是不可克制。

原来勃特拉姆在家时,还能经常见到他,那毕竟是痛苦的甜蜜。但勃特拉姆离家去勤王了,不能看见他了,海丽娜的痛苦不可控制。因为憋闷得要把心胀破,疼痛难忍,她自己一个人不自觉吐露心曲,但因为太忘我被管家发现而不自知。管家报告了伯爵夫人,伯爵夫人也看出来了,"她的眼睛里透露着因相思而憔悴的神色"。伯爵夫人试探海丽娜的情感,说自己是海丽娜的母亲,海丽娜是自己的女儿。

海丽娜一听大惊失色,因为她不想勃特拉姆成为自己的哥哥。"我的出身这样寒贱,他的家世这样高贵;我的父母是闾巷平民,他的都是簪缨巨族。他是我的主人,我活着是他的婢子,到死也是他的奴才。"她再一次强调自己和勃特拉姆之间门第的差距,可见这个问题是一直横亘在她心头的一座高山,压得她透不过气来,难以逾越呀。

"是不是我做了您的女儿以后,他必须做我的哥哥呢?"她虽然知道不可能,但心中还是怀有万分之一的期待,期待勃特拉姆做她的丈夫，而不是哥哥。

伯爵夫人直接说出了海丽娜心中天天在想，但是从来不敢说出口的话："不，海伦，你可以做我的媳妇。""你爱着我的儿子，这是显明的事实。"海丽娜的心事被夫人一语道破，她就像一个做贼的人当场被人抓住，羞愧得无地自容。

既然伯爵夫人都已知道，她也就再也没有隐瞒的必要，干脆向夫人袒露了自己最隐秘的情感，"我就当着上天和您的面前跪下，承认我是爱着您的儿子，并且爱他胜过您，仅次于爱上天"。并且表明，我的爱不会对您的儿子有任何伤害，因为我对他的爱是没有希望的，是不求得到他的爱的回报的。也就是，我爱他，与他无关。海丽娜明白自己的爱情只是一次飞蛾扑火似的自焚而已。

伯爵夫人明白了海丽娜对儿子的感情后，是积极支持海丽娜的，这给海丽娜带来了很大的安慰。

虽然说她不敢奢望得到勃特拉姆的爱情回报，不敢是不敢，但不是不想，控制不住地还是对爱情怀抱着希望。她说："在我不配得到他的眷爱以前，决不愿把他占有，虽然我不知道怎样才可以配得上他。"她多么希望有个什么机会改变自己的地位，使自己能够配得上勃特拉姆，使自己的爱不再徒劳。

三

恰巧此时国王得了一种怪病，多少高明的医生都束手无策。这对海丽娜来说真是千载难逢的好机会，因为父亲为她留下了秘方，正好针对国王的疾病，于是她想冒险一试。但她去巴黎的目的并不只是为国王治病,更重要的是她的心上人已在国王身边。

国王已经对自己的病不抱什么希望,不会轻易让海丽娜看病的。海丽娜对国王发誓,"请陛下谴责我的鲁莽,把我当作一个无耻的娼妓,让世人编造诽谤的歌谣,宣扬我的耻辱;我的处女的清名永远丧失,如果这还不够,我的生命也可以在最苛虐的酷刑中毁灭"。海丽娜赌上了自己处女的名节和生命,感动了国王,国王决定让她一试。

但是国王也说了:"要是我死了,你自己可也不免一死。"海丽娜孤注一掷,押上了自己的性命。"要是我不能按照限定的时间把陛下治愈,或者医治的结果,跟我说过的话稍有不符之处,我愿意引颈就戮,死而无怨。"姑娘有多大的决心,就有多大的把握。看来是成竹在胸了。

她给国王治病只是手段,她此行的最终目的是得到勃特拉姆的爱情。她不失时机地问国王如果她成功了会给什么酬报呢?国王当然慷慨地说任何要求都答应。于是她请国王赐她一个在国王的臣子中间挑选丈夫的权利。

海丽娜果真用父亲留下的秘方治好了国王的病,国王大悦。为了感谢海丽娜,国王兑现自己的承诺,把未婚的臣子们集中到一起,让海丽娜挑选一个中意的人做自己的丈夫。虽然侯选人不少,但海丽娜目标明确,只为那她一心痴恋的勃特拉姆。对他说:"我不敢说我选取了您,可是我愿意把我自己奉献给您,终身为您服役,一切听从您的指导。——这就是我选中的人。"

海丽娜冒着生命危险,使用了父亲生前留下的宝贵的秘方,治好了国王的痼疾,终于赢得了一个机会,使心上人成为了自己丈夫的机会。她终于如愿了。多少次为无望的爱情而暗自流泪的日子终于可以结束了,美满的婚姻生活就要开始了,姑娘终于可以长舒一口气了。

四

尽管多少臣子都以被海丽娜选中为荣幸,但恰恰被选中的勃特拉姆不但不领情,反而很愤怒,"我必须降低身份,和一个下贱的女子结婚吗?我认识她是什么人,她是靠着我家养活长大的。一个穷医生的女儿做我的妻子!我宁可一辈子倒霉!"

国王明白了勃特拉姆不愿意娶海丽娜是因为她出身低贱,在门第上配不上他,娶了她也就降低了自己的地位。于是国王为了成全海丽娜的婚姻,把她的地位抬高起来,赐予她财富和地位。"只要你能因为这女子的本身而爱她,我可以给她其余的一切;她的贤淑美貌是她自己的嫁奁,光荣和财富是我给她的赏赐。"

国王的赏赐把海丽娜和勃特拉姆的地位拉平了,你还有什么话说?并且国王还用自己的权力相威胁,"我有命令你的权力,你有服从我的天职;否则你将永远得不到我的眷顾"。勃特拉姆只得答应娶海丽娜为妻,并且当天晚上就举行了婚礼。

这样海丽娜凭借自己的智慧,嫁给了她一心痴恋的勃特拉姆,得到了她向往的婚姻,但是并没有得到她渴望的爱情。

因为勃特拉姆虽然娶了海丽娜，但是心不甘情不愿。"他们叫我结了婚啦！我要去参加都斯加战争去，永远不跟她同床。"勃特拉姆本来早就想去前线参战了，这次的结婚成了助推器，把他推向了战场。他要到意大利去打仗。"与其闷在黑暗的家里，和一个可厌的妻子终日相对，还不如冲锋陷阵，死也死得痛快一些。"

海丽娜是拼死拼来了丈夫勃特拉姆，勃特拉姆是拼死也要远离这个妻子海丽娜。大相径庭，背道而驰，两个人是越来越远了啊，这两个人还做得了夫妻吗？看来海丽娜的所有心血都白费了呀。

五

结婚了，海丽娜离勃特拉姆似乎是近了一步，但她只是得到了一个婚姻的空壳而已，实际上却离勃特拉姆更远了。如果说勃特拉姆原来对海丽娜是漠视，现在则又多了一层怨恨，他觉着自己的婚姻是被挟迫的。他决定"就在洞房花烛的今夜，我要和她一刀两断"。因此为了逃避婚姻，他宁可去前线战死。

并且走时给海丽娜留下一封信，"汝倘能得余永不离手之指环，且能腹孕一子，确为余之骨肉者，始可称余为夫；然余可断言永无此一日也"。信中所说的两件事都是不可能完成的任务。既然是他永不离手的指环，别人怎么可能得到呢？更难的是肚子里还得怀上他的孩子。他从不跟海丽娜亲近，哪里能得到他的种？

并且信中还说:"余一日有妻在法兰西,法兰西即一日无足以令余眷恋之物。"因为有她海丽娜这个妻子在法兰西,他的祖国都不能使他眷恋了。这封信深深伤害了海丽娜的心。"难道是我把你逐出祖国,让你那娇生惯养的身体去当受无情的战火吗?"既然我在这里,你就不再回来,那么我走。于是海丽娜给伯爵夫人留下一封信后,不告而别。但此次海丽娜的出走,并不是消极地放弃,而是继续争取自己的爱情。

海丽娜去了意大利前线,因为她丈夫在那里。海丽娜巧遇一对开店的母女,而其中的女儿狄安娜,正是勃特拉姆现在追求的对象。于是海丽娜亮明了自己是勃特拉姆妻子的身份,请求这母女二人的帮助。

勃特拉姆见过狄安娜后,看上了她,曾让手下给姑娘多次送礼物,但都被姑娘拒绝了。海丽娜当机立断,正好利用这个机会。"伯爵看中令媛的姿色,想要用淫邪的手段来诱惑她。"人家姑娘为了保住贞操,多次拒绝,海丽娜却劝人家,"让她答应了他的要求吧,我们可以指导她用怎样的方式诱他入彀;他在热情的煽动下,一定会答应她的任何条件。他的手指上佩着一个指环,是他四五代以前祖先的遗物,世世相传下来的,他把它看得非常宝贵;可是令媛要是向他讨这指环,他为了满足他的欲念起见,也许会不顾日后的懊悔,毫无吝色地送给她的"。海丽娜设计的这个行动,就是利用伯爵追求狄安娜的机会,诱使伯爵送出指环给姑娘,这指环就是勃特拉姆信上说的,海丽娜得到它,他就成为海丽娜丈夫的两个条件中的一个。

如果按着海丽娜的要求,姑娘答应了他的要求,并且还跟人家要了礼物，那勃特拉姆再提出幽会的请求，姑娘就得赴约呀，姑娘的贞操就难保了。关于这一点，海丽娜早已想好下一步的棋局。"先向他讨下了这指环，然后约他一个时间相会，事情就完了；到了那时间，我会顶替她赴约，她自己还是白璧无瑕，不会受他的污辱。"看来海丽娜设计的是连环计呀。这一个行动，要实现两个目标。

狄安娜按着海丽娜的要求做了，真的骗来了勃特拉姆的指环，并且约好了夜半的幽会。狄安娜告诉勃特拉姆幽会时，"不要对我说一句话。为什么要这样是有很充分的理由的，等这指环还给你的时候，你就可以知道。今夜我还要把另一个指环套在你的手指上，留作日后的信物"。勃特拉姆答应一定会按着狄安娜的要求去做的。

此时勃特拉姆得到了海丽娜已死的消息，这也是海丽娜一手策划的。因为只有海丽娜死了，他在法兰西没有妻子了，他才可能回家。勃特拉姆在意大利取得了战功，也准备回家了。但回去之前，还不忘要干一件事，赴狄安娜的约。因为约会是在黑暗中，所以其实约会的情人是海丽娜并不是狄安娜，但勃特拉姆并不知道。赴约以后，他得到了一个指环。

六

等勃特拉姆回到家中，国王也在。国王发现，勃特拉姆手上戴的指环，是自己送给海丽娜的，但海丽娜已死，指环是怎么到勃特拉姆手上的？

国王奇怪，"她曾经指着神圣的名字为证，发誓决不让它离开她的手指,只有当她遭到极大不幸的时候,她才会把它送给我,或者当你和她同床的时候,她可以把它交给你,可是你从来不曾和她同过枕席"。现在海丽娜死了,指环在勃特拉姆的手上。海丽娜曾对王上说,一种是她遭遇不幸,一种是她和勃特拉姆同床,否则指环不会离开她的手。而勃特拉姆没有跟她同过床,排除了第二种可能,只有第一种可能了,那就是海丽娜遇到了不幸,被害了?而最可能害她的就是勃特拉姆呀。因此国王下令拿下勃特拉姆审问。

此时狄安娜母女到来,狄安娜手上拿着勃特拉姆祖传的指环,而刚才勃特拉姆的指环,也就是国王送给海丽娜的指环,正是她狄安娜送给勃特拉姆的。在狄安娜和勃特拉姆对质的过程中,国王和众人都没有搞清楚到底是怎么回事。

正当混乱的时候,海丽娜上场了。国王和众人都很诧异,海丽娜不是死了吗?海丽娜对国王说:"您所看见的只是一个妻子的影子,但有虚名,并无实际。"再次见到海丽娜出现,勃特拉姆恍然大悟,明白了一切。他赶忙说:"虚名也有,实际也有。啊,原谅我吧!"他马上忏悔自己的错误。此时的勃特拉姆已离开了教唆他学坏的小人,美好的品性又回归到他身上。

海丽娜证实和勃行拉姆同床的是她而不是狄安娜,那指环也是她送给勃特拉姆的。她进而对勃行拉姆说:"我的好夫君!当我冒充着这位姑娘的时候,我觉得您真是温柔体贴,无微不至。这是您的指环;瞧,这儿还有您的信,它说:'汝倘能得余永不离手之指环,且能腹孕一子,确为余之骨肉者,始可称余为夫。'现在这两件事情我都做到了,您愿意做我的丈夫吗？"

勃特拉姆这回还有什么话说？只能是心悦诚服，对国王说："陛下，她要是能够把这回事情向我解释明白，我愿意永远永远爱她。"两件不可能完成的任务终于都被海丽娜完成了，这样的智慧和隐忍终于打动了勃特拉姆，两个人由怨偶变成了佳偶。

七

海丽娜用智慧一步步赢得了自己想要的婚姻和爱情。莎士比亚写出了海丽娜赢得爱情的两步棋。第一步，赢得婚姻。她只是一个平民医生的女儿，却爱上了一个伯爵。要想得到这个爱情真是难比登天呀。但有一个机会出现，她抓住了。这就是利用父亲给她传下来的秘方，治好了国王的痼疾，从而赢得了一个在国王的臣子中挑选丈夫的权利。这样他选了勃特拉姆，举行了婚礼。第二步，获得爱情，虽然勃特拉姆在国王的胁迫下娶了她，但并不爱她，甚至可以说是更恨她了。勃特拉姆远离法国，到意大利去参战，并且写信告诉她，除非得到他手上永不离手的指环，腹中怀上他的孩子，否则他们不可能成为夫妻。为了完成这个不可能完成的任务，她也到了意大利前线，在得知她丈夫在追求当地一位姑娘时，她巧用智慧，冒充这位姑娘去赴约，得到了丈夫的指环，腹中也怀上了他的孩子。丈夫心悦诚服，发誓永远爱她。

先有婚姻，后有爱情，这是个逆向的行为，和一般人的爱情婚姻模式都不同。一般人的模式是先有爱情，后有婚姻。

在这样一个逆向而行的婚姻里,女主人公海丽娜付出的艰辛是可想而知的。

但莎士比亚并没有写出,在这个过程中,海丽娜的内心痛苦。莎士比亚不是不会写,而是不能写,因为如果海丽娜一旦沉浸在自己婚姻的不幸里,悲叹命运,自怨自艾,就会失去前行的勇气,那样最后就很难成功了。因此必须让她充满了一种前行的动力,咬紧牙关,勇往直前,不达目的,决不罢休。

相信在这过程中,海丽娜的心一直在滴血,但她咬着牙坚持,隐忍着羞辱,一步步去实现自己的计划,表现出了惊人的忍耐力。在这过程中,支撑她前行的是她心中不灭的爱情之火。她去爱一个伯爵,并不是看上了伯爵夫人的宝座,而是因为心底对勃特拉姆无私的爱。她的真情付出,终于打动了勃特拉姆,他终于接受了她的爱情。

无论是出身高贵的伯爵,还是出身低微的平民的女儿,组成了一个幸福的家庭后,都享受着同一个爱情关系。莎士比亚告诉我们,只要真情付出,谁都可以得到爱情。爱情面前无尊卑。同时这部戏剧也让单恋的人们找到了获取真爱的途径。单方面的爱恋怎么办?莎士比亚回答:付出真情,巧用智慧。

第十四章

爱情如此靠不住

——莎士比亚告诉你爱情是什么之《哈姆莱特》

哪里的爱情不可靠?

莎士比亚回答:宫廷。

第十四章 爱情如此靠不住

一

"女人呀,你的名字是弱者。"小时候摘抄名人名言,知道这句话是莎士比亚说的,但不知道出自什么样的语境。那时候已经有了女性性别意识的我,心里很不爽,觉着莎士比亚性别歧视很严重。长大后,读了《哈姆莱特》,知道了这句话出自这部悲剧,是哈姆莱特的一句独白。读到这句话时,便没有特别生硬的感觉,因为放在那样的语境里,前后衔接非常自然,也没有了小时候的耿耿于怀。父亲刚死,母亲就改嫁叔父,哈姆莱特在极度失望的状态下,发出了这样的感慨。

在《哈姆莱特》这部悲剧中主要人物中出现了两个女性,王后和奥菲利娅,她们都是让哈姆莱特极度失望的人物,让他懂得了女人的软弱,也让他认识到爱情如此靠不住。

二

丹麦王子哈姆莱特,在爱的熏陶下长大,因为父母那样恩爱,简直就是人类爱情的典范。长大后,哈姆莱特到德国的威登堡大学学习,这是一所人文主义的学校,在那里接受了人文主义教育。他对人类抱有美好的看法,认为人类是一件了不得的杰作,是宇宙的精华,万物的灵长。他生活的那个时代,还是神高高在上,人只能当神的奴仆的时代。他这样赞美人类是进步青年的表现。在他心目中，父亲就是最杰出的人的代表。这么积极乐观的哈姆莱特自己也恋爱了，恋爱的对象是老大臣的女儿，美丽的奥菲利娅。哈姆莱特是一个幸福快乐的王子。

但是突然不幸的事件接二连三地发生了，把原本快乐的王子打入了痛苦的深渊。首先是在位的父王突然去世了，他奔丧回国。父亲是他崇拜的偶像，父亲离去后，他的精神世界一下子坍塌了。他的心仿佛被切掉了一大块，疼痛难忍。"我的墨黑的外套、礼俗上规定的丧服、难以吐出来的叹气、像滚滚江流一样的眼泪、悲苦沮丧的脸色，以及一切仪式、外表和忧伤的流露，都不能表示出我的真实的情绪。"郁结的心情是任何外在的葬礼的仪式都不能够化解得开的。思念呀，无休止的思念；悲伤呀，难以表达的悲伤。谁人能知？谁人能解？当然只有他母亲能知能解，因为他们一起失去了生命中最爱的人。他失去了父亲，母亲也失去了丈夫呀。母子连心，母亲最能体会儿子的丧父之痛，儿子也最能体会母亲的丧夫之痛。

但恰恰相反，母亲不但没有这些伤痛，反而还不理解儿子的伤痛。母亲质问儿子："你为什么瞧上去好像老是这样郁郁于心呢？"儿子明确告诉她，不是好像，就是很不开心。母子俩对最亲的人的离去，在感情上受到的震动是如此不同。母子俩不但没有因为亲人的离去而更加亲近，互相安慰，抱团取暖，反而产生了隔阂。

更让哈姆莱特接受不了的是父亲刚刚去世，母亲却急急忙忙地嫁给了新登基的叔父。"只有一个月的时间，她那流着虚伪之泪的眼睛还没有消去红肿,她就嫁了人了。"葬礼和婚礼时间之近,用他叔父自己的话,是"殡葬的挽歌和结婚的笙乐同时并奏"。迫不及待到"她在送葬的时候所穿的那双鞋子还没有破旧"的程度。真的可以像新王所说的那样,可以一只眼里充满忧伤,一只眼里充满幸福吗?

一个人怎么能那么快从悲伤中走出来,喜气洋洋地去结婚,哈姆莱特不能理解。在他的记忆里,父母是那样的恩爱,父亲"这样爱我的母亲,甚至于不愿让天风吹痛了她的脸。天地呀!我必须记着吗?嘿,她会偎倚在他的身旁,好像吃了美味的食物,格外促进了食欲一般"。父亲为母亲挡风遮雨,母亲在父亲身边甘之如饴,那般恩爱的样子就在哈姆莱特的眼前。怎么会?仅仅过了一个月,母亲就投入了叔父的怀抱。

父亲下丧时,母亲哭得像个泪人,对父亲也应该是情深意重的。可是怎么能移情这么快呢?就是没有理性的动物也会悲伤得长久一些呀。

因此他说人家在取笑他,他的同学霍拉旭说是来参加他父亲的葬礼的,应该说是来参加他母亲的婚礼的。因为参加他父亲葬礼的人,同时也就参加了他母亲的婚礼。"葬礼中剩下来的残羹冷炙,正好宴请婚筵上的宾客。"

无论如何他都不能理解母亲这么快的改嫁,母亲的行为让他陷入了巨大的失望之中。对母亲的失望导致对女人的失望,对爱情的失望。哈姆莱特不禁发出感叹,"脆弱啊,你的名字就是女人!"

三

从母亲的身上他发现了女人的脆弱，也发现了爱情的靠不住，由此及彼，也波及他自己的爱情，伤及奥菲利娅。

就在哈姆莱特因为母亲而怀疑女人的爱情不可靠的时候，在奥菲利娅的家里，她理性的哥哥雷欧提斯也在给妹妹灌输自己的人生哲学。雷欧提斯劝导妹妹，哈姆莱特对她的爱情不过是年轻人一时的感情冲动而已，不会长久的。即使他对你是真心的，但他做为一个王子，他自己的婚姻也是不能由他一个人做主的，因为王子的婚姻只能是政治联姻，娶外国的公主。尽管老爹也是朝中重臣，但你毕竟不是公主。所以你要能够把持住自己，不要毁坏自己的名誉。

哥哥离开后，圆滑世故的老爹接着审问女儿，奥菲利娅坦言，哈姆莱特多次向她表示他的爱情。坏就坏在她不知道应该怎么想，就是说她没有自己的认识。哈姆莱特是真正爱她吗？她爱哈姆莱特吗？她自己并不知道。美丽的奥菲利娅原来是个没有主见的姑娘，那就只能听任父亲的摆布了。这也就验证了哈姆莱特的看法，脆弱啊，你的名字就是女人。爱情呀，如此靠不住。

父亲教训她，你太小，根本没有分辨能力，他对你是虚情假意，你要端住你的架子，要不你就成了小傻瓜了。奥菲利娅却认为哈姆莱特是非常真诚的。但父亲告诉她，那都是骗人的，是不可信的。"总而言之，奥菲利娅，不要相信他的盟誓，它们不过是淫媒，内心的颜色和服装完全不一样，只晓得诱人干一些龌龊的勾当，正像道貌岸然大放厥辞的鸨母，只求达到骗人的目的。我的言尽于此，简单一句话，从现在起，我不许你一有空闲就跟哈姆莱特殿下聊天。"

乖顺的奥菲利娅是既听哥哥的话，又听父亲的话的乖乖女。她答应不再跟哈姆莱特往来了，就真的不再往来了。原来的情感呢？说断就断了吗？她爱过哈姆莱特吗？要是爱过，怎么舍得断了呢？她不怕哈姆莱特因此而伤心痛苦吗？

四

就在哈姆莱特沉浸在巨大的悲痛之中无法化解的时候，就在思念父亲不得再见面的时候，他得到了一个意外的消息，父亲的鬼魂在夜半十二点的时候会出现在城堡里，似乎在寻找着什么。于是他去见了父亲的鬼魂。

鬼魂首先谴责了新王的阴险，王后的改嫁。"凭着他的阴险的手段，诱惑了我的外表上似乎非常贞淑的王后，满足他的无耻的兽欲。啊，哈姆莱特，那是一个多么卑鄙无耻的背叛！"同时回顾了自己对爱情的忠贞，"我的爱情是那样纯洁真诚，始终信守着我在结婚的时候对她所作的盟誓"。这也正是父亲让哈姆莱特引以为傲的地方。鬼魂指责王后，"她却会对一个天赋的才德远不如我的恶人降心相从！可是正像一个贞洁的女子，虽然淫欲罩上神圣的外表，也不能把她煽动一样，一个淫妇虽然和光明的天使为偶，也会有一天厌倦于天上的唱随之乐，而宁愿搂抱人间的朽骨"。这也正是母亲让哈姆莱特引以为耻的地方。

真是天性如此一致的一对父子呀，两个人的想法如出一辙。先王认为跟他那么相爱的王后，被一个恶人诱惑，背弃了他们的爱情。关于这一点，总算有一个人跟哈姆莱特有共识了。原来还只是他一个人心里怨恨，没有人可以说说，现在他父亲的鬼魂说出了他心里的话。鬼魂的这一番话，更加深了他对母亲的怨恨，对爱情的失望。

接下来父亲的鬼魂告诉了他一件令人震惊的事情。原来父亲在花园里午睡的时候，被叔父把毒药灌进了耳朵，毒药流遍全身，父亲是被毒死的。父亲死在自己亲弟弟手中，父亲的鬼魂找儿子的目的就是要哈姆莱特为他复仇。

哈姆莱特震惊之余，也感觉到了自己肩上的责任重大，"这是一个颠倒混乱的时代，唉，倒霉的我却要负起重整乾坤的责任"！报仇的对手是国王，握有重权，自己报了仇，杀了国王也就重整了乾坤。他担心叔父发现他知道了父亲的死亡真相而加害于他。再者，鬼魂毕竟是鬼魂，说的话是真是假，还需要进一步验证。因此他决定装疯，用疯言疯语来试探国王，也可以借疯癫的话语来舒解一下心头的压力。

跟父亲鬼魂见面之后，知道了父亲死亡的真相，这对哈姆莱特的打击不亚于他刚听到父亲的死讯时。而这时他心里最亲近的人不是母亲，他认为母亲参与了罪恶的谋杀，母亲此刻成了他的敌人。最亲近的人只有奥菲利娅，于是他来找奥菲利娅，他的样子吓坏了奥菲利娅。"他的上身的衣服完全没有扣上纽子，头上也不戴帽子，他的袜子上沾着污泥，没有袜带，一直垂到脚踝上；他的脸色像他的衬衫一样白，他的膝盖互相碰撞，他的神气是那样凄惨，好像他刚从地狱里逃出来，要向人讲述地狱的恐怖一样。"奥菲利娅的判断倒是非常准确，他此时的状况，真的就跟从地狱里逃出来一样。极度的悲伤让他说不出话来，而是紧紧抓住了奥菲利娅的手，一眼不眨地盯着她的脸，发出了一声惨痛而深长的叹息，走出去的时候，他的头是向后的，而眼睛却还盯着奥菲利娅的脸。在奥菲利娅对她父亲的描述中，可以看出哈姆莱特的矛盾痛苦。他来找奥菲利娅的目的也许是想跟她说说自己内心被巨石压着的沉重，也许是想从她这里得到一些安慰。但看到单纯的奥菲利娅，他什么也没有说。因为他看到奥菲利娅太柔弱了，这么重的担子会压碎她柔嫩的肩膀，她承受不了。

驱使哈姆莱特来找奥菲利娅的完全是爱情。但到了这里，他才想起，母亲和父亲曾经那么相爱，结果父亲尸骨未寒，母亲就另嫁他人，爱情如此靠不住。自己这么重大的秘密，可千万不能跟奥菲利娅说。她的父亲是效忠新王的，跟她说了，新王马上就会知道了。不但父亲的仇报不了了，自己的性命都难保呀，所以他什么都没有说。并且自己以后专心为父亲复仇，也就不会再有心情谈恋爱了。今天来见奥菲利娅，也算跟过去的恋情告别吧。

五

正像哈姆莱特预见的那样，奥菲利娅真的把哈姆莱特的反常表现报告了父亲。自以为是的老大臣突然觉得自己找到了哈姆莱特发疯的原因了。是因为自己不让女儿再跟他来往，他就发疯了，"这正是恋爱不遂的疯狂"。他马上去报告国王，因为国王也正在忧虑王子发疯的原因,他找到了原因也就是帮国王一个大忙了。

听了他的汇报,国王是半信半疑。王后倒是清醒得很,对于自己的行为给儿子带来的伤害有正确的评估,"我想主要的原因还是他父亲的死和我们过于迅速的结婚"。

老大臣见国王和王后都不那么相信自己,为了验证自己的判断是有充足的证据的,他拿出了最后的撒手锏,哈姆莱特给奥菲利娅写的情书。他念道:"给那天仙化人的,我的灵魂的偶像,最艳丽的奥菲利娅——你可以疑心星星是火把;你可以疑心太阳会移转;你可以疑心真理是谎话;可是我的爱永没有改变。亲爱的奥菲利娅啊!我的诗写得太坏。我不会用诗句来抒写我的愁怀;可是相信我,最好的人儿啊!我最爱的是你。再会!最亲爱的小姐,只要我一息尚存,我就永远是你的,哈姆莱特。"

难怪哈姆莱特会对爱情失望,奥菲利娅把情书这么私密的东西都给她父亲看了,而且还公之于众了。幸亏哈姆莱特装疯了,用疯狂盖住脸面,要不,这让哈姆莱特情何以堪?

奥菲利娅不但把哈姆莱特的情书公开了,把哈姆莱特求爱的细节告诉了父亲,还充当了父亲用来证明自己推论合理的工具。她去试探哈姆莱特,让国王和王后亲耳听到,以此来证明哈姆莱特是因为她的疏远才发疯的。也不知此时奥菲利娅是怎么想的,完全受她父亲摆布,没有自己的主见。

老大臣安排国王和王后藏好,让奥菲利娅装作偶遇王子的样子去试探。王后对奥菲利娅寄予厚望,"奥菲利娅,但愿你的美貌果然是哈姆莱特疯狂的原因;更愿你的美德能够帮助他恢复原状，使你们两人都能安享尊荣"。从王后的话里可以听出，她希望老大臣的推测是正确的，哈姆莱特的发疯只是因为爱情，那样爱情也能给他疗伤。因为爱情，在可以使他疯狂的所有理由中是最轻的，也跟王后没有直接关系，她也就可以没有负疚感了。

而此时的哈姆莱特痛苦至极，在考虑"生存还是毁灭"的问题，一个人想到了死，那一定是处在生不如死的境地。如果死了，所有的痛苦都消失了，死了真好。但活着很难，死了更可怕，因为死后会有最后的审判，不知还要遭受多少的折磨。因为没有人去了那边再回来，告诉我们死后会怎么样，所以人们还是活着忍受着无边的苦难。在痛苦地思考这些问题时，哈姆莱特突然看到奥菲利娅，叫道："且慢！美丽的奥菲利娅！——女神，在你的祈祷之中，不要忘记替我忏悔我的罪孽。"托付她在祈祷时帮他也忏悔，可见他还是把奥菲利娅当作亲近的人的。

却不料两个人在简单的问候之后，奥菲利娅竟然要退还他送给她的礼物，"我记得很清楚您把它们送给了我，那时候您还向我说了许多甜言蜜语，使这些东西格外显得贵重；现在它们的芳香已经消散，请您拿回去吧，因为在有骨气的人看来，送礼的人要是变了心，礼物虽贵，也会失去了价值。拿去吧，殿下"。你当初送我这些礼物时，是因为爱情，所以这些礼物代表着情意。现在你变了心，礼物也就没有意义了，所以要还给你了。

奥菲利娅的行为激怒了哈姆莱特，他问她是否贞洁？是否美丽？如果美丽就不可能贞洁。这也是从他母亲那里得到的结论。他一会儿说,"我的确曾经爱过你",一会儿又说,"我没有爱过你"。

接着就是疯话连篇,说你要是嫁人,我送给你咒诅,所以还是不要嫁人吧,进尼姑庵去吧。女人们"涂脂抹粉;上帝给了你们一张脸,你们又替自己另外造了一张"。淫声浪气,卖弄风骚,"我再也不敢领教了;它已经使我发了狂。我说,我们以后再不要结什么婚了",最后还是告诉奥菲利娅去尼姑庵。

奥菲利娅无奈地听着哈姆莱特难听的诅咒,感觉很刺耳,她并没有因此而愤怒,而是非常痛心。她以为这全是哈姆莱特的疯话,哈姆莱特已经疯狂到连她都痛骂的程度,可见是认不出她来了。奥菲利娅不禁非常惋惜,"一颗多么高贵的心是这样殒落了!朝臣的眼睛、学者的辩舌、军人的利剑、国家所瞩望的一朵娇花;时流的明镜、人伦的雅范、举世注目的中心,这样无可挽回地殒落了"!这么一个才华横溢的完美的王子,是国家未来的希望,同时也是自己的希望呀。所以她觉着,"我是一切妇女中间最伤心而不幸的,我曾经从他音乐一般的盟誓中吮吸芬芳的甘蜜,现在却眼看着他的高贵无上的理智,像一串美妙的银铃失去了谐和的音调,无比的青春美貌,在疯狂中凋谢!啊!我好苦",过去曾经享受到他爱情的芬芳,如今都过去了。唉,痛苦至极,所爱的人疯了,她成了天下最不幸的女人。

奥菲利娅的父亲一心想着效忠新王,派女儿去试探哈姆莱特,却不在乎会给女儿带来什么伤害。与其说这次哈姆莱特的话语伤害了奥菲利娅的尊严,不如说是哈姆莱特的疯狂更让奥菲利娅痛心。过去她多么欣赏哈姆莱特的才华呀，而如今哈姆莱特疯狂成这个样子，真是让人扼腕痛惜。

六

此时宫中来了一个戏班子，哈姆莱特安排了一场戏中戏，让新王的罪恶在舞台上呈现，来观察他的反应。因为一个人做的坏事被人演示出来的时候，他是不可能无动于衷的。哈姆莱特要以此来验证父亲鬼魂的话是否真实。人们都来看戏，哈姆莱特故意装疯，枕在奥菲利娅的腿上。看到他母亲高兴的样子，哈姆莱特气愤地说："我的母亲多么高兴，我的父亲还不过死了两个钟头。"演员上台念了很短的开场白。哈姆莱特对奥菲利娅说短得正像女人的爱情一样，处处针对他母亲。

舞台上上演的故事是国王和王后恩爱了三十年，但是现在国王生病了，王后很担心，国王托付后事："我将不久于人世，留下你一个人，你也许会改嫁吧？"王后马上表示自己的忠贞不贰，并且发下毒誓："我倘死了丈夫再嫁新人，让我生前死后永陷沉沦！"

哈姆莱特问他母亲觉得这出戏怎么样？她母亲说："觉得那女人在表白心迹的时候，说话过火了一些。"哈姆莱特告诉母亲，"可是她会守约的"。哈姆莱特想通过这出戏中王后的誓言来照一照他母亲的灵魂，让她发现她自己的污点。从他母亲的回答中可以看出并没有达到他预期的效果，仍然没有触及她的灵魂。因此在以后的谈话中，他还会继续刺激他的母亲。

戏中戏验证了鬼魂的话是真的,哈姆莱特也坚定了报仇的决心。看戏之后,为了探查哈姆莱特疯狂的原因,国王安排王后找儿子谈话,并派老大臣偷听。

母子俩一开始就针锋相对,火药味十足。王后说:"你大大得罪你的父亲啦。"其中的父亲是指新王,也是促使这次谈话的人。王后认为他胡闹,得罪了叔父。而哈姆莱特:"您已经大大得罪了我的父亲啦。"其中的父亲是指老王,他的亲爹。

母亲听到哈姆莱特对她这么说话,以为他疯癫到不认识自己了,哈姆莱特给了她清晰的回答:"你是王后,你的丈夫的兄弟的妻子,你又是我的母亲——但愿你不是!"这一句话里包含了几个身份,你是王后,这是社会身份。家庭身份,说出了历史演变,过去的身份你是你丈夫的妻子,现在的身份你是你丈夫的兄弟的妻子,这其中的变化是他一定要说的,因为这样才能刺激到他的母亲。还是我的母亲,紧跟着又补了一句,但愿你不是。希望我没有你这样的母亲。哈姆莱特这几句话里,包含着多少对母亲的怨恨呀。

在母子接下来的争吵中,哈姆莱特误杀了躲在帘子后偷听的老大臣,王后指责哈姆莱特:"多么鲁莽残酷的行为!"哈姆莱特还击,"残酷的行为!好妈妈。简直就跟杀了一个国王再去嫁给他的兄弟一样坏"。

哈姆莱特对他母亲的指责步步加深,"你的行为可以使贞节蒙污,使美德得到了伪善的名称……苍天的脸上也为它带上羞色,大地因为痛心这样的行为,也罩上满面的愁容,好像世界末日就要到来一般"。他母亲并不理解究竟是什么事使儿子说出这些话来。哈姆莱特接着比较两兄弟的画像,他的父亲像天神一样雄姿勃发,而他的叔父"像一株霉烂的禾穗",就会危害他的同胞。

哈姆莱特这一通比较,终于让他的母亲醒悟了,"你使我的眼睛看进了我自己灵魂的深处,看见我灵魂里那些洗拭不去的黑色的污点"。同时母亲也表示"你把我的心劈为两半了",哈姆莱特说,扔掉坏的一半,留下好的一半吧。"即使您已经失节,也得勉力学做一个贞节妇人的样子"。对于母亲改嫁叔父这件事,是哈姆莱特心里的一根刺,扎得很深很痛,不碰是隐痛,碰了是刺痛。

哈姆莱特误杀了老大臣,他要被送到英国去,这个安排是新王借刀杀人的阴谋。哈姆莱特临行时,跟他的母亲告别,新王说也应该跟他告别,因为他是父亲。而哈姆莱特:"父亲和母亲是夫妇两个,夫妇是一体之亲;所以再会吧,我的母亲!"他还是没有跟新王告别,明显表现对新王的排斥,根本不承认他是父亲。

七

哈姆莱特走了,单纯的奥菲利娅在经历了这一连串的打击之后,真的疯了,溺水死了。而哈姆莱特在途中遇到了海盗船,海盗们救下他,并把他送回丹麦。回来正赶上奥菲利娅的葬礼。

他躲在墓地的暗处,听王后说道:"我本来希望你做我的哈姆莱特的妻子;这些鲜花本来要铺在你的新床上,亲爱的女郎，谁想得到我要把它们散在你的坟上！"他这才知道是奥菲利娅死了，他还来不及伤心，就看到奥菲利娅的哥哥雷欧提斯跳进坟墓里拥抱奥菲利娅的遗体，让把他和妹妹一起埋葬了。这时哈姆莱特再也忍受不了，走了出来。"哪一个人的心里装载得下这样沉重的悲伤？哪一个人的哀恸的辞句，可以使天上的行星惊疑止步？那是我，丹麦王子哈姆莱特！（跳下墓中。）"他本来是偷着回国的，他也看到了新王写给英王的信，知道新王借刀杀人的阴谋，新王知道他回来了，他会有危险。但是他顾不了那么多了，奥菲利娅的去世，让他太悲伤了，他毅然站了出来。

哈姆莱特对众人说道："我爱奥菲利娅；四万个兄弟的爱合起来，还抵不过我对她的爱。"这是他第一次在公开场合大声地说出爱奥菲利娅。可能真正失去了，体验到锥心之痛的时候，这种感情才最明了，他才意识到自己的爱有多深，心有多痛。爱又怎么样呢？斯人已去，留下的是无限的悲伤。

在接下来的新王安排的哈姆莱特和雷欧提斯的比剑决斗中，哈姆莱特遭到暗算，身中剧毒。同时，王后饮下了国王为哈姆莱特准备的毒酒死了。饮毒酒时，新王拦着，但没拦住，王后坚持喝下去了。也许她知道酒里有毒，是为了救下儿子的命，也完成了自己的救赎。哈姆莱特在中毒之后，知道了母亲死亡原因和自己中毒真相，终于把复仇之剑刺向了新王，为父亲，为母亲，也为自己报了仇。母子俩一起去了天国，哈姆莱特对母亲的怨恨也化解掉了吧。

八

哈姆莱特的悲剧原因可以从多方面探究，我只是从情感角度来分析。这是由亲情的变质而导致的悲剧，在他一步步走向毁灭的道路上，爱情也变了味。

叔父与父亲本是亲兄弟，叔父杀了父亲，亲人变成了仇人。而母亲不仅没有站到叔父的对立面，和叔父对抗，反而还和他结了婚。这样，本来应该是哈姆莱特和母亲站在一起的阵容改变了，成了哈姆莱特一个人孤零零地对抗着势力强大的新王。

母亲和父亲曾经那么恩爱，结果父亲去世一个月，母亲就嫁给了仇敌，钻进了敌人的衾被，背叛了父亲的爱情。哈姆莱特是把母亲当成敌人来看待的。从母亲对父亲的背叛中他明白了女人的善变，爱情的不可靠。

正像歌德在他的《关于哈姆莱特》里所说的："他受到的第二个打击把他伤害得更深，折磨得更重，那便是他母亲的结婚。"父亲的突然去世，已经让他的世界坍塌。而母亲的突然改嫁，让他陷入一片黑暗之中，再也看不到光亮，而且怀疑人类的一切美好感情了。在《哈姆莱特》这部戏剧中，莎士比亚确实写出了各种感情的受损。首先是兄弟杀死哥哥，亲情受到了挑战。接着妻子匆匆嫁给丈夫的仇敌，恋人成为试探的工具，爱情受到了玷污。哈姆莱特的两个朋友出卖他，效忠新王，友情受到了怀疑。从此哈姆莱特陷入了无情无爱的世界。

正是对母亲行为的蔑视，而导致他对女人的蔑视。一个孩子从小就是通过母亲认识世界的，母亲美好，孩子就认为世界充满阳光。母亲邪恶，孩子就认为世界一片黑暗。尽管哈姆莱特已经长大成人，但母亲仍然是挡在他面前的一层纱，决定了他看世界的颜色。母亲的背叛让他否定女人的一切美好品质，所以才会说，"女人啊，你的名字就是弱者"。

哈姆莱特由母亲的爱情推及奥菲利娅的爱情，母亲如此善变，奥菲利娅也不可相信。而奥菲利娅本来对自己的态度就是暧昧不明的，一旦遇到情况有变，奥菲利娅背叛爱情的可能性更大。尤其是她过分地单纯，容易被她父亲利用，也就容易被新王，哈姆莱特的敌人利用。所以这样的爱情不要也罢，于是他否定了奥菲利娅的爱情。

后来他的做法对奥菲利娅的伤害很大，尤其是他借着疯癫说的那些疯话，怀疑奥菲利娅不贞洁，让她不要结婚了，免得生出罪人，进尼姑庵去吧，等等。更大的伤害是他意外地杀死了奥菲利娅的父亲。如果说哈姆莱特的疯癫，对奥菲利娅的伤害是一个量变的过程，那么她父亲的死亡是导致她变疯的质变因素。而这一切，哈姆莱特都脱不了干系。一个如奥菲利娅一样单纯的少女，被卷入了复杂的宫廷斗争之中，怎么可能不是悲剧结局呢？

哈姆莱特的世界，是一个无情无爱的世界，他一个人孤零零地对抗着，所以一想到哈姆莱特就感受到一种孤独的气氛萦绕于心，这就是哈姆莱特带给我们的震撼。在古希腊的时候，亚里士多德就认为悲剧就是要净化人的灵魂。使人们从悲剧中受到震撼，害怕主人公的悲剧发生在自己身上，因此避免犯主人公的错误，从而修正自己的行为，使自己变得更美好。从哈姆莱特的经历中,我们知道对待任何人任何事,都不应该以偏概全,否定一切,一棍子打倒一大片。而应该睁开眼睛,看到人与人的不同,发现每个人的特质,从而采取不同的态度,才能避免哈姆莱特式的悲剧发生在自己身上。

《哈姆莱特》另一种译法是叫《王子复仇记》,这是按照内容来翻译的。也就是说此剧的主要内容是父仇子报,是王权之争,是亲情泯灭,爱情只是其中的一个侧面。但其中的爱情是和宫廷的权力斗争纠缠在一起的。宫廷是权势斗争最惨烈的的地方,一定是会有你死我活的。因此此剧也让我们看到了爱情的并不美好的另一面。哪里的爱情不可靠?莎士比亚回答:宫廷。

第十五章

直教人生死相许

——莎士比亚告诉你爱情是什么之《罗密欧与朱丽叶》

什么样的爱情最极致?

莎士比亚回答:直教人生死相许。

第十五章　直教人生死相许

一

"问世间情为何物，直教人生死相许。"

这两句话出自我国金、元之际文学家元好问的词《摸鱼儿·雁丘》。激发元好问写出这首词的是一件真实的事情。有一次，他在路上遇到一个猎人，猎人告诉他，自己打死了一只雁，另一只雁悲鸣着不肯离去，竟然撞到地上自杀了。这个故事触动了元好问，他买下了这两只雁，把它们合葬在一起，堆起石头做为坟墓，并且取名为"雁丘"。元好问记录了这件事并写下了流传千古的词作，由雁及人，生死相依，是情感的最高境界。

但是这两句话的广泛流传并走进大众视野，还是因为金庸的《神雕侠侣》，其中的一个人物李莫愁，为情所困，常常会吟诵此句。在中国最能体现这种生死相依情感的，是妇孺皆知的民间故事《梁山伯与祝英台》，相爱不能，双双殉情，最后化蝶，翩翩飞舞。在西方，与之相对应的莎士比亚戏剧《罗密欧与朱丽叶》，同样印证了这首词中的情感。无论是人还是动物，无论是东方人还是西方人，情感是共通的，相爱至极，生死相许。

二

《罗密欧与朱丽叶》也许是最具世界影响力的一部爱情戏

剧，世人都被罗密欧与朱丽叶生死相依的爱情感动。但痴情的罗密欧在爱情上并不是白纸一张，戏剧一开始，罗密欧正处在失意中。因为他恋爱了，爱情带给他的感受是"沉重的轻浮，严肃的狂妄，整齐的混乱，铅铸的羽毛，光明的烟雾，寒冷的火焰，憔悴的健康，永远觉醒的睡眠，否定的存在！我感觉到的爱情正是这么一种东西，可是我并不喜爱这一种爱情"。从这段话中可以看出他对爱情是向往的，但实际感受到的却是沉重、寒冷。因为他爱上的是立誓终生不嫁的罗瑟琳，他的初恋只是一场单恋。所以在朱丽叶出现前，罗密欧并没有享受到真正爱情的欢愉。莎士比亚并没有让朱丽叶成为他的初恋，其实是有深意的。

正是因为失恋无聊，朋友劝他一起去凯普莱特家参加化装舞会。凯普莱特家和他们蒙太古家是维洛那的两大家族，但结有世仇。这仇怨因何而起已经被人们忘记，但世世代代沿续了这仇怨。这两大家族平常除了冲突，没有任何其他来往。要是在正常状态下，罗密欧无论如何不会去参加仇人家的舞会的。但现在百无聊赖，也就没有那么理智了，去就去呗。这一去，就决定了他生命的走向。

就在这次舞会上他见到了朱丽叶，惊若天人，"她是天上明珠降落人间"，他认识到，"我从前的恋爱是假非真，今晚才遇见绝世的佳人"！原来的单相思只不过是自己假想中的恋爱，实际上真正的恋爱从见到朱丽叶的那一刻才开始。真爱出现，怎么能错过？于是上前大胆表白，并且轻轻地亲吻了朱丽叶，朱丽叶并没有拒绝，可见姑娘对他很有好感。但朱丽叶很快被乳母叫走了。

罗密欧也知道了朱丽叶是仇人家的后代。"她是凯普莱特家里的人吗？嗳哟！我的生死现在操在我的仇人的手里了！"他不说，我的爱情，我的婚姻操在仇人手里了，而是说我的生死。一开始他就把爱情看得很重，和生死连在了一起。这爱情是一场生命的爱恋，这爱情得到是生，得不到就是死。

再看朱丽叶小姐，在舞会上向她表白爱情的青年，一下就唤醒了少女那颗渴望爱情的心灵。但她并不知道对方姓甚名谁，于是吩咐乳母，"去问他叫什么名字，要是他已经结过婚，那么坟墓便是我的婚床。"不知道他是谁，不知道他是否结了婚，就认定了他是自己未来的夫君。同样的，在朱丽叶这里，这爱情得到是生，得不到就是死。

爱情中最大的幸福是你爱的人也正好爱你，朱丽叶能够确认这件事，她爱的人也爱她。当她也知道了所爱之人也是爱己之人是仇人家的后代时，不禁感慨："恨灰中燃起了爱火融融，要是不该相识，何必相逢！昨天的仇敌，今日的情人，这场恋爱怕要种下祸根。"尽管朱丽叶明白，恋爱的后果可能会种下祸根，但什么力量能阻止爱的激情呢？

这是他们第一次见面，就迸发出爱的激情。尽管两人都知道了恋爱对象是仇人家的后代，但是双方都没有退缩，都毫不犹豫地肯定了对方就是自己终生所爱之人。如果得到这份爱情，世界将一切美好，生命会开出灿烂的花来。如果得不到这份爱情，世界就此毁灭，生命就等不到结果的时候。两个人都是把这份爱情和生死连接在了一起。什么叫一见钟情？什么叫心有灵犀？什么叫生死相依？只要罗密欧与朱丽叶一相见，这一切就有了答案。

三

罗密欧在舞会散了以后，不肯离去，再见朱丽叶的渴望给了他勇气和力量，他竟然跳过墙头，来到了朱丽叶家的院子里，就想再睹朱丽叶的芳容。看到朱丽叶的身影出现在窗户上，"那边窗子里亮起来的是什么光？那就是东方，朱丽叶就是太阳"！见到朱丽叶的影子就让他无比幸福。

而朱丽叶也念念不忘罗密欧，不禁在房间里自言自语起来。"罗密欧啊，罗密欧！为什么你偏偏是罗密欧呢？否认你的父亲，抛弃你的姓名吧；也许你不愿意这样做，那么只要你宣誓做我的爱人，我也不愿再姓凯普莱特了。"朱丽叶明白世仇后代相爱的结果。无奈呀，但爱还是爱呀，什么力量也遏制不了这爱情的。能怎么办呢？那就彼此都放弃自己的姓名吧。只要相爱，叫什么名字又有什么关系呢？

"罗密欧，抛弃了你的名字吧；我愿意把我整个的心灵，赔偿你这一个身外的空名。"朱丽叶万万没想到的是，她这话一出罗密欧很快答应了，原来罗密欧就在她卧室阳台下面，并且热切地回应了她，"那么我就听你的话，你只要称呼我为爱，我就重新受洗，重新命名；从今以后，永远不再叫罗密欧了"。朱丽叶很奇怪罗密欧怎么会在这里？罗密欧说是"借着爱的轻翼飞过园墙"，来到了朱丽叶的身旁。朱丽叶又问谁叫你到这来的？罗密欧说受了爱情的怂恿。朱丽叶也答应了罗密欧的求爱，但一个姑娘家总会有些羞怯。还要叮嘱罗密欧，"不要把我的允诺看作无耻的轻狂"。罗密欧指着月亮发誓。朱丽叶拦住他,不要指着月亮发誓,因为月亮盈亏圆缺,容易变化,这样的爱情不可靠。"就凭着你优美的自身起誓,那是我所崇拜的偶像,我一定会相信你的。"朱丽叶认为罗密欧不需要发誓,她会无条件地相信罗密欧的。

朱丽叶对他们的爱情充满了憧憬,"这一朵爱的蓓蕾,靠着夏天的暖风的吹拂,也许会在我们下次相见的时候,开出鲜艳的花来"。彼此表白了心迹,相爱就要在一起。朱丽叶大胆提出,"要是你的爱情的确是光明正大,你的目的是在于婚姻,那么明天我会叫一个人到你的地方去,请你叫他带一个信给我,告诉我你愿意在什么地方、什么时候举行婚礼;我就会把我的整个命运交托给你,把你当作我的主人,跟随你到天涯海角"。十四岁的朱丽叶多么地果敢,你爱我,你就娶我吧,我把整个的自己交托给你,因为我爱你就信你,愿意跟你到天涯海角。

罗密欧毫不迟疑地答应,"无论将来会发生什么悲哀的后果,都抵不过我在看见她这短短一分钟内的欢乐。不管侵蚀爱情的死亡怎样伸展它的魔手,只要你用神圣的言语,把我们的灵魂结为一体,让我能够称她一声我的人,我也就不再有什么遗憾了"。与朱丽叶的灵魂合二为一,罗密欧此生足矣。管它将来会怎样,先结了婚再说。二人就此在口头上缔结了婚约,这是两个生命的交融。

这是同一个晚上的第二次相见,也就是全剧最浪漫的月夜阳台相会,两个人就订下了婚姻的誓言。同时也隐含着对死亡的不屑,只要能相见,只要能相爱,只要能结婚,死而无憾。

四

第三次见面就是在教堂，劳伦斯神父给他们主持了婚礼，他们的爱情得到了上帝的准许，他们是合法的夫妻了。但这婚姻是秘密的，双方的家人并不知道。朱丽叶是借着到教堂祈祷的机会出来秘密结婚的，之后再偷偷溜回家。已嫁作人妇的快乐，只能偷偷藏在心里。约定好夜里罗密欧攀一个软绳来到她的闺房，度过他们的新婚之夜。

内心怀着极大喜悦的罗密欧也准备回家，走在街道上，遇到了朋友，同时也遇到了仇人，这个仇人就是朱丽叶的表哥提伯尔特。昨天晚上，提伯尔特在舞会上就认出了罗密欧，他当时就想动手，赶走罗密欧。但被他的姑父凯普莱特制止了，因为舞会上发生斗殴事件总是不体面的事情。提伯尔特头一天晚上就憋了一肚子的火气，于是第二天在街上再见到罗密欧时，就向罗密欧挑衅。

罗密欧因为对方是朱丽叶的表哥，是亲戚呀，尽管不能说出来，但心里已认定他是亲戚的，所以一再忍让。站在旁边的罗密欧的朋友看不下去了，拔出剑来应战了，结果罗密欧的朋友死在了提伯尔特的剑下。罗密欧见此情景，怎么能袖手旁观？他也拔出剑来，和提伯尔特打了起来，结果提伯尔特死在了罗密欧的剑下。两人毙命，惊动了全城，公爵下令，流放罗密欧到曼多亚去。

处在深闺中的朱丽叶并不知道发生了凶案。还在祈祷白昼急急离去，黑夜快快到来，因为今晚是她和罗密欧的新婚之夜。一个姑娘对新婚之夜虽有几分羞怯，但更多的还是盼望。

她的乳母带回了外面的消息。老太太因为太过紧张并不能说清楚，只是说他死了，他死了。朱丽叶因为心里只有罗密欧，所以第一反应就是，"这简直就是地狱里的酷刑，罗密欧把他自己杀死了吗"？朱丽叶刚刚做了罗密欧的新娘。罗密欧就死了吗？

"如果真有这样的事，我就不会再在人世。"罗密欧死了，她朱丽叶只能有一个结果，死。因此她祈祷，"赶快停止呼吸，复归于泥土，去和罗密欧同眠在一个圹穴里吧"！她现在最大的愿望就是和罗密欧葬在同一个墓穴。

当然乳母最后还是说清楚了，死的是提伯尔特，杀人的是罗密欧。表哥的死让朱丽叶很难过，但她很快就明白过来，如果罗密欧不杀死提伯尔特，提伯尔特就会杀死她的丈夫。她的丈夫是自卫才被迫杀死提伯尔特的，庆幸罗密欧还活着。但罗密欧也要被放逐了，丈夫被放逐的悲哀远远重于表哥死去的悲哀。于是她让乳母去找罗密欧来做最后的诀别。

罗密欧因为此事要被流放到曼多亚去，这对他来说，无疑是酷刑。"朱丽叶所在的地方就是天堂；这儿的每一只猫、每一只狗、每一只小小的老鼠，都生活在天堂里，都可以瞻仰到她的容颜，可是罗密欧却看不见她。"对罗密欧来说，看不到朱丽叶，无论在哪里，都是地狱。所以他格外珍惜这天晚上的相见。

这是第四次见面，他们度过了新婚之夜。这新婚之夜真是滋味难名呀，有喜有悲。喜的是两个人终于灵与肉交融在一起，从此他们就是一个整体。悲的是马上罗密欧要走，啥时候回来遥遥无期，此次一别，何时能再见呀？因此黑夜显得是多么短暂呀，报晓的云雀，不作美的晨曦，你们都急急忙忙出来干什么？你们不知道罗密欧与朱丽叶在你们来了的时候就要分别了吗？罗密欧是多么不想走呀，但此时朱丽叶还是非常清醒的，"天已经亮了；快走吧，快走吧"。尽管有千般无奈，万般不舍，罗密欧还是必须走。带着朱丽叶的嘱托，罗密欧走了，从此天各一方。

五

罗密欧走了，朱丽叶并不能默默流着眼泪，等着丈夫归来。因为她有一个追求者，帕里斯伯爵，这是她父亲相中的女婿。父亲要求女儿尽快嫁给帕里斯。已经嫁作他人妇的朱丽叶怎么办？丈夫远在天边，够不着。谁能帮助她？只有去向为他们秘密主持婚礼的劳伦斯神父求助。

同时她再次想到了死，她对神父说："只要你赞同我的决心，我就可以立刻用这把刀解决一切。上帝把我的心和罗密欧的心结合在一起。"死也不嫁他人。这很像《桃花扇》里的李香君，在侯方域离开她去抗清后，晚明朝廷的王爷要强娶她。她不顾生死，一头撞向大柱子，结果撞得头破血流。流出的血飞溅到侯方域送她的扇子上，被人点染画成桃花，从此有了美丽的桃花扇。朱丽叶和李香君一样，都是忠贞烈女，死等自己的心上人归来。

朱丽叶想用死亡保住自己的贞操，劳伦斯神父看到了朱丽叶的忠贞，也看到了她的决心和果敢。于是他就敢于尝试着冒险，来帮助朱丽叶了。这神父喜欢采草药，自己制药。他制造了一种特殊的安眠药，人服下后就跟死去一样，但药效是四十二小时。时间到，人就能活过来。他让朱丽叶在婚礼前一晚喝下这药，第二天家人发现已死就不能结婚了，家人就会把朱丽叶送到坟墓里。另一边，神父再派人到曼多亚去，给罗密欧送信，让他赶快回来，在朱丽叶醒来之前赶到朱丽叶家的墓地里，等朱丽叶醒后，带她走，先去曼多亚，以后再从长计议。

朱丽叶这边，一切按计划进行了，吃药之前，思绪万千。也有很多忧虑，是不是因为我要跟别人结婚，神父想要毒死我？醒后罗密欧没有及时赶到，困在坟墓里闷死我？醒得太早，罗密欧还没赶到，墓穴里的森森白骨吓死我？尽管有这种种恐惧，但都敌不过对罗密欧爱情的忠贞，她毅然吃下了安眠药。

朱丽叶吃了药，第二天要举行婚礼了。乳娘早晨去叫醒朱丽叶，一叫没有反应，再一摸没有了生息，小姐死了。赶忙报告了朱丽叶的父母。凯普莱特夫妇一看，悲痛欲绝，女儿的婚礼不能举行，只能举行葬礼了。于是把深度昏迷的朱丽叶送到了家族的坟墓里。

六

但是给罗密欧送信的人出了差错，他无意中进到了一个得了瘟疫的人家，当地人怕他把瘟疫带出去，就把他关了起来。结果就是给罗密欧的信没有及时送到。但是在维洛那罗密欧的仆人见到了朱丽叶的葬礼，赶忙跑到曼多亚，报告了罗密欧。

罗密欧听说了朱丽叶的死讯，只有一个想法："朱丽叶，今晚我要睡在你的身旁。"他没有问朱丽叶是为什么死的，怎么死的，只想到自己要怎么个死法，才能睡在朱丽叶的身旁。他想到了毒药，于是花大价钱买了毒药，"你不是毒药，你是替我解除痛苦的仙丹，我要带着你到朱丽叶的坟上去"。

罗密欧赶回到维洛那，来到了朱丽叶的墓地。那位想娶朱丽叶的帕里斯也在凭吊朱丽叶，两人发生冲突，帕里斯毙命。罗密欧打开了朱丽叶的墓穴，看到了已死的朱丽叶，"为了我的爱人，我干了这一杯"！喝下毒药的罗密欧倒在朱丽叶身旁死去。

劳伦斯神父知道信没送到罗密欧手中，担心朱丽叶醒来后，困在坟墓里，周围都是森森的白骨，吓坏了姑娘。自己就拿了工具来扒坟，见到了已死的帕里斯和罗密欧。这时，坟墓里的朱丽叶也醒了过来。神父告诉朱丽叶："一种我们所不能反抗的力量已经阻挠了我们的计划。来，出去吧。你的丈夫已经在你的怀中死去……我可以替你找一处地方出家做尼姑。"朱丽叶拒绝了他的好意。这时候神父听到外面有声音，怕被人发现他扒坟的事，赶快跑了。

朱丽叶看到罗密欧横陈的尸体，她怎么会走？罗密欧在哪，她就在哪，罗密欧已死，她怎么会有别的选择？她发现了罗密欧喝毒药的空杯子，"你一起喝干了，不留下一滴给我吗？我要吻着你的嘴唇，也许这上面还留着一些毒液"。这时候她发现了罗密欧身上佩带的匕首,她拔下来,刺向自己的胸膛,扑倒在罗密欧身上死去。

罗密欧知道朱丽叶死(当时还是假死)了,二话没说,只想到了一个字,死。朱丽叶起死回生后,看到罗密欧死在自己的身旁。此时前来搭救她的神父叫她一起走,答应给她找个地方出家做尼姑,度过漫漫余生。他怎么能理解朱丽叶此时的想法,罗密欧死了,她哪里还会有什么余生呢?

在墓地现场神父沉痛地讲述了两个年轻人的爱情经过。此情此景,终于让两位家长幡然悔悟,两家化解了仇怨,结束了世世代代的敌对,并决定为这对年轻人铸一对金像放在维洛那城头。

七

罗密欧与朱丽叶这一生只见过五次,却生死相依。

第一次是舞会初识,一见钟情。罗密欧大胆地向朱丽叶表白了爱慕之情,朱丽叶也含情脉脉地给予了回应。但彼此没有得到对方的承诺,是爱情的朦胧期。

第二次是阳台相会,彼此承诺。舞会初识之后,两个人都进入了恋爱状态,罗密欧跳墙来到朱丽叶卧室的阳台下面。而朱丽叶在卧室里自主自语,隔空对着罗密欧诉说爱情。两个人一听即谈,一拍即合。爱情得到了认可,并彼此给了承诺。是爱情的明了期。

第三次是教堂再会,秘密结婚。婚姻是爱情最好的承载体,婚姻是爱情的升华。尽管没有家人的祝福,但两个人的爱情得到了上帝的准许，秘密结成了夫妻，是爱情的升华期。

第四次是闺房悲喜，新婚之夜。他们的新婚之夜情感很复杂，白天罗密欧杀了提伯尔特，朱丽叶的感情先悲后喜。悲的是丈夫杀死了表哥，喜的是丈夫还活着，也明白了丈夫是不得已才杀死表哥的，理解并原谅了丈夫。新婚夜，是先喜后悲。与相爱的人灵与肉的结合是最幸福的事。但天一亮，丈夫就被流放，从此天各一方。天亮了，尽管罗密欧不愿意走，但此时的朱丽叶非常理智，催促罗密欧快快离去。是爱情的延展期。

第五次就是墓地殉情，永不分离。先是朱丽叶假死，但罗密欧并不知道是假死，以为朱丽叶真的死了，自己就买了毒药，来到了朱丽叶的墓穴，亲吻过朱丽叶后，喝药死去。片刻之后，朱丽叶醒了过来，见到了倒地死去的罗密欧，明白了罗密欧为自己而死，拔下罗密欧佩带的匕首，刺向自己的胸膛，扑倒在罗密欧的身上死去。虽然两个人死了，但他们爱情并没有终结，他们的爱情故事一代代流传下去，千古流芳，是爱情的绵延期。

八

爱与死是两个联系并不紧密的词语，但在罗密欧与朱丽叶这里却是紧密相连。

两个人从第一次见面，相爱了，就想到了死亡。罗密欧说："她是凯普莱特家里的人吗？嗳哟！我的生死现在操在我的仇人的手里了！"

朱丽叶也说："去问他叫什么名字。要是他已经结过婚，那么坟墓便是我的婚床。"

结婚前夕，罗密欧说："不管侵蚀爱情的死亡怎样伸展它的魔手，只要你用神圣的言语，把我们的灵魂结为一体，让我能够称她一声我的人，我也就不再有什么遗恨了。"

罗密欧杀了提伯尔特，朱丽叶误认为罗密欧死了。"罗密欧把他自己杀死了吗……如果真有这样的事，我就不会再在人世。"

朱丽叶被要求嫁别人后，她对神父说："只要你赞同我的决心，我就可以立刻用这把刀解决一切。上帝把我的心和罗密欧的心结合在一起。"

罗密欧听到了朱丽叶的死讯后说："朱丽叶，今晚我要睡在你的身旁。"

朱丽叶发现罗密欧喝了毒药，死去了。"你一起喝干了，不留下一滴给我吗？我要吻着你的嘴唇，也许这上面还留着一些毒液。"

爱和死，在罗密欧与朱丽叶这里，总是离得这么近。能爱就爱在一起，不能爱，就死在一起，总之，就是要在一起。

为什么这两个人正值青春妙龄的年华，一想到爱就想到了死？还不是因为他们两家结有世仇，两个家族只有争斗、仇杀。哪里有相亲相爱的可能？他们的爱情是不会得到家长的祝福的，肯定会被强烈反对，会被拆散的。他们要想好好地在一起，是不可能的，他们不想被拆散，活着不能在一起，就是死了也要在一起。

爱情本来是美好的事情，是生命力勃发的表现。但就是因为封建陋习，这对年轻人不能好好享受爱情，享受生命。因此罗密欧与朱丽叶的悲剧也是时代的悲剧。

八

这是一部爱情的绝唱，余音绕梁，不绝于耳。这个爱情悲剧荫庇着今天的意大利维洛那人。

现在在意大利的维洛那城，确实建有朱丽叶家的院子，有罗密欧和朱丽叶月夜相会的那个阳台，阳台的下面有一座少女的铜像，那就是朱丽叶。大家当然都明白这是维洛那在因戏设景，借戏扬名。但人们还会追随着罗密欧与朱丽叶的爱情足迹，前去探访。亲临现场，去感受当年罗密欧与朱丽叶的浪漫爱情。也庆幸自己生在现在这样一个爱情自由的时代，不会因为家族的矛盾葬送自己的爱情。对游客来说，是先有戏，还是先有景？并不重要。重要的是能够实实在在地感受到戏里的故事，似乎就真实地发生在自己身旁一样，有了一种见证感。因此还是乐意去一睹朱丽叶塑像的芳容，并且会用心去抚摸朱丽叶的心脏，祈求自己的爱情幸福美满。

莎士比亚把千古绝唱的爱情故事留给后人，也让人们思索着爱情是什么。后人从这部戏剧中得到和元好问相同的认识，因此可以推断出这样的结论。什么样的爱情最极致？莎士比亚回答：直教人生死相许。

第十六章

冤家对头如何爱

——莎士比亚告诉你爱情是什么之《无事生非》

冤家对头如何才能相爱？

莎士比亚回答：发现对方爱自己。

第十六章 冤家对头如何爱

一

莎士比亚的过人才华让他敢于给自己出难题，大家都熟悉的《威尼斯商人》中法庭一场，犹太商人夏洛克要从安东尼奥身上割下一磅肉来，鲍西娅女扮男装以法官身份上场，三次调解，让夏洛克放弃割肉，都被拒绝。眼看安东尼奥就要没救了，只能等死了。戏剧到了最低谷了，到了山穷水尽的地步了。莎士比亚就是能峰回路转，柳暗花明。让夏洛克割肉可以，但不能流一滴基督徒的血，而且就一磅，一点不能多一点不能少。活人割肉不流血，还得一刀准，这是不可能完成的任务。所以夏洛克败诉了。同样在《无事生非》中莎士比亚又给自己出了一个大难题，让两个针尖对麦芒的男女，成为最亲密的恋人。这个难题莎士比亚会怎么解呢？

二

佛罗伦萨贵族少年克劳狄奥爱上了梅西那总督里奥那托的女儿希罗。他征求好朋友培尼狄克的意见，培尼狄克对婚姻持排斥态度，极力反对朋友结婚。培尼狄克对要去向希罗求婚的朋友克劳狄奥极尽嘲讽之能事。"难道世界上的男子个个都愿意戴上绿头巾，心里七上八下吗？"可以看出他因为怀疑所有的妻子都会出轨，所以对婚姻极度不信任。

但是好朋友并没有听他的劝阻，积极筹划着要去求婚了，他只能表示无奈。

他在此也亮明了自己对婚姻的态度,"可是要我为了女人的缘故而戴起一顶不雅的头巾来,或者无形之中,胸口挂了一个号筒,那么我只好敬谢不敏了"。他的逻辑是这样的,为了自己不被女人戴绿帽子,那就不给女人机会,最好的办法就是不娶女人嘛。把一切女人挡在门外,也就绝对不会戴绿帽子了。因此他说:"因为我不愿意对任何一个女人猜疑而使她受到委屈,所以宁愿对无论哪个女人都不信任,免得委屈了自己。总而言之,为了让我自己穿得漂亮一点起见,我愿意一生一世做个光棍。"因为自己不信任女人,所以就打光棍了,对女人敬而远之了。这样做的结果有两大好处,一是自己不受绿帽子之污辱,二是女人也不受被猜疑之委屈,两全其美。

对于培尼狄克不婚的说法,朋友们并不相信,于是他发下毒誓,如果自己结婚了,"我就让你们把我像一头猫似的放在口袋里吊起来,叫大家用箭射我"。

敢于发下这样毒的誓言,可以看得出来,不婚的决心坚不可摧,不可动摇。但是好朋友们还是不相信,因为大家都明白,男欢女爱,人之本性,当爱情来了的时候,谁也抗拒不了。因此大家都等着看他的笑话,兑现他像猫一样被吊起来的诺言。

梅西那总督里奥那托的侄女贝特丽丝和培尼狄克是死对头。在迎接从战场上回来的军人时,贝特丽丝打听培尼狄克的情况,就没一句好话,两个人见面就唇枪舌剑地互相挖苦。

培尼狄克的问候是这样的:"我的傲慢的小姐!您还活着

吗？"贝特丽丝这样回答："傲慢是不会死去的。"

两个人在挖苦对方的时候，也从来不忘美化一下自己。培尼狄克信心满满地说："可是除了您以外，无论哪个女人都爱我，这一点是毫无疑问的；我希望我的心肠不是那么硬，因为说句老实话，我实在一个也不爱她们。"

贝特丽丝认为，"那真是女人们好大的运气，要不然她们准要给一个讨厌的求婚者麻烦死了"。直接告诉培尼狄克，你不爱女人，是女人的福气呀。否则你这么令人讨厌的人，得给女人带来多大的麻烦呀。

贝特丽丝对男人的爱情也持否定态度。"我感谢上帝和我自己冷酷的心，我在这一点上倒跟您心情相合；与其叫我听一个男人发誓说他爱我，我宁愿听我的狗向着一只乌鸦叫。"男人说"我爱你"这三个字，对一般女人来说，是世界上最动听的音乐。但贝特丽丝却认为，还不如狗叫的声音动听。

贝特丽丝也不想嫁人，她认为"男人都是泥做的，我不要。一个女人要把她的终身付托给一块顽固的泥土，还要在他面前低头伏小，岂不倒霉"！委屈自己去迁就一个泥做的男人，不是聪明的贝特丽丝要做的傻事。

这两个针锋相对的男女终于达成了一个共识，那就是都是响当当的独身主义者，对婚姻采取抗拒的态度。两个人互相诋毁，谁看对方都不顺眼。《红楼梦》里贾宝玉和林黛玉两个人闹别扭，连看戏都不出席，贾母说他俩是"不是冤家不聚头"呀。培尼狄克和贝特丽丝就是这样的两个冤家。

三

培尼狄克和贝特丽丝两个人还有一个共同的特点，都是毒舌。

化装舞会上，每个人都用假面具遮盖了真面目，说起话来，更是肆无忌惮。贝特丽丝偷听到有人在说她的坏话，说她的"俏皮话儿都是从笑话书里偷下来的"。她认定说这话的人是培尼狄克。但培尼狄克靠着面具打掩护说自己不是培尼狄克，并跟贝特丽丝打听培尼狄克是什么人。

贝特丽丝从来不放过任何一个诋毁培尼狄克的机会，怎么痛快怎么说。"他是亲王手下的弄人，一个语言无味的傻瓜；他的唯一的本领，就是捏造一些无稽的谣言。只有那些胡调的家伙才会喜欢他，可是他们并不赏识他的机智，只是赏识他的奸刁；他一方面会讨好人家，一方面又会惹人家生气，所以他们一面笑他，一面打他。"把培尼狄克说得如此不堪，不仅是她贝特丽丝看不上他，所有的人都看不起他，只是一个弄人，一个傻瓜，一个不折不扣的小丑，只会哗众取宠。贝特丽丝这么说完，心里别提多痛快了。

贝特丽丝的这种评价，可把培尼狄克气恼了。"这都是贝特丽丝凭着她那下流刻薄的脾气，把自己的意见代表着众人，随口编造出来毁谤我的。好，我一定要向她报复此仇。"正当培尼狄克立志报仇的时候，却听别人说，化装舞会上是他把贝特丽丝气坏了。他听了简直暴跳如雷，"她才把我侮辱得连一块顽石都要气得直跳起来呢！一株秃得只剩一片青叶子的橡树，也会忍不住跟她拌嘴"。是她先气我的，我才回应她的。

"她用一连串恶毒的讥讽，像乱箭似的向我射了过来，我简直变成了一个箭垛啦。"并且他还说下了更毒的话，"即使亚当把他没有犯罪以前的全部家产传给她，我也不愿意娶她做妻子"。

培尼狄克给贝特丽丝最后下的结论是："她就是母夜叉的变相，但愿上帝差一个有法力的人来把她一道咒赶回地狱里去。"

贝特丽丝给培尼狄克最后下的结论是："他比瘟疫还容易传染，谁要是跟他发生接触，立刻就会变成疯子。"

这次舞会上，两个人终于都痛快淋漓地把对方骂了个够，什么恶毒的话都说出来了，从此也结下了很深的怨恨。尤其是培尼狄克再也不想见到贝特丽丝了，于是他去向亲王殿下请求，"我愿意给您去从蒙古大可汗的脸上拔下一根胡须，或者到侏儒国里去办些无论什么事情；可是我不愿意跟这妖精谈三句话儿"。就是无论让我去执行多么艰难的任务，上刀山下火海，天上摘月亮，下海擒猛龙，我都愿意去，因为那样就可以离开这位小姐远远的了。因为他"可受不住咱们这位尖嘴的小姐"了。培尼狄克想躲起来，看来他在这场针锋相对的舌战中，培尼狄克心里已经认输了。

这两个人的矛盾已经白热化，双方已摆出一副水火不相容，誓不两立的架式了。

四

贝特丽丝的堂妹希罗的婚事定了下来，大家又开始操心贝特丽丝的婚事了。有人发现，这个快乐的伶牙俐齿的姑娘和同样说话尖酸刻薄的培尼狄克倒是天生的一对，伶牙俐齿和尖酸刻薄原来是绝配呀。

但这一对每次见面都仇人似的吵个不停，怎么才能由仇人变成恋人呢？

亲王设下了计谋，有意让培尼狄克"偷听"到他们众人的谈话，他们谈话的核心内容是贝特丽丝爱上了培尼狄克。众人听了都认为是个好主意，大家积极行动起来，配合着演了一出戏。于是好戏就此开始了。

培尼狄克听贝特丽丝的叔叔说："我也是出乎意料；尤其想不到的是她竟会对培尼狄克这样一往情深，照外表上看起来，总像她把他当作冤家对头似的。"

培尼狄克还听亲王说："你们让我奇怪死了；我以为像她那样的性格，是无论如何不会受到爱情袭击的。但她爱培尼狄克到了痴狂的程度。"

培尼狄克还听到他好朋友克劳狄奥说："她跪在地上，痛哭流涕，搥着她的心，扯着她的头发，一面祈祷一面咒诅：'啊，亲爱的培尼狄克！上帝呀，给我忍耐吧！'"

培尼狄克又听贝特丽丝的叔叔说："她这种疯疯癫癫、如醉如痴的神气，有时候简直使小女提心吊胆，恐怕她会对自己闹出些什么不顾死活的事情来呢。这些都是千真万确的。"

培尼狄克听到后，简直不敢相信自己的耳朵。一个人说贝特丽丝爱他，他不会相信，两个人说贝特丽丝爱他，他也不会相信，大家都这么说，而且说这话的都是他最信任的人，亲王、总督、他最好的朋友。培尼狄克不得不相信了。"倘不是这白须老头儿说的话,我一定会把它当作一场诡计;可是诡计是不会藏在这样庄严的外表之下的。"是呀,这些人都是从来不会说谎的,是他信任的人,他们都众口一词,都说贝特丽丝如何爱他,看来是真的了。

培尼狄克无意中听到贝特丽丝爱自己后,态度马上发生了一百八十度的变化,"爱我!哎哟,我一定要报答她才是"。这正是人的知恩图报的心理。"他们说这姑娘长得漂亮,这是真的,我可以为他们证明;说她品行很好,这也是事实,我不能否认;说她除了爱我以外,别的地方都是很聪明的,其实这一件事情固然不足表示她的聪明,可是也不能因此反证她的愚蠢,因为就是我也要从此为她颠倒哩。"贝特丽丝的形象马上完美起来。既漂亮,又聪明,品行还好,让他神魂颠倒。所以说美是客观存在,更是主观感受嘛。他心里对审美对象的态度,决定他的主观感受。原来他怎么看贝特丽丝都不顺眼。现在心里知道了贝特丽丝爱自己后,心里温暖了,看世界的色调都是暖的,色彩都是艳丽的。看来有无爱情,对世界的感受如此不同。爱情真是有魔力呀。

沉浸在浪漫幻想中的培尼狄克不得不回到现实中,正视自己的处境,自己早就发过不结婚的毒誓。"也许人家会向我冷嘲热讽,因为我一向都讥笑着结婚的无聊。"当时发下那誓言的时候,不结婚的决心真是九头牛都拉不回的,可现在既然贝特丽丝如此爱我,我也得对得起人家呀。怎么面对众人的讥讽呢?能言善辩的培尼狄克能找不到借口吗?"可是难道一个人的口味是不会改变的吗?"他不结婚有充分的理由,现在改为结婚了,理由更充足了。"当初我说我要一生一世做个单身汉，那是因为我没有想到我会活到结婚的一天。"爱情在培尼狄克的心里燃烧起来了。

心中有了爱情的培尼狄克再看贝特丽丝就不一样了，"天日在上，她是个美貌的姑娘！我可以从她脸上看出她几分爱我的意思来。"

这就是心理学的投射原理，人们在日常生活中常常不自觉地把自己的心理特征（如个性、好恶、欲望、观念、情绪等）归属到别人身上，认为别人也具有同样的特征。此刻培尼狄克爱上了贝特丽丝，他就发现贝特丽丝也爱他，看他的眼光是温柔的。其实此刻贝特丽丝还不知道培尼狄克的心理变化，她还没有改变。但由于培尼狄克的改变，他自认为贝特丽丝也发生了改变。

五

在培尼狄克心中点燃爱情，这只是亲王计谋的一半，另一半就是还要把这爱火在贝特丽丝的心里点燃。亲王又布置新的任务，"咱们还要给她设下同样的圈套，那可要请令嫒跟她的侍女多多费心了。顶有趣的一点，就是让他们彼此以为对方在恋爱着自己，其实却根本没有这么一回事儿。"

于是女孩子们合起伙来骗贝特丽丝。让贝特丽丝从女孩子们那里"偷听"到培尼狄克因为自己害了相思病。

贝特丽丝听到后，爱情的小火苗扑愣愣就此燃烧起来了。"我的耳朵里怎么火一般热？果然会有这种事吗？难道我就让她们这样批评我的骄傲和轻蔑吗？去你的吧，那种狂妄！再会吧,处女的骄傲。"一向骄傲的贝特丽丝为了爱情,都跟骄傲告别了,要全身心投入爱情了。

并且同样有了知恩图报的心理。"培尼狄克,爱下去吧,我一定会报答你;我要把这颗狂野的心收束起来,呈献在你温情的手里。你要是真的爱我,我的转变过来的温柔的态度,一定会鼓励你把我们的爱情用神圣的约束结合起来。人家说你值得我的爱,可是我比人家更知道你的好处。"

于是这两个人心里都有了对方,但苦于没有合适的机会表白,患上相思病了。众人却都发现了这两个人的变化,男人变得注重穿衣打扮了。他刮了胡须,理了头发,每天早上刷帽子,"用麝香擦他的身子",用香水,还擦粉,神情也变得忧郁了。"还有他那爱说笑话的脾气,现在也已经钻进了琴弦里,给音栓管住了哪。"他不再耍贫说笑话了。

当年达尔文研究进化论,发现动物的进化都是为了更好的生存,跑得更快,飞得更高。但孔雀的进化不符合这个规律,因为雄孔雀的长长的尾巴恰恰不能跑得更快,飞得更高,反而是个累赘。后来达尔文终于整明白了,雄孔雀的漂亮的长尾巴是为了吸引雌孔雀呀,是为了繁衍后代嘛。培尼狄克注重穿衣打扮就像雄孔雀梳理漂亮的羽毛一样,是为了增加自己的吸引力,引起贝特丽丝的注意。还有性情的变化,变得忧郁了,还不是因为有了心事嘛。

同样,贝特丽丝的变化也被人们注意到了。她变得夜不能寐,食不甘味,百无聊赖,原来是害了相思病了。

六

贝特丽丝的堂妹希罗的婚礼如期在教堂举行，但婚礼遭到恶人陷害，新郎克劳狄奥因此以为希罗不贞，在教堂把她一通指责之后，抛弃了她。希罗受辱，昏了过去。贝特丽丝看到妹妹的不幸，一直在哭泣。培尼狄克安慰着她，并挺身而出要洗清希罗的冤屈。

培尼狄克说："我愿意凭我的剑发誓你爱着我；谁要是说我不爱你，我就叫他吃我一剑。"贝特丽丝也说："我用整个心儿爱着您。"患难见真情嘛，两个人正是在危难的时刻，互相表白了爱情。两个人相爱了，就是一家人了，培尼狄克就是希罗的准姐夫了，为希罗申冤就指望培尼狄克了。

贝特丽丝要培尼狄克去杀死使她妹妹受辱的克劳狄奥。克劳狄奥是培尼狄克的好朋友，这让培尼狄克很为难，他说办不到。贝特丽丝说："您拒绝了我，就等于杀死了我，再见。"刚刚建立起来的爱情，就要败于友情之下。在友情和爱情之间，他经过认真询问，确认他的朋友做下了伤害希罗的事情，他毅然选择了爱情，去找克劳狄奥决斗。培尼狄克许诺贝特丽丝说："克劳狄奥一定要得到一次重大的教训。请你等候我的消息，把我放在你的心里。"

于是他去向克劳狄奥挑战。之后培尼狄克来见贝特丽丝，回复报仇的事。"我必须明白告诉你，克劳狄奥已经接受了我的挑战，要是他不就给我一个回音，我就公开宣布他是个懦夫。"

第十六章 冤家对头如何爱

两个人已经爱了,就想知道对方为什么爱自己了。

培尼狄克说:"现在我要请你告诉我,你究竟为了我哪一点坏处而开始爱起我来呢?"不是问爱他哪一点好,而是问爱他哪一点坏?这才是培尼狄克的风格。

同样,贝特丽丝的回答也是毫不逊色。"为了您所有的坏处,它们朋比为奸,尽量发展它们的恶势力。"

贝特丽丝问培尼狄克为自己害相思病的原因,培尼狄克回答:"我真的给相思害了,因为我爱你是违反我的本心的。"

江山易改,本性难移,就连两个人的情话也还是不改针锋相对的本性。

培尼狄克:"我愿意娶你;可是天日在上,我是因为可怜你才娶你的。"

贝特丽丝:"我不愿拒绝您;可是天日在上,我只是因为却不过人家的劝告,一方面也是因为要救您的性命,才答应嫁给您的;人家告诉我您在一天天瘦下去呢。"

两个人的情话说得也是唇枪舌剑的,正如培尼狄克所说的,"咱们两个人都太聪明啦,总不会安安静静地讲几句情话。"

但培尼狄克结婚的决心是坚定无比的,他向亲王说明了自己结婚的决心。"殿下,就是一大伙鼓唇弄舌的家伙向我鸣鼓而攻,我也决不因为他们的讥笑而放弃我的决心。你以为我会把那些冷嘲热讽的话儿放在心上吗?不,要是一个人这么容易给人家用空话打倒,他根本不配穿体面的衣服。总之,我既然立志结婚,那么无论世人说些什么闲话,我都不会去理会他们。"其实曾听他发过不结婚的誓言的都是他的朋友,谁又会过分揪住他不婚的誓言不放哪。大家都为他们高兴还来不及哪。

希罗被冤屈的事情也弄清楚了，克劳狄奥和希罗和好如初。培尼狄克和贝特丽丝恩爱有加。两对年轻人一起举行了婚礼。

七

莎士比亚在《无事生非》里写了两对年轻人的爱情故事，但却是两种不同的爱情模式。克劳狄奥和希罗一见钟情，求爱，订婚，遇挫，喜结连理，是古典爱情模式。而培尼狄克和贝特丽丝，一见面就吵，多次交锋，最后才发现，彼此是真爱，是欢喜冤家型，这更具有现代爱情的特点。

莎士比亚的伟大之处就在于他既创造了古典爱情模式，以《罗密欧与朱丽叶》为代表。又超前地创造了现代爱情模式。当下无论是影视还是戏剧作品，更多的是现代爱情模式，这种模式可以追溯到《无事生非》。

培尼狄克和贝特丽丝这一对欢喜冤家，一见面就针锋相对，唇枪舌剑，表面看起来好像是冤家对头，实际上他们这么做的目的是希望引起对方对自己的关注。因为他们内心深处，早就互相爱慕了，只是出于自尊和骄傲，都不愿意表现出来。所以众人一设下善意的圈套，两个人才会那么快就中计了，互相表白了爱情。因为爱情的火种早就在他们心里种下了，只不过需要一点外界的春风吹拂，这爱情的种子就生根发芽了。

拜伦曾经说过："因爱而爱是神，因被爱而爱是人。"培尼狄克和贝特丽丝都是因为被爱而爱，他们是两个活生生的人。他们的恋爱那么剑拔弩张，那么势均力敌，又是那么般配和谐，那么琴瑟和鸣。一个人就是另一个人的投射，精神世界强烈共鸣。这样的两个人的结合，才真正是和自己另一半的结合。

因被爱而爱，其实道出了爱情的本质，爱是相互的。被爱了，也就会付出爱，付出了爱，也就会被爱。张爱玲说，对于大多数的女人，"爱"的意思就是"被爱"。其实男人也一样。渴望爱，付出爱，得到爱，是人类的共性。

莎士比亚在《无事生非》中让我们见识了一种另类爱情。冤家对头如何才能相爱？莎士比亚回答：发现对方爱自己。

第十七章

放低自己爱对方

——莎士比亚告诉你爱情是什么之《暴风雨》

如何知道自己爱上了对方?

莎士比亚回答:甘心为他(她)做奴仆。

一

有一首人们耳熟能详的歌曲《传奇》，开头第一句是，"只是因为在人群中多看了你一眼，再也没能忘掉你容颜"，中间都是说如何思念，最后一句是，"今生的爱情故事不会再改变"。只是因为多看了一眼，此生的爱情就定了。一眼定终身。现实中这样的事发生的概率微乎其微，所以这种不可能发生的事情只能是传奇。

《暴风雨》是莎士比亚在伦敦创作的最后一部戏剧，被后人称为"诗的遗嘱"，也是莎士比亚传奇剧的代表作。经历了早期喜剧的轻松愉悦和中期悲剧的悲愤沉郁之后，晚期这部戏剧更像是一个总结，既有早期喜剧中单纯的爱情，又有中期悲剧的篡位阴谋。只不过晚年的莎士比亚心态平和，愿世间的一切仇怨都通过宽恕来解决，不愿意再承受报仇雪恨的血淋淋杀戮。所以结局是好人宽恕，恶人悔改。这样轻松地化解了结下了十二年的仇怨，显然这种解决激烈矛盾的方法缺乏现实的依据，只能是传奇剧了。

同样，晚年的莎士比亚对爱情的理解也更透彻。《暴风雨》让我们明白了一个道理，很多人恋爱的时候，搞不明白自己是不是真的爱上了对方。莎士比亚在《暴风雨》中给出了答案：放下身段，甘心为对方做奴仆的时候，你就是爱上了对方。

二

　　米兰达本是米兰公国的公主，他的父亲普洛斯彼罗是米兰公国的公爵，相当于国王。此公爵对国家大事并不上心，他上心的是魔法世界的事，心思都花在研究魔法上了。但国家的事还得有人管呀，于是他就把自己的公国托给他的弟弟安东尼奥管理。

　　安东尼奥正乐得掌握权力，哥哥等于是把权力拱手送到他手上了，他便伸手接了。但接了以后，他心里又不舒服。这是奶妈看孩子，孩子再好，也是别人的呀。他不甘心谋其政，不在其位，他要先在其位，再谋其政。但他的哥哥在国内很受人民爱戴，在国外也是有影响力的公爵，凭安东尼奥一个人的力量篡不了他哥哥的王位。于是他勾结那不勒斯王阿隆佐，在阿隆佐的谋划下，安东尼奥篡夺了哥哥的王位。

　　为什么他不像哈姆雷特的叔叔克劳迪斯似的杀了自己的亲哥哥呢？正像普洛斯彼罗说的那样，"他们没有这胆量，因为我的人民十分爱戴我，而且他们也不敢在这事情上留下太重大的污迹"。虽然安东尼奥没敢亲自动手，但他们想借助大海的力量杀死这对父女，于是把普洛斯彼罗和不到三岁的女儿米兰达赶到了一只破船上，希望他们父女俩葬身大海，他安东尼奥的王座就坐稳了。

　　普洛斯彼罗和米兰达漂到了一座小岛上，这座岛上原来住过一个女巫，女巫留下了一个儿子，妖怪凯列班，普洛斯彼罗收为奴隶。女巫用魔法把岛上的精灵爱丽儿禁锢住了，这下普洛斯彼罗可有机会发挥他的特长了,他用魔法解放了那精灵,让它为自己服务。看来他原来天天研究魔法也不能算耽误工夫,这不也派上用场了嘛。因此这父女俩不但没死,反而活了下来,而且活得还很好。普洛斯彼罗一方面对篡位的弟弟怀恨在心,一方面可能心里还在偷偷暗笑哪,研究了这么多年的魔法终于找到实践的基地了。

于是这父女俩开始了长达十二年的荒岛生活。写《鲁滨逊飘流记》的笛福就是因为受一件真事的启发才写了这部小说的。有一个水手,因为在船上闹事,被扔到了荒岛上,他一个人在荒岛上住了四年后,完全变成了一个野人。当然在小说里,作家并没有让鲁滨逊成为野人。同样,这十二年的荒岛生活,也没有让这对父女成为野人。

因为有一位好心的大臣贡柴罗给他们带了生活用品和书籍。所以米兰达在成长过程中受到了很好的教育,因为普洛斯彼罗公爵这个老师就她一个学生。"我亲自作你的教师,使你得到比别的公主小姐们更丰富的知识。"是呀,这对父女在荒岛上没有其他的诱惑,一个专心教书,一个专心读书。米兰达生活在大自然中,没有受到一点尘世的污染,纯净如水,是自然的女儿;义从父亲那里得到教诲,饱读诗书,通情达理。既没有一般女孩的虚荣心,又没有一般公主的傲骄气,十五岁的米兰达既美貌又纯净,既温柔又明理,是一颗珍藏于大海中的明珠,熠熠发光,等待着识宝人来采摘。

三

十二年后,普洛斯彼罗的仇人们乘坐的大船经过此岛附近。坐在船上的人包括那不勒斯公爵阿隆佐和王子腓迪南,米兰现任公爵安东尼奥,大臣贡柴罗等众随员。他们是参加了那不勒斯公主和外国王子的婚礼之后回国途经此岛的。

普洛斯彼罗复仇的机会终于来了,于是他穿上法衣,施展他的法术。普洛斯彼罗不愧是研究了多年魔法的行家里手,道行很高,他一作法,就狂风暴雨大作,电闪雷鸣交加。雷电直奔大船而去,雷电击中大船,多处起火,眼看船就要沉没了,船上的人们惊慌失措,高声叫喊求救。

善良的米兰达见状,非常惊骇,"我瞧着那些受难的人们,我也和他们同样受难"。她看到别人遭受灾难,感同身受到别人的痛苦,可见其内心的柔软和善良。"那呼号的声音一直打进我的心坎。可怜的人们,他们死了!要是我是一个有权力的神,我一定要叫海沉进地中,不让它把这只好船和它所载着的人们一起这样吞没了。"她一面向父亲求情,请父亲放手,放过船上的人们。一面又希望自己有法力能够救下他们。

但父亲怎么会轻易罢手?十二年前被篡位,十二年的漂泊,十二年后的机会。自己不再是公爵,成了野人,女儿不再是公主,成了民女,都是拜这些人所赐。今天怎么能看着他们坐在豪华的大船上,耀武扬威,尽情享乐?非得把他们一个个打入大海,方能解心头之恨。

正像普洛斯彼罗所设想的那样,船沉了。船上的人们纷纷纷落入水中，他们在海里被巨浪拍打着，冲击着。又被冲到了荒岛上。这些人被海浪冲散了。有的三五个人在一起，有的就是一个人，找不到同伴了，比如王子腓迪南。

腓迪南被冲上岸，四顾无人，再也找不到父亲的身影。经过了刚才的风雨雷电，又经过沉船时的惊魂一刻。什么悲惨的事情都可能发生了。他就以为他的父亲，那不靳斯王阿隆佐已经葬身大海了，他再也找不到父亲了。于是他在海岸上放声痛哭。

这时精灵爱丽儿受普洛斯彼罗指派，隐去了自己的身形，唱起了美妙的歌声。海上惊魂之后，荒岛突然飘来仙乐，这令腓迪南惊诧不已，他被歌声吸引，一路追着仙乐跑，仙乐之声把他引到了普洛斯彼罗和米兰达面前。

四

米兰达十二年来生活在荒岛上，除了父亲之外，没见过第二个人。突然见到腓迪南，看到他"生得这样美！但那一定是一个精灵"。父亲告诉她，他是一个人，一个美男子。米兰达赞叹道："我简直要说他是个神；因为我从来不曾见过宇宙中有这样出色的人物。"米兰达看到完美的腓迪南，把他当成了神，被深深地吸引了。

遭遇海难的腓迪南惊魂未定，被精灵的仙乐引到了这里，见到美貌非凡的米兰达，他认为，"这一定是这些乐曲所奏奉的女神了"！腓迪南把她当成了女神。仙境中奏仙乐，仙乐奏奉女神，他的推理还是很有逻辑性的。他一见米兰达就爱上了她，并且大胆求爱，"假如你是个还没有爱上别人的闺女，我愿意立你做那不勒斯的王后"。他以为父亲遭遇海难，已死，自己就要继承王位成那不勒斯王了，所以他的妻子将是那不靳斯王后。

米兰达把腓迪南当成了男神，腓迪南把米兰达认做了女神。在这远离尘嚣的海岛上，没有尘世的污浊气，也没有琐屑的烟火气，这是一种超凡脱俗的幻境，幻境中的人也幻化成了神。神仙的爱情也是超然物外，超凡脱俗，一切都是这么自自然然，两个人一见钟情。

这正是普洛斯彼罗所期待的，他最大的愿望就是女儿终生有托。这十二年来，他心中最放不下的应该就是两件事，一件是夺回王位离开荒岛，一件是给女儿找个好男人嫁了。看来这一次呼风唤雨的作法，让两个目标都能实现了。他一方面看到女儿找到了好男人而欣喜，另一方面还是很理性。因为他明白，"他们已经彼此情丝互缚了，但是这样顺利的事儿我需要给他们一点障碍，因为恐怕太不费力的获得会使人看不起他的追求的对象"。这就是普洛斯彼罗的智慧，也正是有过经历的人才懂得的道理，太轻易得到的东西就不会珍惜，这是人类的通病。

因此他必须给他们的爱情设立一些障碍，考验腓迪南。女儿要嫁的男人必须具备两个条件，一个是对女儿有真心，一个是具备承受苦难的能力。不管他的身份是国王还是乞丐，这两个条件缺一不可。因为他从自身的经历中明白，国王的王位也不是永恒稳固的，一旦出了什么意外，国王也可能承受苦难。于是普洛斯彼罗故意刁难腓迪南，指责他是密探，企图盗取海岛,因此普洛斯彼罗要制裁他。他对腓迪南说:"我要把你的头颈和脚枷锁在一起;给你喝海水,把淡水河中的贝蛤、干枯的树根和橡果的皮壳给你做食物。"

父亲要囚禁和折磨腓迪南,这可疼坏了米兰达的小心肝,她马上向父亲为腓迪南求情:"亲爱的父亲啊!不要太折磨他,因为他很和蔼,并不可怕。"

腓迪南则对这些打击泰然处之,表示:"只要我能在我的囚牢中每天一次看见这位女郎。这地球的每个角落让自由的人们去受用吧,我在这样一个牢狱中已经觉得很宽广的了。"每天能见到自己心爱之人,腓迪南就不怕被囚禁,心中有了爱情牢狱会变成宽广的大海。这是何等开阔的胸怀,腓迪南是个男子汉。

五.

接下来普洛斯彼罗惩罚腓迪南去运沉重的木头并堆垒起来,从没干过粗活的腓迪南觉着,"这种贱役对于我应该是艰重而可厌的,但我所奉侍的女郎使我生趣勃发,觉得劳苦反而是一种愉快"。因为能见到米兰达,繁重的体力劳动也成了享受。

米兰达可是看在眼里疼在心里哪,甚至想自己动手帮助腓迪南搬木头。米兰达说:"要是你肯坐下来,我愿意代你搬一会儿木头,请你给我吧;让我把它搬到那一堆上面去。"腓迪南哪里舍得米兰达的纤纤玉手碰触到这粗糙的木头,"怎么可以呢,珍贵的人儿!我宁愿毁损我的筋骨,压折我的背膀,也不愿让你干这种下贱的工作"。米兰达的真情流露，让腓迪南感受到挚爱深情。腓迪南的细心呵护让米兰达心里温暖。磨难拉近了两个人之间的距离，他们的爱情由最初的相互倾慕很快进入到交心阶段。

腓迪南表白道："我的眼睛曾经关注地盼睐过许多女郎，许多次她们那柔婉的声调使我的过于敏感的听觉对之倾倒；为了各种不同的美点，我曾经喜欢过各个不同的女子；但是从不曾全心全意地爱上一个，总有一些缺点损害了她那崇高的优美。但是你啊，这样完美而无双，是把每一个人的最好的美点集合起来而造成的！"可不是吗？一个王子，什么样的美女没见过呀？可贵之处就在于从前见过的所有美女都不能让他动心。没有比较就没有鉴别，鉴赏能力极高的王子发现只有完美无双的米兰达才是他的挚爱。

米兰达听了腓迪南的爱情告白，也直言道："但是凭着我最可宝贵的嫁妆——贞洁起誓：除了你之外，在这世上我不期望任何的伴侣；除了你之外，我的想像也不能再产生出一个可以使我喜爱的形象。"

双方都认定了对方是自己唯一的爱人，于是进入定情阶段。

腓迪南说："当我第一眼看见你的时候，我的心就已经飞到你的身边，甘心为你执役，使我成为你的奴隶。只是为了你的缘故，我才肯让自己当这个辛苦的运木的工人。"

米兰达说："要是你肯娶我，我愿意做你的妻子；不然的话，我将到死都是你的婢女：你可以拒绝我做你的伴侣；但不论你愿不愿意，我将是你的奴婢。"

普洛斯彼罗的考验不只是针对腓迪南一个人的，也是针对他女儿的。在这过程中，米兰达的温柔善良，为对方分忧，也充分证明了米兰达是爱腓迪南的。

最初的倾慕阶段，只能是男女外在的吸引。只有外在吸引的爱情是靠不住的，难长久的，因为那只是一种生理吸引。遇到磨难，互相支持，体贴对方，感同身受到爱人的欢乐和痛苦，爱情才能进入到交心阶段，这时候才有了心灵的碰触。两个人都捧出自己火热的真心，真情换真情，爱情才能到定情阶段。一旦定了情，两个人的爱已从表面深入到内心了，结成了牢不可破的同盟，才能成为灵魂伴侣。莎士比亚通过米兰达和腓迪南的恋爱过程，为我们展示了爱情从倾慕到交心再到定情的三个阶段。

六

一个王子，一个公主，为了自己所爱的人都甘心做对方的奴仆，放下了自尊和自由，一心只为对方着想，这才是真正爱上对方呀。自然，被爱的一方也不可能真正让对方做奴仆，只会让对方史自尊史自由。爱情在对两个人心灵进行涤荡，进一步完善自我的同时，也会让对方更完美。

从相互倾慕，到彼此交心，到最后定情。普洛斯彼罗都看在了眼里，他被两个人的真挚爱情打动了，认可了这个女婿。他祈祷道："一段难得的良缘的会合！上天赐福给他们的后裔吧！"呵呵，这父亲可真够操心的，刚刚找到称心的女婿，他马上就祝福他们的后裔，当然也就是他自己的后裔了。

这是基因在起作用吧？！繁衍后代是一切动物最大的动力，人也不例外呀。

看到女儿和腓迪南相爱的过程，普洛斯彼罗心中也充满柔情，爱情不但使相爱的两个人更完美，还可以使见证者同样更完美。女儿终身有托，这触动了作为父亲的普洛斯彼罗内心最柔软的地方。自己这十二年来的怨恨有很大部分是对女儿的怜爱和愧疚。因为自己被篡位，这么小的女儿跟自己在大海上漂流，在荒岛上风餐露宿。本来女儿可以过着公主的锦衣玉食的生活，跟着自己在荒岛，只能是布衣粗食。自己作为一个父亲，亏欠了女儿太多。这一切都是篡位的恶人们造成的。因此为了女儿他也要报仇。

但如今，他看到女儿找到了爱人，终生有托，幸福美满。普洛斯彼罗心中的仇恨就淡化了许多，善良又回归到他的心中。他本可以置他的仇人们于死地，但是由于女儿的幸福，他的心变柔软了，因此面对敌人，普洛斯彼罗对精灵说："我的心也将会觉得不忍……虽然他们给我这样大的迫害，使我痛心切齿，但是我宁愿压伏我的愤恨而听从我的更高尚的理性；道德的行动较之仇恨的行动是可贵得多的。要是他们已经悔过，我的唯一的目的也就达到终点，不再对他们更有一点怨恨。"我制裁他们的目的就是让他们悔过，并不是要置他们于死地。如果他们能悔改，我也就不再追究了。因此船上那些落入大海的人们一个也没有死，都被冲上了荒岛。

当年的阴谋家们，沆瀣一气合伙谋夺别人王位的罪人们，经历过风雨雷电的洗礼，灵魂也一定有所触动。他们大难不死被海浪冲上了荒岛，意外地见到了还活着的普洛斯彼罗，并且这荒岛就是人家的地盘应该也会有所悔悟,他们的表现正契合了普洛斯彼罗的意愿。他们纷纷忏悔自己的罪行,请求普洛斯彼罗原谅。这也正是普洛斯彼罗等待的结果,于是普洛斯彼罗马上就原谅了他们,安东尼奥把王位还给了哥哥,兄弟和好。那不勒斯王阿隆佐悔罪,成了普洛斯彼罗的亲家。普洛斯彼罗感谢了当年帮助过他的贡柴罗。腓迪南和米兰达去那不勒斯举行婚礼,从此王子和公主过上了幸福的生活。

普洛斯彼罗这一次施的魔法,果真两个目标都实现了,既收回了王位,又嫁了女儿。这一场暴风雨来得正是时候啊。

八

《暴风雨》是一部传奇剧,最后解决矛盾的方式似乎缺乏现实的依据,连里面的爱情也像童话世界一样美好。因为故事发生地就是世外桃源,所以又是真实可信的。虽然像童话故事,但阐明的道理却是在现实社会里通用的。

虽然写的是王子和公主的爱情,离老百姓的生活很远,但爱情中的真理同样适用于老百姓的爱情。虽然写的是古代的爱情故事,但同样适用于今天的人们。当下是一个个性张扬的时代,每个人的自我意识都很强,都希望按照自己的意愿行事,因而在爱情关系中容易表现出自私的一面,总希望对方为自己服务,不能甘心为对方付出。这就很难得到真爱,也导致社会上单身的男女越来越多。

莎士比亚的《暴风雨》告诉我们,无论是平民百姓还是公主王子,想得到真爱,都必须要付出真情。爱情是一种互动的行为，爱与被爱是一体两面，完美结合，爱情才圆满。如何知道自己爱上了对方？莎士比亚回答：甘心为对方做奴仆。

第十八章

神仙都来成全爱

——莎士比亚告诉你爱情是什么之《仲夏夜之梦》

付出了真爱会怎样?

莎士比亚回答:神仙都来成全爱。

一

古希腊的首都雅典是个从来不缺爱情故事的地方,因为在这里活跃着爱神阿佛洛狄忒,也就是罗马时称为维纳斯的女神,她掌握着人间的爱情。阿佛洛狄忒是希腊诸神中最美的女神,但不幸嫁给了最丑的匠神赫淮斯托斯。她的丈夫因为生下来太丑,被母亲赫拉(有传说是父亲宙斯)扔下山去,想把这个丑孩子摔死,但神是不死的。虽然没死但这个孩子被摔成了跛子。匠神赫淮斯托斯每天从事繁重的体力劳动,拉着风箱打铁,想来是又脏又臭的。自己的爱情婚姻如此不美满,掌管着人间爱情的爱神,能让人们的爱情美满吗?

所以爱神为人间的爱情设置了许多障碍,让人们轻易得不到想要的爱情。但人是具有执着精神的动物,为了真爱,可以历经艰险,不怕困难,终于也可以感动神,神会来帮助追求真爱的人们。

莎士比亚的《仲夏夜之梦》是一部轻松浪漫的爱情戏剧,发生在古希腊首都雅典。

二

"真正的爱情,所走的道路永远是崎岖多阻。"这是《仲夏夜之梦》里的男主人公拉山德从自身的爱情遭遇中得到的认识。因为他的爱情正在受阻。他和赫米娅相爱,但赫米娅的父亲不同意，给赫米娅找了另一个年轻人狄米特律斯，当然赫米娅坚决不同意。于是赫米娅的父亲就把女儿告到了公爵处。父亲对公爵说："假如她现在当着您的面仍旧不肯嫁给狄米特律斯，我就要要求雅典自古相传的权利，因为她是我的女儿，我可以随意处置她；按照我们的法律，逢到这样的情况，她要是不嫁给这位绅士，便应当立时被处死。"瞧瞧这老头，多霸道。女儿不按着他的意愿行事，就处死她。我们还一直歌颂古希腊的民主，父亲可以随意处置女儿的生命，这分明就是专制，甚至是残暴嘛。

公爵当然是支持父亲的意愿的。"你的父亲对于你应当是一尊神明；你的美貌是他给予的，你就像在他手中捏成的一块蜡像，他可以保全你，也可以毁灭你。"

如果说父命不可违背，那么君权更是残酷无比。

公爵对赫米娅的裁决是："倘不是因为违抗你父亲的意志而准备一死，便是听从他而嫁给狄米特律斯；否则就得在狄安娜的神坛前立誓严守戒律，终生不嫁。"公爵给赫米娅的制裁真够严厉的。三条道路任其选择，第一条是违抗父命，死路一条。第二条是遵从父命，嫁给不爱之人。第三条是在神坛前宣誓，终生不嫁。总之，就是不能嫁拉山德，不能按她自己的意愿行事。看似三条道路，其实没有一条道路可走。死，当然不愿意。嫁给不爱之人，等于死。终生不嫁，等于死。三条道路都是死路。

果敢的赫米娅怎么会甘心就范？她要谋求生路，要成全自己的爱情，她认识到，"既然真心的恋人们永远要受折磨似乎已是一条命运的定律"，那么现在唯一成全爱情的出路就是情奔。拉山德和赫米娅做出了这个决定。两人约定第二天晚上在郊外的树林里会面之后，远走他乡。为了爱情自由，婚姻自主，他们甘愿背井离乡。

赫米娅和拉山德就是这样一对不屈从于命运的青年，不管父命君命如何残暴，他们都要抗争，追求自己想要的爱情。不妥协，不屈从，不管情奔以后的道路如何，他们都毅然往前走。他们是具有斗争精神的文艺复兴时期新青年的代表。

三

定好了情奔的计划以后，两人分开各自行动。赫米娅遇到了自己的好闺蜜海丽娜，但现在这两个人的关系有点复杂，因为海丽娜把赫米娅看成了情敌。狄米特律斯过去是海丽娜的恋人，但在见到赫米娅后狄米特律斯就把她抛弃了。"狄米特律斯在没有看见赫米娅之前，也曾像下雹一样发着誓，说他是完全属于我的，但这阵冰雹一感到身上的一丝热力，便立刻融解了，无数的盟言都化为乌有。"狄米特律斯移情赫米娅，让赫米娅很无奈，让海丽娜很嫉恨。

狄米特律斯的移情，破坏了原来和谐美好的两层关系，一层是赫米娅和拉山德的爱情关系，另一层是赫米娅和海丽娜好闺蜜关系。第一个被破坏的关系，赫米娅只能靠情奔来补救。第二个被破坏的关系，赫米娅也不想留下遗憾。

因此为了打消海丽娜的敌意，让她明白自己并没有抢她的男朋友，拉山德才是自己的真爱，于是赫米娅告诉了她自己要和拉山德情奔的事情。

这对海丽娜来说，无疑是件好事，情敌走了，情人该回心转意了吧？静静地等待狄米特律斯回头，来向自己认错求饶，请求自己原谅他。自己则顺水推舟，马上就原谅了他，显得自己宽宏大量。那样再回头的狄米特律斯以后就会专心地爱自己一个人了，多好的机会呀。

但恋爱中的女人哪有这般的理性和耐性？她只觉得这是一个讨好狄米特律斯的大好机会，为了能尽快地再见到狄米特律斯，让他知道自己的好心，明白自己对他的爱情有多么深。于是海丽娜赶快去找狄米特律斯，告诉他，他痴恋的女人赫米娅情奔的消息，还具体地说出了时间和地点。海丽娜爱得多么卑微，她借着传递这个消息的机会又一次见到了狄米特律斯，但海丽娜的行为简直就是饮鸩止渴。

狄米特律斯知道后马上行动起来，也追随情奔的赫米娅和拉山德来到了郊外的树林，海丽娜也一路苦苦哀求狄米特律斯而来。狄米特律斯一心寻找着赫米娅，厌烦死了一直跟着他的海丽娜，海丽娜还一直喋喋不休地表白她的爱情，"因为当我看见你面孔的时候，黑夜也变成了白昼，因此我并不觉得现在是在夜里；你在我的眼里是整个世界，因此在这座林中我也不愁缺少伴侣"。她求得越热切，狄米特律斯越厌烦，对她态度越粗暴，对她的辱骂越无情。海丽娜的痛苦到了极限。无望的爱情多么苦，海丽娜算是体验到了。

四

苦尽甘来，这句话一点不错，当一个人痛苦到极点的时候，一定会出现某种转机。但这转机不是海丽娜自己创造的，莎士比亚让神仙出面来帮助她了。这个人物就是仙王奥布朗，这树林就是他的领地。

他听到了这一对人间男女的对话，顿时生起怜香惜玉之情，要帮助海丽娜挽回她的情郎。正好他跟仙后为了争一个印度小童发生了矛盾，想要捉弄仙后来出一口气。他命令手下的淘气精灵迫克去采集爱懒花的花汁。"它的汁液如果滴在睡着的人的眼皮上，无论男女，醒来一眼看见什么生物，都会发疯似的对它恋爱。"然后让他的仙后"醒来第一眼看见的东西，无论是狮子也好，熊也好，狼也好，公牛也好，或者好事的猕猴、忙碌的无尾猿也好，她都会用最强烈的爱情追求它"。他是想让仙后爱上一个被安上了驴头的乡下老头，用这个恶作剧，看他的仙后出丑，以解心头之恨。这是仙王和仙后之间的一场游戏而已。

仙王无意中看到海丽娜对狄米特律斯一往情深，苦苦哀求，希望他回心转意，和自己和好，而狄米特律斯不但不领情，反而咒骂她。于是他想帮助海丽娜，就让迫克也把爱懒花的花汁滴到那个雅典人的眼皮上。

但迫克没见过狄米特律斯，看到因疲倦而入睡的拉山德是个雅典人，就把花汁滴到他的眼皮上。海丽娜追逐着狄米特律斯，看到了倒地睡觉的拉山德，此时赫米娅也在睡觉，但因为是未婚的恋人，要保持着纯洁的关系，不能睡得太近，两个人中间隔开一段距离。所以海丽娜没看到赫米娅，只看到了倒地而睡的拉山德，便叫醒了他。

"我愿为着你赴汤蹈火，玲珑剔透的海丽娜！"拉山德一睁眼看到海丽娜,就向她表白炽热的爱情。这让海丽娜很奇怪。拉山德接着表白:"我真悔恨和她在一起度着的那些可厌的时辰。我不爱赫米娅,我爱的是海丽娜;谁不愿意把一只乌鸦换一头白鸽呢?"拉山德把赫米娅贬为乌鸦,把海丽娜喻为白鸽,并忏悔,"我过去由于年轻,我的理性也不曾成熟;但是现在我的智慧已经充分成长,理性指挥着我的意志,把我引到了你的眼前;在你的眼睛里我可以读到写在最丰美的爱情的经典上的故事"。拉山德全身心地投入到对海丽娜的爱情上来了。

面对拉山德的炽烈表白,海丽娜十分清醒,她把拉山德的表白看做是侮辱,"你侮辱了我;真的,用这种卑鄙的样子向我献假殷勤"。她觉着自己真是不幸,"一个女子受到了这一个男人(狄米特律斯)的摈拒,还得忍受那一个男子(拉山德)的揶揄"。海丽娜觉着拉山德的表白就是拿她开玩笑。除此之外,还能有什么原因呢?跟一个姑娘私奔至此,却向另一个姑娘表白热烈的爱情,谁会相信呢?海丽娜真不幸啊,因为被一个男人抛弃,就成了别人玩笑的笑柄了。

但在花汁控制下的拉山德此时烦透了赫米娅,痴恋着海丽娜,不再管在一旁熟睡的赫米娅,追逐着海丽娜而去。

五

赫米娅做了个噩梦,呼唤拉山德来救自己。惊醒后睁开眼,不见了拉山德,却看见了狄米特律斯。她认为是狄米特律斯杀了拉山德,"要是你已经乘着拉山德睡着的时候把他杀了,那么把我也杀了吧"。因为"赫米娅睡熟的时候,他会悄悄地离开她吗"?赫米娅"宁愿相信地球的中心可以穿成孔道,月亮会从里面钻了过去,在地球的那一端跟她的兄长白昼捣乱",也不会相信拉山德会在她睡熟的时候离开她。拉山德不会主动离开的,可是现在拉山德不见了,只能是他的情敌把他杀了。赫米娅把狄米特律斯一通臭骂之后,去寻找拉山德了。

仙王奥布朗已经发现了精灵迫克的错误,好心办了错事,反而帮了倒忙。必须马上纠正过来呀,于是趁狄米特律斯困倦入睡之际,他吩咐迫克"比风还快地到林中各处去访寻名叫海丽娜的雅典女郎吧。她是全然为爱情而憔悴的,痴心的叹息耗去了她脸上的血色。用一些幻象把她引到这儿来"。这次仙王自己动手了,"我将在这个人的眼睛上施上魔法,准备他们的见面"。他亲自把爱懒花汁滴到了狄米特律斯的眼皮上。

迫克奉命用幻术把海丽娜招来了,海丽娜身后还跟着拉山德,他在向海丽娜诉说着爱的誓言。海丽娜却不为所动。

两个人争执着来到了熟睡着的狄米特律斯面前,狄米特律斯醒了过来,他一睁开眼看到海丽娜,"完美的女神!圣洁的仙子!我要用什么来比并你的秀眼呢,我的爱人?水晶是太昏暗了。啊,你的嘴唇,那吻人的樱桃,瞧上去是多么成熟,多么诱人!你一举起你那洁白的妙手,被东风吹着的陶洛斯高山上的积雪,就显得像乌鸦那么黯黑了。让我吻一吻那纯白的女王,这幸福的象征吧"!这样的赞美让海丽娜大吃一惊,但并没有照单全收。这两个男人的赞美和追求并没有冲昏她的头脑。"我知道你们都讨厌着我,那么就讨厌我好了,为什么还要联合起来讥讽我呢?"她认为两个男人的赞美都是讽刺。"你们两人是情敌,一同爱着赫米娅,现在转过身来一同把海丽娜嘲笑"。因为这幸福来得太突然,有些猝不及防。海丽娜反而认为这两个男人和赫米娅一起合伙在嘲笑她。

两个男人却为她发生了激烈的争执。拉山德说:"因为你爱着赫米娅,这你知道我是十分明白的。现在我用全心和好意把我在赫米娅的爱情中的地位让给你;但你也得把海丽娜的爱情让给我,因为我爱她,并且将要爱她到死。"

狄米特律斯则说:"我的爱不过像过客一样暂时驻留在她的身上,现在它已经回到它的永远的家,海丽娜的身边,再不到别处去了。"两个男人为了一个女人争执不下的时候,怎么解决?决斗,这是男人之间解决这种事最古老也是最直接的方式。年轻的绅士拔出剑来,拼个你死我活吧。

海丽娜来树林之前,还是两个男人都弃之不理的,到了这树林里,情况却发生了一百八十度的反转,两个男人都疯狂追求起海丽娜来。并且为了她,两个男人还要决斗。海丽娜想不通,还是认为他们在搞恶作剧,拿她开玩笑。因此两个男人越殷勤,海丽娜越恼火。

六

正在此时,赫米娅听着声音寻找拉山德也来到了这里,问拉山德怎么把她丢下,自己跑到这里来?拉山德告诉她,他不再爱她了,他现在爱海丽娜。赫米娅根本不信。而他们俩的对话让海丽娜觉着是他们三个人联合起来在取笑她。因此她对赫米娅也很愤怒。那两个男人"用这种恶戏欺凌我"也就罢了,而赫米娅,"我们在同学时的那种情谊,一切童年的天真,你都已经完全丢在脑后了吗"?

赫米娅也很奇怪,"我并没有嘲弄你;似乎你在嘲弄我哩"。此时是赫米娅被两个曾追求自己的男人弃之不理了,因此她哪里是在嘲笑海丽娜?而海丽娜此时成了两个男人追求的对象,是胜利者,她在嘲笑赫米娅这个失败者还差不多。但海丽娜哪里会相信赫米娅的话,她甚至认为这一切的总导演就是赫米娅,你自己被两个男人追求,够得意了吧?就不要再拿一个不幸的姑娘寻开心了吧!她厌烦了这种游戏,"假如你们是有同情心,懂得礼貌的,就不该把我当作这样的笑柄。再会吧;一半也是我自己不好,死别或生离不久便可以补赎我的错误"。

这两个男人哪里肯放海丽娜走,争先恐后地向海丽娜表白爱情。为此两个男人互相争斗,甚至拔出剑来,那架式,决斗一触即发。

赫米娅责问拉山德这是怎么回事,反而被拉山德责骂:"走开,黑鞑子!走开!可厌的毒物,叫人恶心的东西,给我滚吧!你这矮子!你这发育不全的三寸丁!你这小珠子!你这小青豆!"把赫米娅骂得一无是处。原来两个男人追求赫米娅的时候,她觉着自己是完美无缺的,非常自信。但被拉山德骂后,发现自己原来又黑又矮,丧失爱情的女人变得不自信了,很容易发现自己身上不完美的地方,连海丽娜也叫她"小玩偶"。"原来如此,现在我才明白了她为什么把她的身材跟我的比较；她自夸她生得长，用她那身材，那高高的身材，赢得了他的心。因为我生得矮小，所以他便把你看得高不可及了吗？"赫米娅认为是因为自己没有海丽娜长得高，所以拉山德就移情别恋了。刚才是海丽娜觉着自己被他们戏耍，一个人站在那三个人的对立面。现在是赫米娅觉着自己是孤零零的一个人了。

就这样，赫米娅和拉山德这一对恋人闹得不可开交，赫米娅和海丽娜这一对好姐妹也交恶起来，两个男人拔剑要刺向对方，这四个人，每个人都有对立面，局势处于危急之中。

七

好心的仙王奥布朗看到局势如此紧迫，可不能再坐壁上观了，他要再次介入了，否则就要出人命了。他看到两个男人找地方要决斗了，吩咐精灵迫克，"引这两个声势汹汹的仇人迷失了路，不要让他们碰在一起。有时你学着拉山德的声音痛骂狄米特律斯，叫他气得直跳，有时学着狄米特律斯的样子斥责拉山德：用这种法子把他们两个分开，直到他们奔波得精疲力竭，死一样的睡眠拖着铅样沉重的腿和蝙蝠的翅膀爬上了他们的额上"。

迫克的第一个任务，把这两个愤怒的男人引开，黑夜里他们都只能听到对方骂自己的声音，就是追不上，看不到，这样就不会打起来了。直到两个人累得跑不动了，倒在地上沉沉睡去。

迫克再执行第二个任务，"然后你把这草挤出汁来涂在拉山德的眼睛上，它能够解去一切的错误，使他的眼睛恢复从前的眼光"。趁拉山德睡觉的时候，把解除魔法的草汁滴到拉山德的眼皮上。拉山德被解除了魔法，一切就正常了。

迫克的第三个任务，用幻术把海丽娜和赫米娅找来，她俩此时伤心至极，疲惫至极，也都昏昏睡去。

第二天早晨出门打猎的公爵夫妇带着随从来到了树林，见到四个倒地而睡的年轻人，叫醒了他们。他们四个人向公爵汇报了事情的原委，但是大家还是觉着奇怪，尤其是狄米特律斯。"我不知道什么一种力量——但一定是有一种力量——使我对于赫米娅的爱情会像霜雪一样融解，现在想起来，就像回忆一段童年时所爱好的一件玩物一样；我一切的忠信、一切的心思、一切乐意的眼光，都是属于海丽娜一个人了。"狄米特律斯眼皮上的花汁还在，而且已经渗入皮肤，会永远存在下去哟，因此他去向海丽娜倾诉衷肠。拉山德被解除了魔法，和赫米娅和好如初。他们的爱情感动了公爵，得到了公爵的准许，订下白头到老、永无尽期的盟约。赫米娅的父亲也只好服从了。当然仙王奥布朗让他的仙后出丑后也原谅了她，继续在树林里过着神仙的逍遥日子，一切皆大欢喜。

八

这是一场由神奇的"爱懒花"花汁参与的爱情，这花汁之所以如此神奇，是因为它来自丘比特的箭射中的花朵。维纳斯的儿子，盲目的丘比特本来是想射中一个少女的心，结果发生偏移，射到了一朵白色的花上，花朵变成了紫色，也就有了这神奇的作用。也就是说人间的爱情还是爱神在起作用，人在其中是无法掌控自己的爱情的，爱情是盲目的。

戏剧一开始，拉山德和狄米特律斯都痴恋赫米娅。赫米娅在他们眼中是完美的。正像海丽娜所言，"在全雅典大家都认为我跟她一样美；但那有什么相干呢？狄米特律斯是不这么认为的"。狄米特律斯为了得到赫米娅，甚至去讨好赫米娅的父亲，动用公爵的力量。拉山德不惜背井离乡，情奔也要和赫米娅在一起。赫米娅无疑是雅典女孩中的翘楚，男孩心目中的完美情人。

但当拉山德和狄米特律斯都被迫克滴了花汁以后，都疯狂追求海丽娜，拉山德赞美海丽娜，"她照耀着夜天，使一切明亮的繁星黯然无色"。称她是"我的爱！我的生命！我的灵魂！美丽的海丽娜"！狄米特律斯说海丽娜是"完美的女神！圣洁的仙子"！他表白自己对海丽娜的爱情比拉山德多，"我比他更要爱你得多"。而原来这两个男人疯狂追求的赫米娅则成了"发育不全的三寸丁！小珠子！小青豆"，被两个男人置之不理。那两个男人甚至为了争夺海丽娜而大打出手。这都是那神奇的花汁的作用。

此剧中雅典公爵的一句话道出了爱情的主观性，"情人，同样是那么疯狂，能从埃及人的黑脸上看见海伦的美貌。"拉山德爱赫米娅，但也可能爱海丽娜，狄米特律斯爱海丽娜，但也可能爱赫米娅，爱与不爱全在一念间。爱的时候，你就是最美丽的，不爱的时候，你就是最丑陋的。

美与不美，全是情人说了算。

爱与不爱，全是神仙说了算。

这是一部幽默轻松的爱情喜剧，爱情似乎缺少了神圣性和庄严性。但很离奇也很美好。莎士比亚有时也不愿意太过沉重，反而会写出浪漫轻松的喜剧来舒缓人们的神经。尽管这部戏剧里写到了神仙的决定作用，但剧中的人们还是经过自己的努力才获得了爱情的幸福的。赫米娅和拉山德为了爱情选择情奔，海丽娜为了爱情，执着追求，感动了神仙，神仙才会帮忙的。如果付出真爱，神仙都会来帮忙。付出了真爱会怎样？莎士比亚回答：神仙都来成全爱。

后 记

此书的灵感来自莎士比亚。他看到了400年后的现代人爱情生活中还是存在不少问题，于是召唤我，写这样一本书，用他的智慧启迪现代人。

看完此书，也许还有人会问，爱情是什么？因为莎士比亚并没有给出一个明确的答案。如果真有人如此没有耐心，只想得到一个一句话就能解决问题的答案，那他（她）就很难体会到爱情的真谛了。因为"爱情是什么"这个问题恐怕和"人为什么活着"一样，是人类的终极拷问。就是像莎士比亚这样伟大的天才也不能简单地给出答案，所以，莎士比亚才会用这么多部戏剧来回答这个问题。多部戏剧给出的答案并不是一个简单的概念解释，而是展示出爱情的丰富性和复杂性。

写作过程中我一边陶醉于莎士比亚戏剧的精妙，一边对照着现代社会爱情中的问题，于是就产生了一个迫切的愿望，希望更多的人尽早发现这个秘密：原来莎士比亚戏剧是一把可以解开现代人爱情难题的金钥匙。有了这把钥匙，就可以请莎士比亚当自己的爱情顾问，直接和莎士比亚对话，那样就能更好地处理自己的爱情问题了。莎士比亚给我们的启示，就是让我们明白了人有多复杂，爱情就有多复杂，因此要用心对待爱情，不能草率行事。

本书的写作，得到了我的恩师姜东赋先生和许桂亭女士的鼓励。姜老师认为这本书是古为今用、洋为中用的最好实践。我的学生们知道我写了这样一本书也非常欣喜。在后期的时候，得到了我的学生葛俏俏、丁德民、李念章的帮助。在此一并感谢。当然更要感谢伟大的莎士比亚，愿他永远照亮人类寻求爱情之路，千秋万代为子孙后代造福。

文中所有引用的戏剧台词，均来自《莎士比亚全集》，朱生毫译，凤凰出版传媒集团，译林出版社，1998年5月第1版。